벤야멘타 하인학교
야콥 폰 군텐 이야기

세계문학전집
016

Robert Walser : Jakob von Gunten

벤야멘타 하인학교
야콥 폰 군텐 이야기

로베르트 발저 장편소설
홍길표 옮김

문학동네

차례

벤야멘타 하인학교—야콥 폰 군텐 이야기　　7

해설 | 로베르트 발저의 '작은' 문학　　185
로베르트 발저 연보　　195

우리는 여기서 배우는 것이 거의 없다. 가르치는 교사들도 없다. 우리들, 벤야멘타 학원의 생도들에게 배움 따위는 어차피 아무 쓸모도 없을 것이다. 말하자면 우리 모두는 훗날 아주 미미한 존재, 누군가에게 예속된 존재로 살아갈 거라는 뜻이다. 우리가 받는 수업은 우리에게 인내와 복종을 각인시키는 데 가장 큰 의의를 둔다. 이 두 가지 특성이 몸에 밴 채로는 성공할 턱이 없다, 아니 결코 성공하지 못할 것이다. 내면적인 성공이라면, 가능하다. 하지만 내면의 성공이 무슨 소용인가? 내면에서 이룩한 것들이 우리에게 먹을 것을 주기라도 하는가? 나는 정말이지 부자가 되고 싶다. 마차를 타고 다니면서 돈을 물 쓰듯 써보고 싶다. 나의 소망을 학우인 크라우스에게 이야기한 적이 있었다. 하지만 그는 내가 한심스럽다는 듯 어깨만 한 번 으쓱하고는 한 마디 대꾸도 하지 않았다. 크라우스에게는 원칙이라는 것이 있다. 그는 한 치의 흔들림도 없이 말안장 위에 앉아 있는 것 같다. 그가 타고 있는 것은 만족이라는 말이다. 그놈은 질주를 원하는 사람들이라면 타고 싶어 하지 않을, 형편없는 말이다. 이곳 벤야멘타 학원에 온 뒤 얼마 지나지 않아 나는 나도 이해할 수 없는 존재가 되어버렸다. 그전에는 알지도 못했던, 아주 기묘한 형태의 만족감에 나 역시 감염되어버린 것이다. 난 그런대로 말을 잘 듣는 편이다. 크라우스만큼 착실하지는 못하다. 그는 명령이 떨어지기 무섭게 주어진 과제에 즉각 대처하는 탁월한 능력을 지니고 있다. 우리 생도들, 크라우스, 샤흐트, 실린스키, 푹스, 키다리 페터, 나 등등, 우리에게는 한 가지 공통점이 있다. 완전히 빈털터리에 몸은 묶여 있다는 것. 하찮은 존재들이다, 우리는. 아무 데도 쓰이지 못할 만큼 하찮다. 누군가 주머닛돈 1마르크라도 가지고 있으면 인기 많은 왕자님처럼 우러러 보인다. 나처럼 담배를 피우는 놈은 낭비를 일삼는다는 이유로 걱정거리가 된다. 우리는 제복을 입는다. 그런데 말이다, 이 제복 착용이라는 것이 우리의 품격을 떨어뜨리는 동시에 또한 높여주기도 한다. 우리는 어딘가에 속박되어 있는 사람들처럼 보인다. 그것은 치욕스러운 일이 될 수도 있다. 하지만 제복을 입고 있으면 근사해 보이기도 한다. 우리는 제복 덕택에 창피는 면할 수 있다. 그럭저럭 개성은 있어 보일지언정 찢기고 지저분한 옷을 걸치고 돌아다니는 사람들이 감수해야 하는 창피 말이다. 내 경우만 보더라도 제복을 착용하는 것이 아주 편리하다. 그전에는 무슨 옷을 입어야 하나 늘 고민했기 때문이다. 하지만 이 점에서도 당분간 나 자신은 나에게 수수께끼다. 어쩌면 내 안에는 아주,

아주 천박한 인간이 숨어 있을지도 모른다. 어쩌면 그와 반대로 내게 귀족의 피가 흐르고 있을지도 모른다. 모르겠다. 하지만 한 가지만은 확실하게 알고 있다. 내가 훗날 아주 근사하고 동그란 영(零)이 될 거라는 사실 말이다. 늙은이가 다 된 뒤에도 젊고, 자신감 넘치고, 버릇없이 자란 무뢰한의 시중을 들고 있을 것이다. 혹은 구걸로 살아가고 있을 것이다. 어쩌면 밑바닥까지 추락하고 있을지도 모른다.

우리 생도들 혹은 훈련생들은 사실상 하는 일이 별로 없다. 우리에게 과제가 주어지는 법은 거의 없다. 우리는 이곳을 지배하고 있는 규정들을 달달 외우거나 『벤야멘타 소년 학교가 지향하는 바는 무엇인가?』라는 책을 들여다본다. 크라우스는 그 밖에도 프랑스어를 공부한다. 독학으로. 외국어 수업 따위는 우리 생도들의 시간표에 전혀 들어 있지 않기 때문이다. 수업이라고는 단 한 가지뿐인데, 매번 동일한 내용을 반복한다. '소년이라면 어떻게 행동해야 하는가?' 수업이라는 것들이 모두 결국엔 이 질문을 맴돌 뿐이다. 지식이라고는 하나도 가르쳐주지 않는다. 앞서 말했듯 가르칠 사람들도 없다. 다시 말하자면, 우리를 이끌고 가르쳐야 할 교사 나리들께서 잠에 빠져 계시다는 뜻이다. 그들은 이미 죽었을지도 모른다. 어쩌면 단지 죽어 있는 듯 보일 뿐인지도 모른다. 혹은 화석이 되어버렸을 수도 있다. 어쨌거나 그들에게서는 얻을 것이 아무것도 없다. 뭔가 기묘한 사정들 때문에 실제로 죽음과 유사한 상태에 빠져 잠들어 있는 교사들을 대신하여 젊은 숙녀 한 분이 우리를 가르치고 지도한다. 그녀는 원장 선생님의 누이동생인 리자 벤야멘타 양이다. 그녀는 교실에 들어올 때 짤막하고 하얀 막대기를 손에 들고 온다. 수업 시간에도 마찬가지다. 그녀가 모습을 드러내면 우리는 모두 자리에서 일어선다. 선생님이 자리를 잡으면 우리도 제자리에 앉을 수 있다. 그녀가 막대기로 교탁 모서리를 연달아 세 번 짧고 위압적으로 두드린다. 그리고 수업이 시작된다. 이 수업이 어떤 수업인가! 내가 그 수업이 이상하다고 말한다면 그것은 거짓말일 것이다. 그렇다. 나는 벤야멘타 양이 우리에게 가르치는 것은 가슴에 새겨두어야 할 만큼 중요한 것이라고 생각하고 있다. 그녀가 가르쳐주는 것은 많지 않다. 그리고 우리는 매번 같은 것을 반복한다. 하지만 이 모든 하찮은 것들, 우스꽝스러운 것들 뒤에 비밀이 감춰져 있을지도 모른다. 우스꽝스러운 것들이라? 벤야멘타 학원에 소속된 우리 소년들에겐 우습다고 느껴지는 일이 없다. 우리의 얼굴 표정과 태도는 너무나도 진지하다. 아직 어린아이인 실린스키조차도 좀처럼 웃는 법이 없다. 크라우스는 절대로 웃지 않는다. 어쩌다 웃을 수밖에 없는 상황이 오면 아주 잠깐 웃고 그친다. 그러고는 곧 규정에 어긋난 짓을 저지른 자신에 대해 화를 낸다. 우리 생도들은 대체로 웃는 것을 좋아하지 않는다. 그것은, 다시 말하면, 이제 우리가 웃으려야 웃을 수도 없다는 것을 의미한다. 웃음을 위해 필요한 쾌활함과 느긋함이 우리에겐 없는 것이다. 내가 착각하고 있는 것일까? 이곳에서의 체류 자체가 내겐 때때로 정말 불가사의한 꿈처럼 여겨진다.

우리 훈련생들 가운데 가장 어리고, 가장 작은 학생은 하인리히다. 이 어린 녀석을 보고 있으면 다른 생각을 할 겨를도 없이 어느새 그에게 호감을 느끼게 된다. 그는 상점 진열창 앞에 가만히 멈춰 서서는 거기 진열된 물건들과 맛난 음식들을 넋 놓고 바라본다. 그러다가 아무렇지도 않게 상점 안으로 들어가 5페니히어치 사탕을 산다. 하인리히는 아직 어린애다. 그런데도 그는 벌써 수준 높은 교육을 받은 성인처럼 말하고 행동한다. 그의 머리는 언제나 흠잡을 데 없이 빗질되어 반듯한 가르마가 타 있다. 그런 모습 앞에서는 그를 존경하지 않을 수 없게 된다. 왜냐하면 나는 이런 중요한 일들에 너무나 어설프기 때문이다. 그의 목소리는 앙증맞은 새의 지저귐처럼 가녀리다. 그와 함께 산책을 하거나 이야기를 나누다 보면 무의식적으로 그의 어깨에 팔을 두르게 된다. 그는 장교처럼 보이는 자세를 취하고 있고, 키는 매우 작다. 그에게는 개성이 없다. 개성이라는 것이 무엇인지조차 그는 아직 모를 것이다. 삶에 대해 깊이 생각해본 적이 지금까지 한 번도 없었음에 틀림없다. 하긴 깊은 생각이 무슨 소용이었겠는가? 그는 반듯하고, 일할 준비가 되어 있으며 공손하다. 다만 의식이 없다. 그렇다, 그는 한 마리 새와 같다. 사근사근함이 온몸에서 배어 나온다. 새는 누군가 손을 내밀면 그에게 손을 내어준다. 새는 그렇게 살아가고, 그렇게 견딘다. 하인리히는 티 하나 없이 순진무구하고, 평화로우며, 행복하다. 그는 호텔에서 일하는 벨보이가 되고 싶다고 말한다. 그 어떤 미묘한 의기소침함도 보이지 않으며 그는 그렇게 말한다. 사실 호텔 벨보이는 그에게 딱 들어맞는 일이다. 그의 다정한 몸가짐과 마음 씀씀이가 정진을 거듭한 끝에, 보라, 그에 꼭 맞는 일을 찾아내지 않는가. 그는 어떤 경험들을 하게 될까? 경험과 깨달음 들이 이 소년에게 감히 다가갈 엄두를 낼까? 있는 그대로를 직시한 뒤에 겪게 될 환멸들이 이 소년을, 너무나도 여린 그를 주저 없이 뒤흔들어놓을 수 있을까? 말이 나왔으니 말이지만, 난 하인리히가 다소 냉정하다는 것을 알고 있다. 그에게는 충동적이거나 도발적인 면이 전혀 없다. 그는 자신을 무너뜨릴 수도 있을, 수없이 많은 것들을 끝내 알아차리지 못할 것이다. 그의 안이함을 깨뜨릴 수도 있을 많은 것들을 전혀 감지하지 못할 것이다. 누가 알겠는가, 내 생각이 맞을지. 어쨌거나 나는 이런 관찰들을 매우, 매우 좋아한다. 하인리히는 어떤 면에서 보면 생각이 없다고 해야 할 것이다. 그것이 그가 가진 행복이다. 다른 사람들은 그 때문에 그를 부러워한다. 만약 그가 왕자라면 나는 그 앞에 무릎을 꿇고 충성을 맹세하는 첫번째 사람이 되련만. 아쉽다.

이곳에 도착했을 때 내가 얼마나 바보처럼 굴었던가. 우선 나는 입구의 초라한 계단과 통로를 보고 실망을 금할 수 없었다. 그것은 대도시의 평범한 집 뒤채에서 흔히 볼 수 있는 계단이었을 뿐인데 말이다. 초인종을 누르자 원숭이같이 생긴 사람이 문을 열어주었다. 그가 크라우스였다. 그때는 그를 시시한 원숭이라고만 생각했었다. 그의 개인적인 진정한 본질을 알고 난 지금은 그를 높이 평가하고 있지만 말이다. 나는 벤야멘타 씨와 이야기할 수 있는지 물었다. "물론이죠, 선생님"이라고 크라우스는 말했다. 그리고 나에게 머리를 깊이 조아리며 바보처럼 절을 했다. 그의 조아림이 나에게 섬뜩한 공포를 불러일으켰다. 왜냐하면 그 순간 무언가 잘못 되어가고 있다는 생각이 들었기 때문이다. 그때부터 나는 이 벤야멘타 학교를 사기 단체로 간주해버렸다. 나는 원장실로 들어섰다. 그 다음에 펼쳐진 장면을 회상하노라면 지금도 웃음을 참을 수가 없다! 벤야멘타 씨는 원하는 것이 뭐냐고 내게 물었다. 나는 그의 학생이 되고 싶다고 수줍게 말했다. 내 말이 끝난 뒤에도 그는 말없이 신문을 읽어나갔다. 그 원장실, 원장 선생님, 먼저 자리를 비킨 원숭이, 문들, 침묵 속에서 신문을 탐독하는 모습, 모든 것들이, 그 모든 것들이 내게는 너무나 수상쩍게, 마치 어떤 몰락을 예고하는 것처럼 느껴졌다. 그때 불쑥 내 이름과 출신지에 대한 질문이 던져졌다. 그 순간 이제 끝났구나 하는 생각이 들었다. 별안간 그곳에서 다시는 빠져나올 수 없으리라는 느낌이 들었기 때문이다. 나는 말을 더듬거리며 대답했다. 심지어 내가 매우 훌륭한 집안에서 태어났다는 것을 강조하기까지 했다. 무엇보다도 먼저 나의 아버지가 주 의회 의원이라는 것과 뛰어난 아버지의 그늘에서 질식할까 두려운 나머지 집에서 도망쳤다는 것을 힘주어 말했다. 원장 선생님은 다시금 말이 없어졌다. 그의 속임수에 넘어갈지 모른다는 두려움이 절정으로 치달았다. 거기서 은밀히 살해당할지도 모른다는, 아주 조금씩 숨통을 조여올지도 모른다는 생각까지 했다. 그때 원장 선생님은 군주 같은 어조로 내게 돈은 가지고 있냐고 물었다. 나는 그렇다고 대답했다. "그럼 돈을 내놔, 빨리!"라고 그가 명령했다. 그런데 참 이상한 일도 다 있다. 그의 명령이 떨어지기 무섭게 나는 그의 말을 따랐다. 바로 조금 전까지 참담한 심경에 빠져 있었음에도 불구하고 말이다. 강도이자 사기꾼의 손아귀에 빠져들었다는 것을 난 더이상 의심치 않았다. 그럼에도 나는 그 앞에 순순히 학비를 내놓았던 것이다. 그날 내가 받았던 느낌들이 지금은 얼마나 우스꽝스럽게 생각되는지 모른다. 선생님은 돈을 호주머니에 집어넣고는 다시 침묵했다. 순간 나는 비상한 용기를 내어 영수증을 써줄 수 있느냐고 조심스럽게 물었다. 하지만 그는 내게 다음과 같은 말을 대답으로 던졌다. "너 같은 불한당에게 줄 영수증 따위는 없다." 나는 거의 기절할 지경이었다. 원장은 벨을 눌렀다. 곧장 미련한 원숭이 크라우스가 뛰어 들어왔다. 미련한 원숭이라? 아니다, 전혀 그렇지 않다. 크라우스는 사랑스럽고도 사랑스러운 놈이다. 다만 그 당시에 내가 그것을 잘 알지 못했을 뿐이다. "여기 이 학생은 야콥이다. 신입생이지. 교실로 데리고 가라." 원장의 말이 떨어지자마자 크라우스는 나를 여자 선생님 코앞으로 끌고 갔다. 겁을 먹는다는 것은 얼마나 어린애 같은 일인가. 불신과 무지에서 나오는 행동처럼 형편없는 행동은 없다. 그렇게 나는 훈련생이 되었다.

나의 학우 샤흐트는 특이한 인물이다. 그는 음악가가 되기를 꿈꾼다. 그는 자신이 상상력으로 바이올린을 멋지게 연주할 수 있다고 내게 말하곤 한다. 그의 손을 바라보면 그의 말을 믿게 된다. 그는 잘 웃는다. 하지만 웃고 난 뒤에는 돌연 감상적인 멜랑콜리에 빠져드는데, 그것이 그의 얼굴과 자세에 믿기지 않을 만큼 잘 어울린다. 샤흐트는 매우 하얀 얼굴과 가느다란 손가락을 가졌다. 그들은 뭐라 이름 붙일 수 없는 영혼의 고통을 보여주는 것 같다. 그는 가냘픈 몸을 이리저리 조금씩 움직이고 있다. 가만히 서 있거나 앉아 있는 것이 그에게는 어려운 일이다. 그는 병약하고 고집스러운 소녀 같다. 그는 잘 토라지기도 한다. 그 때문에 그는 버르장머리 없이 자란 계집애처럼 보이기도 하는 것이다. 우리, 그러니까 나와 그애는 내 방에서 함께 누워 있을 때가 많다. 침대 위에, 옷을 입은 채, 신발도 벗지 않고. 그러고는 담배를 피운다. 흡연은 규정 위반이다. 샤흐트는 규정들을 어기는 행동을 즐겨 한다. 터놓고 말하면, 나도 그에 뒤지지 않는다. 우리는 그렇게 침대에 나란히 누워 온갖 이야기들을 나눈다. 살아온 이야기들, 다시 말하면 직접 겪은 일들을 지껄인다. 하지만 그보다는 오히려 꾸며낸 이야기들을 훨씬 더 많이 한다. 뜬구름 잡듯 지어낸 이야기들. 그럴 때면 우리를 둘러싼 벽들이 위아래로 흔들거리며 나지막이 울리는 듯하다. 비좁고 어두운 방이 차츰 넓어지고, 길들, 넓은 홀들, 도시들, 성들, 낯선 사람들과 풍경들이 나타나고, 천둥이 치고, 누군가 속삭이고, 지껄이고, 우는 소리들이 들려오는 것 같다. 몽상에 젖어 있는 샤흐트와 이야기를 나누는 것은 아주 기분 좋은 일이다. 그는 사람들이 떠드는 것을 죄다 이해하는 것 같다. 때로는 그가 의미심장한 말을 던지기도 한다. 그럴 때면 그는 거의 예외 없이 불평불만을 늘어놓는다. 그가 늘어놓는 불평을 듣는 일이 나는 좋다. 나는 하소연 듣는 것을 좋아한다. 하소연을 듣고 나면 상대방을 보다 주의 깊게 바라보게 되며, 그에게 마음속 깊은 곳에서 우러나오는 진실한 동정심을 갖게 된다. 샤흐트에게는 동정심을 불러일으키는 뭔가가 있다. 그가 애처로운 이야기를 꺼내지 않아도 말이다. 고상한 결핍감, 즉 아름답고 숭고한 것에 대한 동경 같은 것을 품고 사는 사람이 있다면, 샤흐트가 바로 그런 사람이다. 샤흐트에게는 영혼이 있다. 어쩌면 그는 예술가의 기질을 타고났을지도 모른다. 그는 병을 앓고 있다고 내게 털어놓았다. 그리고 그것이 그다지 점잖은 병은 아니니 비밀에 부쳐달라고 내게 간곡히 부탁했다. 나는 기꺼이 명예를 걸고 비밀을 지키겠다고 약속하며 그를 안심시켰다. 그러고는 그에게 무슨 병을 앓고 있는지 가르쳐달라고 말했다. 그러자 그는 조금 화를 내면서 벽 쪽으로 얼굴을 돌려버렸다. "넌 부끄러운 줄을 몰라"라고 그가 내게 말했다. 우리 두 사람은 한 마디 말도 없이 그렇게 누워 있곤 했다. 한번은 내가 그의 손을 살그머니 잡아버렸다. 그러자 그가 나의 손을 뿌리치며 말했다. "무슨 어리석은 짓이야? 그만둬." 샤흐트는 나와 만나는 것을 무엇보다도 좋아한다. 그것을 내가 분명히 안다고 말할 수는 없다. 하지만 이런 일에서 분명함 따위는 필요 없다. 내가 그를 이루 다 말할 수 없이 좋아하고 있으며 그가 나의 삶을 풍요롭게 만들어준다고 생각하고 있다. 물론 이런 이야기는 그에게 결코 하지 않는다. 우리는 허튼소리들을 서로 주고받는다. 진지한 이야기들을 나눌 때도 많지만 그럴 때도 거창한 말들은 쓰지 않는다. 근사한 말들은 너무 따분하다. 아, 방 안에서 샤흐트와 함께 지내며 새삼 깨닫게 된 것이 있다. 벤야멘타 학원의 우리 생도들은 종종 반나절이 다 가도록 늘어지는 기묘한 무위를 견디는 형벌을 받고 있다는 것 말이다. 우리는 항상 어딘가에서 몸을 웅크리고 있거나 앉거나 서거나 누워 있거나 한다. 나와 샤흐트는 방 안에서 재미 삼아 촛불을 켜곤 한다. 이것은 엄격하게 금지된 일이다. 하지만 바로 그렇기 때문에 촛불을 켜는 일이 재미있는 것이다. 규정들은 세워지기도 하고 어겨지기도 하는 것이다. 촛불들은 정말 아름답게, 너무나도 신비롭게 타오른다. 잔잔하고 불그스레한 불꽃이 은은하게 비춰주는 내 친구의 얼굴이라니. 타고 있는 불꽃을 바라보노라면 나 자신이 마치 부자가 된 듯하다. 바로 다음 순간 어김없이 하인 하나가 와서는 나에게 모피외투를 건네준다. 이건 어리석은 상상이다. 하지만 이 어리석은 상상에는 사랑스러운 입이 달려 있어 미소를 짓는다. 샤흐트의 얼굴은 우락부락하게 생겼다. 하지만 그의 얼굴을 덮고 있는 창백함 덕분에 그는 세련되어 보인다. 코는 너무 크고, 귀도 마찬가지다. 입은 꽉 다물어져 있다. 샤흐트를 바라보고 있노라면 언젠가는 그에게 아주 나쁜 일이 일어나고야 말 것 같은 느낌이 들 때가 있다. 이처럼 애처로운 인상을 불러일으키는 사람들을 내가 얼마나 좋아하는지! 이것이 형제애라는 건가? 그래, 그럴지도 모른다.

첫날 나는 엄청 까다롭게 굴었고, 마마보이처럼 행동했다. 내가 지낼 방이 눈앞에 나타났을 때였다. 그 방에서 다른 사람들, 그러니까 크라우스, 샤흐트, 실린스키와 함께 자야 한다는 말을 들었다. 말하자면 그 조의 네번째 사람으로 말이다. 모두 그 자리에 있었다. 친구들, 얼굴을 찌푸리고 나를 쳐다보는 원장 선생님, 그리고 벤야멘타 양. 그랬다, 바로 그때 나는 다짜고짜 그녀의 발아래 엎드려 외쳤다. "안 돼요, 이 방에서 자는 것은 불가능해요. 여기서는 숨을 쉴 수가 없습니다. 차라리 길 위에서 밤을 새우겠어요." 이렇게 말하는 동안 나는 그 젊은 숙녀의 다리를 팔로 꽉 감싸 안고 있었다. 그녀는 화가 난 것처럼 보였다. 그녀는 나에게 일어서라고 명령했다. 나는 말했다. "인간답게 잘 수 있는 방을 제게 지정해주신다고 약속하시기 전까지는 절대로 일어나지 않을 거예요. 제발요, 선생님, 이렇게 간청합니다. 저를 다른 곳으로 보내주세요. 창고라도 좋아요. 이곳에 처넣지만 말아주세요. 여기서 지낼 수는 없어요. 같은 반 친구들을 모욕하고 싶은 생각은 없어요. 만약 제가 벌써 친구들을 모욕한 거라면 그건 정말 미안하게 생각합니다. 하지만 세 명이 함께 자는 곳에 네번째 사람으로 끼어서 잘 수는 없어요. 그것도 이렇게 비좁은 방에서? 그건 말도 안 돼요. 아, 선생님." 그녀는 웃고 있었다. 흘깃 그것을 본 나는 그녀에게 더 찰싹 달라붙으며 재빨리 덧붙였다. "성실한 학생이 되겠습니다. 약속드릴게요. 선생님께서 지시하시기 전에 모든 것을 솔선수범하겠습니다. 제 행동거지가 못마땅하다고 생각하실 일은 결코, 결코 없을 거예요." 벤야멘타 양이 물었다. "확실해? 내가 불평할 일이 절대 없을까?" "네, 그럴 일은 절대 없을 거예요, 존경하는 선생님." 나는 대답했다. 그녀는 그녀의 오빠, 즉 원장 선생님과 의미심장한 시선을 교환하고는 나에게 말했다. "일단 바닥에서 좀 일어서렴. 맙소사. 간청하고 아첨하는 꼴이라니. 자, 그럼 따라와. 다른 곳에서 자고 싶다면 그렇게 해라." 그녀는 나를 다른 방으로 데리고 갔다. 그것이 내가 지금 지내고 있는 방이다. 그녀는 나에게 방을 보여주며 물었다. "방이 마음에 드니?" 나는 뻔뻔스럽게도 할 말을 다 했다. "방이 좁군요. 저희 집 창문들에는 커튼이 드리워져 있었어요. 방 안으로 해가 들었고요. 여기는 좁은 침대와 세면대뿐이군요. 저희 집 방들엔 필요한 가구가 전부 비치되어 있었는데. 제 말씀을 기분 나쁘게 듣지는 마세요, 선생님. 방은 맘에 들어요. 선생님께 감사드립니다. 저희 집에 있는 것들은 훨씬 더 고급스럽고, 쾌적하고, 우아했지만, 이곳도 꽤 훌륭하네요. 잡다한 것들을 일일이 집과 비교해가며 성가시게 해드려 죄송합니다. 어쨌거나 전 이 방이 매우, 매우 매력적이라고 생각해요. 저 벽 위에 나 있는 구멍을 창문이라고 말하기는 힘들겠지만요. 이 방은 전체적으로 확실히 쥐구멍 또는 개구멍과 비슷한 데가 있네요. 여하튼 이 방은 맘에 드네요. 이런 식으로 말하는 저, 몰염치하고 배은망덕하지요, 그렇죠? 제가 찬사를 늘어놓고 있는 방을 제게서 도로 빼앗고 다른 학우들과 함께 자라는 명령을 내리는 것이 최선이라고 생각하고 계실 거예요. 친구들도 모욕감을 느끼고 있을 것이 틀림없어요. 선생님은 화가 나셨지요. 알아요. 그 때문에 저도 매우 슬퍼요." 그녀는 내게 말했다. "넌 멍청한 녀석이야, 이젠 입 좀 다물어." 그러면서도 그녀는 미소를 지었다. 첫날, 그 모든 것이 얼마나 어리석기 짝이 없었던가. 부끄러웠다. 그날 저지른 무례한 행동들이 다시 떠오를 때면 지금도 부끄럽기만 하다. 그 첫날밤 나는 잠을 제대로 자지 못했다. 나는 그 여자 선생님의 꿈을 꾸었다. 그리고 방 문제에서, 지금이라면 방을 다른 친구들 한두 명과 나눠 쓰는 일은 아무렇지도 않게 받아들일 수 있을 것 같다. 사람들을 꺼리게 되면 반쯤 미치광이가 되게 마련이다.

벤야멘타 씨는 거인이다. 우리 훈련생들은 이 거인에 비하면 난쟁이들이다. 거인은 항상 침울한 기분에 빠져 있다. 우리처럼 이렇게 작고 보잘것없는 피조물 한 무리를 지도하고 통치하는 노릇을 하며 그가 짜증을 내는 것은 사실 아주 당연한 일이다. 조무래기들을 다스리는 일은 결코 그의 능력에 상응하는 과업이 아니기 때문이다. 그렇다, 벤야멘타 씨는 다른 큰일을 해낼 수 있는 사람이다. 헤라클레스 같은 사람이 우리를 가르치는 이런 자질구레한 일을 맡는 바람에 잠이나 자고, 중얼중얼 신문이나 읽는 일밖에는 할 수 없는 것이다. 도대체 이 사람은 무슨 생각으로 학원을 세울 결심을 했던 것일까? 그를 생각하면 마음이 아프다. 이런 감정이 그를 향한 존경심을 한층 북돋우기도 한다. 여하튼 그와 나 사이에는 내가 이곳 생활을 막 시작했을 무렵, 내 기억에는 둘째 날 아침이었던 것 같은데, 별것 아니지만 아주 격렬한 언쟁이 벌어졌었다. 내가 그의 사무실에 들어서서 입도 뻥긋하기 전이었다. "다시 밖으로 나가거라. 예의바른 사람처럼 방에 들어올 수 있는지 한번 시도해봐." 그가 엄하게 말했다. 나는 방에서 나왔다. 그러고는 문을 노크했다. 노크하는 것을 새까맣게 잊었던 것이다. "들어오너라"라는 대답이 들리고 나서 나는 안으로 들어가 가만히 서 있었다. "인사는 어디로 갔지? 내 방에 들어오면 학생들이 뭐라고 말하더냐?" 나는 허리를 굽혀 인사하고는 아주 작은 소리로 말했다. "안녕하십니까, 원장 선생님." 지금은 "안녕하십니까, 원장 선생님"이라는 말을 아무 거리낌 없이 외칠 정도로 잘 훈련되어 있다. 하지만 그 당시에 나는 몸을 낮추고 굽실거리는 듯한 그런 태도를 증오했었고, 어떻게 해야 하는 건지도 잘 알지 못했다. 그때는 우스꽝스럽고 어리석게만 여겨졌던 것이 지금은 멋지고 훌륭해 보인다. "더 큰 소리로 못하나, 이 한심한 놈." 벤야멘타 씨가 소리쳤다. 나는 "안녕하십니까, 원장 선생님"이라는 인사를 다섯 번이나 되풀이해야만 했다. 그리고 나서야 그는 내게 찾아온 용건이 뭐냐고 물었다. 나는 흥분할 대로 흥분해서 이렇게 말해버렸다. "이곳에서 배우는 것이 아무것도 없어요. 여기 더 있고 싶지 않습니다. 제 돈을 돌려주세요. 그러면 당장 꺼져버릴게요. 도대체 선생님들은 어디 있지요? 어떤 계획이나 생각, 그런 것이 있기는 있는 건가요? 아무것도 없겠죠. 저는 떠나겠습니다. 어둠과 안개로 뒤덮인 이곳을 떠나려는 저를 어느 누구도 막지 못할 거예요. 당신이 만들어놓은 엉터리 같은 규정들에 의해 여기서 고통을 당하며 바보가 되어가기엔 전 너무 좋은 집안에서 태어났어요. 그렇다고 제가 부모님께 다시 돌아가겠다는 것은 아니에요. 절대 아니라고요. 거리로 나가서 제 몸을 노예로 팔겠어요. 여기서 더 이상 손해 볼 것도 없어요." 그렇게 퍼부어댔었다. 어리석기 짝이 없었던 그 행동을 다시 떠올리면 이제 배를 움켜잡고 웃지 않을 수 없다. 하지만 그때 나는 정말이지 너무나도 진지했었다. 원장 선생님은 침묵을 지켰다. 내가 그의 얼굴에 대고 무례한 욕설을 막 내뱉으려는 참이었다. 그때 그가 조용히 말했다. "한번 낸 돈은 환불되지 않는다. 이곳에서는 배울 것이 아무것도 없다는 너의 어리석은 판단에 관해 한마디하자면, 너는 잘못 생각하고 있는 거다. 배울 것은 많다. 먼저 네 주위를 둘러보거라. 네 학우들은 적어도 사귀어볼 만한 가치가 있지. 그들과 이야기를 나누어보아라. 네게 필요한 조언을 하나 해주지. 진정해, 우선 마음을 푹 가라앉혀." '마음을 푹 가라앉히라'는 말을 할 때 그는 나와는 전혀 관계 없는 다른 생각에 깊이 빠져 있는 사람처럼 보였다. 그는 눈을 내리깔았다. 마치 그가 대단한 호의를 가지고, 다정다감한 마음에서 그런 말을 내게 하고 있다는 것을 암시라도 하려는 듯 말이다. 그는 자신이 무념의 상태에 있음을 암시하는 제스처를 내게 분명히 해주고 다시 침묵에 빠졌다. 내가 무엇을 할 수 있었겠는가? 벤야멘타 씨는 신문을 읽는 일에 다시 몰두해 있었다. 이해할 수 없는 끔찍한 번개와 천둥이 멀리에서부터 나를 위협하고 있는 것 같은 기분이었다. 나를 더이상 거들떠보지도 않는 그 사람에게 나는 거의 땅에 닿을 정도로 몸을 숙여 절을 했다. 그러고는 규정대로 "안녕히 계십시오, 원장 선생님"이라고 말하며 구두 뒤축을 소리 내어 붙이고, 차려 자세로 섰다가 뒤돌아 나왔다. 아니다. 그게 아니었다. 나는 손으로는 문고리를 더듬어 찾으면서 원장 선생님의 얼굴을 계속 쳐다보았고, 몸을 돌리지 않은 채 뒷걸음질로 밖으로 나왔다. 혁명을 일으켜보려는 시도는 그렇게 끝났다. 그 이후에는 반항어린 소동은 더 일어나지 않았다. 오 하느님, 나는 철저하게 참패를 당했던 것이다. 너른 마음을 가졌을 거라고 믿었던 그가, 그가 나를 때려눕혔다. 나는 아무런 항변도, 눈 한 번 깜빡거리지도 못했다. 그런데 나는 그 때문에 모욕감을 느끼지 않았다. 다만 마음이 아팠을 뿐이다. 그것도 나 때문이 아니라 그 사람, 원장 선생님 때문에 마음이 아팠다. 나는 우리 소년들과 함께 단조로이 살아가고 있는 그에 대해, 그들 두 사람, 그러니까 그와 그의 누이동생에 대해 늘 생각한다. 그들은 방 안에서 줄곧 무엇을 하고 있는 것일까? 무슨 일을 하고 있을까? 그들은 가난한가? 벤야멘타 씨네는 가난할까? 이곳에는 '내실들'이 있다. 나는 거기 들어가본 적이 한 번도 없다. 크라우스는 들어가보았다. 크라우스는 충직하기 때문에 총애를 받는다. 하지만 크라우스는 원장 선생님의 집 안이 어떻게 생겼는지 이야기하지 않는다. 내가 꼬치꼬치 캐물어도 그는 단지 나를 빤히 쳐다보다가 침묵해버린다. 아, 크라우스는 침묵을 지킨다는 게 뭔지 제대로 아는 놈이다. 만약 내가 주인이 될 수 있다면 나는 크라우스를 당장 내 사람으로 고용할 것이다. 어쩌면 나도 한번쯤은 그 내실들에 들어가보게 될지도 모른다. 그렇게 되면 그곳에서 내 눈은 무엇을 보게 될까? 어쩌면 특별한 것이라고는 아무것도 없을지도? 오, 아니다, 아니다. 이곳 어딘가에 놀라운 것들이 존재하고 있다는 것을 나는 알고 있다.

한 가지는 사실이다. 이곳엔 자연이 없다. 하기야, 여기 있는 것은 그야말로 대도시인데 무슨 말이 더 필요하겠는가. 집에서 지냈을 때는 자연 경관을 가까이에서나 멀리에서나 늘 볼 수 있었다. 거리에 나서면 이리저리 날아다니는 새들이 지저귀는 소리가 언제나 들려왔던 것 같다. 샘물들은 언제나 소리를 냈다. 울창한 산은 말쑥한 시내를 점잖게 내려다보고 있었다. 사람들은 해가 저물면 가까운 호수에서 곤돌라를 탔다. 암벽과 숲들, 언덕과 들판이 지척에 있었다. 소리와 향기 들이 늘 곁에 있었다. 시내 거리거리는 정원에 난 오솔길처럼 보였다. 그렇게 다감하고, 청초해 보였다. 하얗고 예쁜 집들은 녹색의 정원에서 고개를 내밀고 서 있는 장난꾸러기처럼 보였다. 울타리가 쳐진 공원 안쪽에서는 누구나 다 아는 여인들이, 예를 들면 하크 부인이, 산책하는 모습이 보였다. 사실 그런 곳에서 산책을 한다는 건 웃기는 짓이다. 자연이, 산이, 호수가, 강이, 거품이 이는 폭포가, 푸르름과 온갖 노랫소리, 선율 들이 그렇게 가까이 있었는데 말이다. 집 밖을 나가 조금만 걷노라면 마치 하늘 위를 산책하는 듯했다. 어디에서나 푸른 하늘이 보였다. 걷다가 멈춰 서면, 어디서든 드러누워 허공을 바라보면서 조용히 몽상에 잠길 수 있었다. 땅에는 풀과 이끼가 덮여 있었다. 그리고 너무나 멋지게 향기로운 기운을 발산했던 전나무들. 산에서 자라는 그 전나무들을 두 번 다시 보지 못하게 되는 것일까? 그것이 꼭 불행한 일만은 아니리라. 무엇인가를 잃는다는 것, 그것에도 향기와 힘이 있다. 주 의회 의원 집이었던 우리 집에는 정원이 없었다. 하지만 집을 둘러싸고 있던 모든 것이 예쁘고, 깨끗하고, 사랑스러운 정원이었다. 내가 집을 그리워하게 되지는 않았으면 좋겠다. 말도 안 되는 소리. 이곳 또한 매우 훌륭하다.

더 깎을 만한 구석이 없음에도 불구하고 나는 이따금 이발소로 달려간다. 그 기회를 이용해 거리 나들이를 하기 위해서다. 그리고 이발소에서 면도를 한다. 보조 미용사가 내게 스웨덴 사람이냐고 묻는다. 미국 사람? 그것도 아니라고요. 그럼 러시아 사람? 도대체 어느 나라 사람이에요? 난 그런 종류의 민족주의적 색깔을 띤 질문들에 냉혹한 침묵으로 답하는 것을 즐긴다. 조국에 대한 내 감정을 묻는 사람들을 아리송한 상태에 놔두는 것이 좋다. 거짓말을 할 때도 있다. 그럴 때는 덴마크 사람이라고 말한다. 어떤 종류의 솔직함은 누군가에게 상처를 주고, 지루하게 만들 뿐이다. 생기가 넘치는 이 거리에는 해가 미친 듯이 내리쬘 때가 있다. 계속 쏟아지는 비 때문에 모든 것이 엉망이 되고, 흐릿하게 가려질 때도 있다. 나는 그런 모습을 너무, 너무 좋아한다. 사람들은 친절하다. 내가 가끔 지나치게 버릇없이 구는데도 불구하고. 점심시간에는 어느 벤치에 앉아 하는 일 없이 빈둥거리곤 한다. 공원의 나무들은 아무런 색채도 띠지 않는다. 나뭇잎들은 부자연스러울 정도로 무겁게 축 늘어져 있다. 이곳에서는 모든 것이 금속과 얇은 철판으로 만들어진 것처럼 보일 때가 있다. 그러다가 다시 비가 쏟아지고, 그 모든 것을 적신다. 우산들이 펼쳐지고, 마차들이 아스팔트 위를 굴러가고, 사람들은 급히 서두르며 어디론가 달려간다. 아가씨들은 치마를 들어올린다. 치마 아래로 드러난 다리를 바라보는 일은 뭔가 독특한 아늑함을 준다. 착 달라붙은 스타킹을 신은 여인의 다리, 결코 볼 일이 없던 그것이 별안간 눈앞에 드러나는 것이다. 구두는 아름답고, 부드러운 모양의 발에 아주 어여쁘게 착 달라붙어 있다. 얼마 후 다시 해가 나온다. 바람이 약간 분다. 그럴 때면 집 생각을 하게 된다. 그렇다, 엄마 생각을 하게 된다. 그녀는 눈물을 흘릴 것이다. 왜 나는 그녀에게 아직까지 편지 한 장 쓰지 않고 있단 말인가? 모르겠다. 도무지 이해할 수가 없다. 그렇다고 편지를 쓰겠다는 결심을 할 수도 없다. 그것은 말하자면 이런 것이다. 나는 내 이야기를 하는 것을 좋아하지 않는다. 너무 우스꽝스럽게 느껴진다. 차라리 내게는 나를 사랑하는 부모님이 계시지 않았어야 했다. 유감스럽다. 나는 사랑받고 싶지도 않고 그리움의 대상이 되고 싶지도 않다. 그들은 아들자식이 더이상 없다는 것에 익숙해져야만 한다.

잘 알지도 못하고 아무 연관도 없는 사람을 섬기는 것, 그것은 매력적인 일이다. 그것은 신비로운 안개에 싸인 낙원을 들여다보는 일과 같다. 그러고는 결국엔 깨닫는다. 궁극적으로는 모든 사람들이, 혹은 '거의 모든'이라고 말해도 좋을 만큼 많은 사람들이 자신과 어떻게든 연관되어 있다는 것을. 내 옆을 스쳐가는 저기 저 사람들, 그들은 나와 어떻게든 관련이 있다. 그것은 분명한 사실이다. 그것이 결국 사적인 일이긴 하다. 내가 저기서 길을 걷고 있다고 하자. 햇살이 환히 빛난다. 갑자기 강아지 한 마리가 내 발밑에 와서 낑낑거리는 것이 눈에 들어온다. 나는 이 값비싼 어린 동물의 다리가 입마개에 걸려 뒤엉켜 있는 것을 알아차린다. 강아지는 더이상 걸을 수가 없었던 것이다. 나는 몸을 숙여 엄청난, 그 엄청난 불행에서 강아지를 구해준다. 그때 개의 여주인이 잰걸음으로 다가온다. 그녀는 그사이 무슨 일이 일어났는지를 보고는 내게 감사의 인사를 한다. 나는 숙녀 앞에서 모자를 살짝 벗어 인사하고는 가던 길을 계속 간다. 아, 나의 등 뒤에 남겨진 그녀는 세상에 아직 친절한 젊은이가 있었구나 생각하고 있으리라. 됐다, 그것으로 나는 젊은 남자들 모두에게도 좋은 일을 한 셈이다. 예쁜 구석이라고는 눈 씻고 찾아봐도 없는 그 여인이 미소 짓던 모습이라니. "감사합니다, 선생님." 아, 그녀가 나를 신사로 만들었다. 그렇다, 때와 장소에 맞는 행동을 할 줄 안다면 그는 신사다. 그리고 감사한 마음이 드는 사람은 누구나 존경하게 되는 법이다. 미소 짓는 사람은 누구나 예쁘다. 여인들은 모두 상냥한 대접을 받을 자격이 있다. 여인들은 제각기 자기 나름의 고귀함을 지니고 있다. 나는 세탁소를 하는 여인이 마치 여왕처럼 거동하는 모습을 본 적이 있다. 그 모든 것들이 얼마나 재미있는지, 아 정말 재미있다. 그런데 해가 얼마나 쨍쨍 내리쬐었던가. 나는 황급히 그 자리를 떠났다! 정확히 말하자면, 백화점 안으로 들어갔다. 거기서 나는 사진을 찍는다. 벤야멘타 씨가 내 사진을 한 장 가져오라고 했다. 사진을 찍고 나면 나는 진실에 입각한 짧은 이력서를 써야만 한다. 그러기 위해서는 종이가 필요하다. 그래서 나는 이제 종이가게에 들르는 즐거움까지 누려본다.

학우 실린스키는 폴란드 출신이다. 그는 귀엽고, 서툰 독일어를 구사한다. 귀에 익숙지 않은 것들은 왠지 모두 고상하게 들린다. 왜 그런지는 나도 모르지만 말이다. 실린스키가 가장 자랑스럽게 여기는 것은 그가 어디선가 손에 넣은, 전기로 불이 켜지는 넥타이핀이다. 그는 밀랍 성냥에 불을 붙이는 것도 좋아한다. 아니, 무척 즐긴다고 말해야 할 것 같다. 그의 구두는 언제나 윤이 나게 닦여 있다. 그가 자기 양복을 세탁하고, 장화를 닦고, 모자를 솔질하는 모습은 감탄스러울 만큼 자주 눈에 띈다. 그는 싸구려 손거울을 들여다보기를 좋아한다. 말이 나왔으니 말인데 허영이 무엇을 의미하는지도 모르면서 우리 학생들은 모두가 손거울을 지니고 다닌다. 실린스키는 후리후리한 몸매에 매우 귀여운 얼굴, 그리고 하루에도 수백 번 빗고 다듬는 곱슬머리를 가지고 있다. '나는 작은 말한테 가고 싶어'라고 그는 말한다. 말을 빗으로 긁어주고, 씻겨주고, 그러고 난 후에 말을 타고 나가는 것, 그것이 그가 즐겨 꾸는 꿈이다. 그가 지닌 지적 재능은 정말로 보잘것없다. 그에게 명민함이라고는 전혀 찾아볼 수 없다. 섬세한 감각 같은 것들을 그에게서 요구해서는 안 된다. 그는 절대로 바보는 아니다. 약간 모자란다고 말할 수는 있을 것이다. 하지만 내 학우들을 두고 그런 말을 입에 담고 싶지는 않다. 내가 그들 가운데 가장 영리하다는 사실은 결코 즐거운 일이 되지는 못하리라. 생각과 기발한 착상 들이 나 같은 놈에게 무슨 소용이란 말인가? 나는 그런 것들을 가지고 뭘 하면 좋을지도 모르는데. 아무렴 그렇고말고. 아니다, 아냐, 난 통찰력을 얻으려 해볼 수는 있겠지만 건방을 떨고 싶지는 않다. 어떤 경우에도 나 자신이 주변 사람들보다 뛰어나다고 느끼고 싶지 않다. 실린스키는 행복한 삶을 살게 되리라. 여인들은 그를 총애할 것이다. 그는 훗날 여인들의 총아가 될 만한 외모를 가졌다. 그의 얼굴과 손은 고상한 무언가를 연상시키는 연갈색, 말하자면 밝은 색을 띠고 있으며, 그의 눈은 노루의 눈처럼 수줍음이 담긴 매력적인 눈이다. 이런 특성들을 모두 등에 업고 그는 젊은 시골 귀족이 될 수도 있을 것이다. 그의 몸가짐은 넓은 농장을 연상시킨다. 도시적이고 시골스런, 우아하면서 거친 것이 고상하면서도 강력한 인간 교양 속에서 함께 어우러져 융합되는 그런 농장 말이다. 그는 할 일 없이 빈둥거리며 돌아다니는 것을 좋아한다. 사람들로 북적대는 번화가들을 이리저리 어슬렁거리는 것을 특히 좋아한다. 나는 이따금 그와 동행을 하곤 하는데, 그럴 때면 빈둥거리는 것을 구박하고 경멸하는 크라우스는 경악한다. "너희 두 사람 또 즐기러 갔었던 거야? 그래?" 우리가 기숙사로 돌아오면 크라우스는 이런 말로 우리를 맞는다. 크라우스에 관해선 정말이지 많은 이야기를 하지 않을 수 없다. 그는 우리 생도들 가운데 가장 정직하고 유능하다. 유능함과 정직함이야말로 한도 끝도 없는 무한한 영역이다. 선하고 올곧은 사람의 모습과 냄새처럼 나를 극도로 흥분시키는 것은 없다. 천하거나 사악한 것은 금방 다 알 수 있다. 하지만 성실하고 고상한 무언가를 이해하는 것, 그것은 매우 어려운 일이다. 동시에 매우 매력적인 일이기도 하다. 그렇다, 미덕들이 악덕들보다 내게 훨씬, 훨씬 더 흥미롭다. 이제 크라우스에 대해 이야기해야만 한다. 하지만 그러기가 정말 두렵다. 점잔빼는 것일까? 언제부터? 아닐 것이다.

나는 요즘 매일 백화점에 들러 내 사진이 나오려면 아직 멀었는지를 물어본다. 그때마다 나는 엘리베이터를 타고 맨 위층까지 올라가 볼 기회를 갖는다. 엘리베이터 타는 것이 나는 싫지 않다. 그것은 내가 아직도 생각 없이 하고 있는 여러 짓들에 잘 어울린다. 엘리베이터를 타면 나는 다시 어린 시절의 꼬마가 되어버린 듯하다. 다른 사람들도 그럴까? 이력서를 나는 아직도 쓰지 못했다. 나의 과거에 대해 거짓 없이 있는 그대로 쓴다는 것은 좀 껄끄러운 일이다. 크라우스는 날이 갈수록 점점 더 못마땅한 시선으로 나를 본다. 그것은 내가 원하던 바다. 내가 좋아하는 사람들의 성난 모습을 보는 것이 즐겁다. 내가 아끼는 사람들에게 나의 다른 모습을 보여주는 것보다 더 기분 좋은 일은 없을 것이다. 그건 옳지 못한 일이기는 하겠지만 대담한 일이다. 그래서 내게 어울린다. 나는 다소 병적인 것 같기도 하다. 예컨대 세상에서 내가 가장 좋아하는 사람을 화나게 하고, 나에 대한 좋지 않은 견해들을 잔뜩 갖게 했다는 것을 끔찍하게 의식하며 죽음을 맞는 일이 이루 형언할 수 없을 만큼 아름답게 여겨진다. 이것은 어느 누구도 이해하지 못할 것이다. 반항 속에서 아름다움의 전율을 느낄 수 있는 자라면 이해할 수 있을지도 모르겠다. 겁 없이 저지르는 행동, 어리석은 짓거리 때문에 비참하게 죽는 것. 이것이 추구할 가치가 있는 것일까? 아니다, 분명코 아니다. 하지만 모든 것이 결국 천박하기 그지없는 어리석은 짓거리에 불과하지 않은가. 지금 생각나는 일이 있다. 이유가 뭔지는 모르겠지만 그것을 여기서 말하지 않을 수가 없다. 일주일 전, 아니 불과 며칠 전까지만 해도 내게 10마르크가 있었다. 지금은 그 10마르크가 사라져버리고 없다. 어느 날엔가 여인들이 시중을 드는 레스토랑에 들어갔었다. 저항할 수 없는 강력한 힘에 이끌려 안으로 들어갔다. 한 아가씨가 나에게 달려들어서는 눕는 소파 위에 앉으라고 자꾸 권했다. 그 끝이 어떠하리라는 것을 나는 대략 짐작하고 있었다. 나는 아가씨의 몸을 밀쳤다. 하지만 완강히 밀친 것은 아니었다. 내게는 아무것도 중요하지 않았다. 반대로 모든 것이 중요하기도 했다. 그 아가씨 앞에서 도도하게 눈을 내리깐 멋쟁이 신사 노릇을 하는 것은 비할 데 없이 즐거웠다. 단둘이 있게 된 우리는 달콤하기 그지없는 어리석은 짓들을 했다. 우리는 술을 마셨다. 그녀는 쉴 새 없이 뷔페로 달려가서 마실 것을 새로 가져왔다. 그녀는 내게 자신의 매혹적인 스타킹 밴드를 보여주었고, 나는 그것을 입술로 애무했다. 아, 이 얼마나 어리석은가. 그녀는 끊임없이 일어나서는 마실 것을 새로 가지고 왔다. 그것도 너무나 빨리. 그녀는 멍청한 젊은이한테서 그만큼 빨리 한몫 단단히 챙기고 싶었던 것이다. 나는 그녀의 속셈을 완전히 간파하고 있었다. 하지만 바로 그것이 내 마음에 들었다. 그녀가 나를 어리숙하게 보고 있다는 사실이 마음에 들었다. 이 얼마나 기묘한 타락인가. 얼마간 돈을 빼앗기리라는 것을 알아채고는 그 사실에 대해 은밀히 기뻐하다니. 어쨌거나 그 모든 일이 내게는 황홀했다. 간살부리며 애무하는 음악 속에서 내 주위의 모든 것들은 사라졌다. 그 아가씨는 폴란드 출신이었다. 그녀는 늘씬하고 유연한 몸매를 지니고 있었으며 너무나도 매혹적으로 타락해 있었다. 나는 생각했다. '내가 가진 10마르크는 이제 없는 돈이다.' 그러고는 그녀에게 키스를 했다. 그녀는 말했다. "말해봐, 당신 뭐 하는 사람이지? 마치 귀족처럼 굴고 있잖아." 난 그녀에게서 뿜어져 나오는 향내를 들이마시는 데 여념이 없었다. 그것을 알아차린 그녀는 무척 좋아했다. 툭 터놓고 말해보자. 방탕함이 저지르는 일을 황홀경이 용서하는 그런 장소에 가서 사랑과 아름다움을 느낄 줄 모른다면 그 사람은 참으로 악한이 아닐까? 나는 마구간 머슴이라고 그녀에게 거짓말을 했다. "아, 그럴 리가 없어. 그러기에는 당신 몸가짐이 너무 멋진걸. 나한테 잠시 들렀다 가"라고 그녀는 말했다. 그래서 나는 그런 곳에서 '잠시 들렀다 가'라는 말이 의미하는 바를 그녀에게 해주었다. 그녀는 웃고 농담을 던지고 나에게 키스를 하면서 내게 설명을 해주었고, 나는 그녀의 설명대로 했다. 잠시 후 나는 어둠이 깔린 거리에 서 있었다. 빈털터리가 된 채. 기분이 어땠냐고? 잘 모르겠다. 하지만 한 가지는 알고 있다. 나는 다시 몇 푼이라도 돈을 구해야만 한다. 어떻게 하면 돈을 구할 수 있을까?

거의 매일 아침 나와 크라우스 사이에 나지막한 말다툼이 벌어진다. 크라우스는 내게 일을 시켜야 한다고 한결같이 믿고 있다. 내가 아침에 일찍 일어나는 것을 싫어한다고 크라우스가 믿고 있다면, 그것은 전혀 틀린 생각은 아니다. 아니, 그렇기도 하다. 나는 잠자리에서 일어나는 것은 무척 좋아한다. 하지만 다른 한편으론 일어나야 할 시간보다 조금 더 오래 누워 있는 것이 기분 좋은 일이라고 생각하고 있다. 무언가를 해서는 안 된다는 것, 그것은 때로 너무나 유혹적이다. 그래서 그것을 하지 않고는 배길 수 없게 된다. 구속은 불법적인 행동을 하고 싶도록 만든다. 그래서 나는 기본적으로 모든 종류의 구속을 사랑한다. 만약 어떤 규율도, 어떤 의무도 이 세상을 지배하지 않는다면, 아마 나는 죽어버릴 것이다. 너무나 지루한 나머지 입맛을 잃고 굶어 죽거나, 불구가 되어버릴 것이다. 사람들은 나를 다그치고, 구속하고, 감독하기만 하면 된다. 그것이 내게 두말할 나위 없는 기쁨이다. 하지만 결국에는 내가 결정을 내린다, 나 혼자서. 나는 이맛살을 찌푸리고 있는 '법'이라는 것을 화나게 만들고, 그 뒤엔 그것을 가라앉히려고 애쓴다. 크라우스는 벤야멘타 학원에 존재하는 모든 규정들의 대변자다. 그래서 나는 모든 학우들 중 가장 우수한 그에게 끊임없이 싸움을 걸게 된다. 나는 다투는 것을 아주 좋아한다. 다투지 못한다면 아마 나는 병이 날 것이다. 크라우스는 다투고 화나게 만들기에 아주 훌륭한 상대이다. 그는 항상 옳다. "이제 그만 좀 일어날래, 이 게으름뱅이야!" 그리고 나는 항상 옳지 않다. "알았어, 알았다고, 잠깐 기다려. 나간다고." 잘못한 자는 올바른 자에게 항상 참으라고 요청할 만큼 뻔뻔하다. 올바름은 흥분하기 쉽고, 올바르지 못함은 항상 의기양양하고 뻔뻔스러운 침착함을 과시한다. 열정적으로 선의를 가지고 말하는 사람(크라우스)은 선함과 유익함 따위는 전혀 중요시하지 않는 자(나)에게 지게 마련이다. 나는 승리감에 젖는다. 왜냐하면 아직도 침대 속에 누워 있기 때문이다. 크라우스는 화가 머리끝까지 나 몸을 부르르 떤다. 문을 두드리고, 호통을 치고, "제발 일어나, 야콥! 이젠 좀 일어나. 빌어먹을, 너 같은 게으름뱅이는 없어"라고 말하는 것이 늘 아무 소용도 없기 때문이다. 화를 낼 수 있는 자, 오, 나는 그런 사람에게 호감을 느낀다. 크라우스는 기회만 있으면 화를 낸다. 그것은 참으로 훌륭하고, 참으로 유머러스하고, 참으로 고결한 일이다. 우리 두 사람은 잘 어울린다. 화난 사람 앞에는 항상 죄인이 하나 서 있어야 한다. 그렇지 않으면 뭔가 빠진 모양새니까. 마침내 잠자리를 털고 일어나면 나는 할 일 없는 사람처럼 우두커니 서 있다. 그러고 있으면 크라우스가 내게 말한다. "다 늦게 일어나서는 일 도울 생각은 않고 멍하니 입만 벌리고 쳐다보는군, 이 멍청이." 이 얼마나 멋진 일인가. 투덜대는 자의 끊임없는 중얼거림은 아름다운 일요일 오후 햇살 아래 반짝이며 흐르는 숲속 시냇물 소리보다 더 아름답다. 사람들, 사람들, 오로지 사람들! 그렇다, 나는 생생하게 느낀다. 내가 사람들을 사랑하고 있다는 것을. 그들의 어리석음과 건드리면 즉각 반응을 보이는 점이 나에게는 가장 고귀한 자연의 경이보다 더 사랑스럽고 더 소중하다. 우리 훈련생들은 매일 아침 윗분들이 일어나기 전에 교실과 사무실을 청소해야만 한다. 청소는 두 명씩 교대로 맡는다. "제발 좀 일어나. 금방 일어날 거지?" 혹은 "이제 참을 만큼 참았다." 혹은 "일어나라, 일어나. 청소할 시간이다. 빗자루를 진작 손에 들고 있었어야지." 이 얼마나 즐거운가. 크라우스, 끝없이 화를 내는 크라우스, 그는 또 얼마나 사랑스러운지.

한 번 더 맨 처음으로 되돌아가야겠다. 입학 첫날로 말이다. 휴식시간이었다. 그때는 전혀 몰랐던 샤흐트와 실린스키가 식당으로 뛰어가더니 아침을 접시에 담아 교실로 가져왔다. 내 앞에도 먹을 것을 조금 놓아주었다. 하지만 나는 식욕이 전혀 없었고, 음식에 손도 대고 싶지 않았다. "먹어야 돼"라고 샤흐트가 내게 말했다. "거기 접시 위에 놓여 있는 것 하나도 남김없이 먹어치워야만 해. 알아들었어?"라고 크라우스가 덧붙였다. 그런 말투들이 내게 얼마나 역겹게 느껴졌는지를 나는 지금도 생생하게 기억하고 있다. 나는 먹어보려고 했지만 구역질이 나서 먹지 못하고 대부분을 남겼다. 크라우스는 내게 바싹 다가와서는 위엄 있게 내 어깨를 치면서 말했다. "신참내기, 먹을 것이 있으면 먹어야만 한다는 규정이 있다는 것을 명심해라. 너는 건방져. 하지만 걱정하지 마. 너의 오만함도 곧 사라질 테니. 버터를 바르고 소시지를 얹은 이런 빵을 길 가다 주울 수 있을 것 같아? 그래? 얌전히 앉아서 한번 참하게 기다려봐. 어쩌면 식욕이 생길지 모르니까. 어쨌거나 너는 여기 놓여 있는 것을 남김없이 다 먹어치워야만 한다. 명심해. 벤야멘타 학원에서는 음식을 먹다 남기는 것은 용납하지 않아. 한 걸음 더 내디뎌봐. 먹어. 어서. 그건 온갖 걱정까지 해가며 우아해지려는 조심성에 불과해. 너의 우아한 짓거리들은 곧 사라지게 될 거야. 내 말을 믿어. 식욕이 없다고 말하고 싶냐? 그럼 네게 충고할게. 식욕을 가져. 너는 지금 오만함을 버리지 못했기 때문에 식욕이 없는 거야. 바로 그게 이유야. 이리 내놔. 이번만은 내가 너를 도와서 먹어주지. 이게 규정에 위반되는 일이긴 하지만. 이렇게 먹는 거다. 봐라, 어떻게 먹는 건지 보이냐? 이거? 그리고 이거? 예술이네, 예술이야." 그 모든 것이 내게 얼마나 곤혹스러웠는지 모른다. 나는 음식을 먹던 그 아이들에게 말할 수 없는 혐오감을 느꼈다. 지금? 지금은 그 어떤 훈련생 못지않게 음식을 아주 깨끗이 싹싹 먹어치운다. 심지어 나무랄 데 없이 차려진 조촐한 식사를 매번 고대하기까지 한다. 그리고 죽는 날까지 음식을 거부한다는 생각은 결코 하지 않을 것이다. 그렇다, 처음에 나는 허영심에 차 있었고, 오만했으며, 알 수 없는 그 무언가로부터 모욕을 당한 것 같았고, 알 수 없는 방식으로 멸시를 당한 것 같았다. 내게는 모든 것이, 모든 것이 낯설기만 했고, 그 때문에 적대적으로만 느껴졌던 것이다. 게다가 난 아주 완벽한 바보였다. 지금도 여전히 바보이긴 하다. 하지만 전보다 조금은 세련되고, 조금은 친근한 방식으로 말이다. 모든 것은 방식에 달려 있다. 세상에는 어리석고 무지한 사람도 있다. 하지만 그가 주어진 상황을 견디면서 적응해나가고, 행동할 줄 알게 된다면, 그의 인생은 실패하지 않을 것이다. 어쩌면 똑똑한 사람, 지식으로 똘똘 뭉친 사람보다 삶을 헤쳐 나가는 방법을 더 잘 찾을지도 모른다. 방식, 그래, 그것이다.

크라우스는 이곳에 오기 전까지 매우 고된 삶을 살았다. 선원이었던 그의 아버지와 함께 그는 석탄을 가득 실은 하역선을 타고 엘베 강을 이리저리 떠다녔다. 크라우스는 힘에 부치는 중노동을 해야만 했고 그래서 나중엔 몸져누웠다. 그는 하인이 되고 싶어 한다. 주인을 제대로 섬기는 하인이 되고 싶어 한다. 그는 하인이 되기 위해 필요한 모든 선량한 특성들을 마치 타고난 것 같다. 그는 아주 훌륭한 하인이 될 것이다. 그는 순종과 친절을 요하는 직업에 아주 잘 어울리는 외모를 가지고 있으니 말이다. 아니, 그뿐만이 아니다. 이 친구의 영혼과 본성, 인품 전체가 또한 가장 긍정적인 의미에서 하인다운 그 뭔가를 지니고 있다. 섬긴다는 것! 나는 크라우스가 점잖은 주인을 맞게 되기만을 바랄 뿐이다. 완벽한 시중을 받는 것을 좋아하지도, 원하지도 않으며 진정으로 섬김을 받는다는 것이 뭔지도 이해하지 못하는 신사들이나 주인들, 즉 윗사람들도 있다. 크라우스에겐 격이 있다. 누가 뭐래도 그는 백작에게나 걸맞다. 다시 말하면 그는 아주, 아주 고귀한 주인에게 어울리는 하인이다. 크라우스 같은 사람을 평범한 노예나 일꾼처럼 부려서는 안 된다. 그는 누구 앞에든 나설 수 있다. 그의 얼굴은 고상한 말투나 몸가짐을 내보여주기에 아주 적격이다. 그를 고용한 사람은 그의 태도와 품행을 자랑스러워하게 될 것이다. 고용한다? 그렇다, 사람들은 그렇게 말한다. 언젠가 크라우스는 누군가에게 임대되거나 고용될 것이다. 그는 그날을 고대하고 있다. 그래서 다소 둔한 머리로 그토록 열심히 프랑스어를 배우고 있는 것이다. 이런 크라우스를 시름에 빠지게 하는 일이 생겼다. 이발소에서, 그의 표현에 따르면, 혐오감을 불러일으키는 어떤 훈장, 즉 작고 불그스레한 화환, 간단히 말하면 점들, 더 간단히 혹은 더 가차 없이 말하자면 부스럼을 얻어온 것이다. 그건 확실히 언짢은 일이다. 고상하고 점잖은 주인을 만나고 싶어 하는 크라우스에게는 더더욱 그렇다. 어떻게 해야 할까? 불쌍한 크라우스! 그를 보기 흉하게 만들고 있는 그 점들이 내가 그에게 키스하는 데에는 아무런 방해가 되지 않는다. 키스를 꼭 해야 한다면 말이다. 진심이다. 그런 것들은 아무 문제가 안 된다. 나는 이제 그런 것 따위는 더이상 보지 않는다. 그가 못생겼다는 사실도 보지 않는다. 그의 얼굴에서 나는 그의 아름다운 영혼을 본다. 영혼, 그것은 뜨거운 애무를 받을 가치가 있는 것이다. 하지만 미래의 주인, 고용주는 그 점에서 물론 생각이 전혀 다를 것이고, 그 때문에 크라우스도 그를 보기 흉하게 만들고 있는 그 우아하지 못한 상처들에 연고를 바르고 있다. 그는 자주 거울을 들여다본다. 상처가 잘 낫고 있는지 관찰하기 위해서다. 쓸데없는 허영심에서 그러는 것이 아니다. 만약 그가 이러한 부스럼을 얻지 않았다면 아마 거울을 들여다보는 일은 결코 없었을 것이다. 한마디로 그보다 더 허영심이 없고, 더 교만하지 않은 존재는 창조할 수 없을 것이다. 크라우스에게 대단한 관심을 두고 있는 벤야멘타 씨는 종종 누군가에게 그의 혐오스러운 부스럼이 그의 바람대로 사라졌는지 물어보고 오라고 지시한다. 크라우스는 머지않아 세상 밖으로 나가 일을 하게 될 것이다. 그가 학원을 떠나갈 그 순간을 생각하면 두렵기만 하다. 그날은 그렇게 빨리 오지는 않을 것이다. 그의 얼굴을 치료하는 데 아직 상당한 시간이 걸릴 것 같다. 물론 시간이 오래 걸리기를 바라는 것은 절대로 아니다. 아니, 나는 그것을 바라기도 한다. 그가 떠나고 나면 무척 그리울 것이다. 크라우스는 그의 재능들을 알아볼 줄 모르는 주인을 너무 일찍 만나게 될지도 모른다. 그러면 나는 내가 사랑하는 사람을 너무 일찍 떠나보낼 수밖에 없을 것이다. 내가 그를 사랑했다는 것을 그가 미처 알기도 전에.

이런 글들을 나는 대부분 저녁에 쓴다. 그 큰 책상에서 램프를 켜고 말이다. 우리 훈련생들은 대부분은 멍하게, 이따금은 멍하지 않게 책상에 앉아 있다. 크라우스가 호기심에 차서 내 어깨너머로 훔쳐볼 때가 있다. 한번은 내가 그를 질책했다. "이봐 크라우스, 너 언제부터 너와는 아무 상관도 없는 남의 일에 신경을 쓰게 되었냐?" 그는 매우 화를 냈다. 소리 없이 호기심을 좇다 은밀한 오솔길에서 와락 들킨 사람들이 으레 그러는 것처럼 말이다. 이따금 나는 밤늦게까지 혼자 공원 벤치에 하염없이 앉아 있곤 한다. 가로등이 켜지고, 눈부신 전기 불빛이 나뭇잎들 사이로 타오르듯 흘러내린다. 모든 것은 흥분을 자아내고, 낯선 비밀들이라도 알려줄 것 같다. 사람들이 이리저리 산책을 하고 있다. 공원에 감춰진 작은 길들에선 속삭이는 소리가 들려온다. 얼마 후 나는 기숙사로 돌아온다. 문이 잠겨 있다. "샤흐트." 내가 나지막하게 부르면 그 친구는 나와의 약속대로 열쇠를 마당으로 던져

준다. 나는 발꿈치를 들고, 장시간 외출은 금지되어 있기에, 살금살금 방으로 들어가 침대에 눕는다. 그러고는 꿈을 꾼다. 무서운 꿈을 꿀 때가 많다. 어느 날 밤엔가 이런 꿈을 꾸기도 했다. 내가 엄마의, 지금은 멀리 떨어져 있는 사랑하는 엄마의 뺨을 때렸던 것이다. 그 순간 얼마나 큰 비명을 질러대며 겁에 질려 후다닥 잠에서 깼는지 모른다. 내가 상상한 행동의 혐오스러움에서 비롯된 고통이 나를 침대에서 내몰았다. 나는 경외감을 불러일으키는 그 성스러운 여인의 머리카락들을 잡아 뜯고, 그녀를 바닥에 내동댕이쳤다. 아, 어떻게 그런 생각을 한단 말인가. 살을 에는 물줄기처럼 어머니의 눈에서 눈물이 쏟아져 나왔다. 비탄이 그녀의 입을 베고, 갈기갈기 찢던 모습을, 고통에 차 허덕거리던 그녀의 모습과 뒤로 젖혀지던 그녀의 목덜미를 난 아직도 생생히 기억하고 있다. 그런데 무엇 때문에 그 모습들을 지금 또다시 떠올리고 있는 것인가? 내일은 반드시 이력서를 써야 한다. 그러지 않으면 혹독한 질책을 받게 될 것이다. 저녁 아홉시경이면 우리 생도들은 잠자리에 들기 전에 항상 부르는 짧은 노래를 부른다. 우리가 내실로 연결된 문 근처에서 반원을 그리며 서 있으면 문이 열리면서 벤야멘타 양이 편안하게 흘러내리는 새하얀 옷을 입고 모습을 드러낸다. 그녀는 "잘 자라, 얘들아" 하고 우리에게 인사하고는 취침을 명한다. 아울러 떠들어서는 안 된다고 경고한다. 그러고 나면 항상 크라우스가 교실의 불을 끈다. 그 순간부터는 어떤 조그만 소음도 내서는 안 된다. 모두 발뒤꿈치를 들고 걸어서 자기 침대로 가야만 한다. 그 모든 일이 너무나 기이하기만 하다. 벤야멘타 오누이는 어디서 잠을 자는 걸까? 우리에게 잘 자라고 인사할 때 벤야멘타 양의 모습은 마치 천사와도 같다. 내가 그녀를 얼마나 숭배하는지. 저녁이 되면 원장 선생님의 모습은 어디서도 볼 수가 없다. 그것은 기이하든 기이하지 않든 간에, 어쨌거나 신경이 쓰이는 일임에는 틀림없다.

벤야멘타 학원은 예전에 훨씬 더 큰 명성과 좋은 평판을 누렸던 것 같다. 우리 교실의 한 벽에는 대형 사진이 한 장 걸려 있는데, 그 사진에서 과거에 한 학년을 이루었던 학생들의 모습을 한꺼번에 볼 수 있다. 말이 나왔으니 말이지만, 우리 교실은 너무 무미건조하다. 교실에 있는 가구라고는 긴 책상, 열 내지 열두 개 정도의 의자, 커다란 붙박이장, 작은 보조 책상, 또 다른 작은 붙박이장, 오래된 여행 가방, 그 밖에 몇몇 사소한 물건들이 전부다. 비밀이 가득한 미지의 세계인 내실들로 나 있는 문 위에는 상당히 평범해 보이는 경찰 검이, 그 위에 엑스 자로 겹쳐져 있는 칼집과 함께 장식으로 걸려 있다. 그 위에는 투구가 근엄하게 걸려 있다. 이 장식은 마치 이곳에서 통용되고 있는 규정들을 보여주는 그림이나 혹은 장식적 표명과 같은 느낌을 준다. 내 개인적인 생각을 말하자면, 십중팔구 어느 늙은 고물장수와 흥정하여 얻었을 이 장식물들은 누가 거저 준다고 해도 난 싫다. 검과 투구는 두 주 간격으로 내려서 닦는다. 그것은 아주 좋은 일이기는 하지만, 사실 바보 같은 일거리라고 말하지 않을 수 없다. 교실에는 이러한 장식 외에도 별세한 황제 부부의 사진들이 걸려 있다. 늙은 황제의 모습은 놀라우리만큼 평온해 보이고, 황비는 어머니처럼 푸근한 무언가를 지니고 있다. 우리 훈련생들은 비누와 따뜻한 물로 교실을 자주 청소하고 문질러 닦아낸다. 청소가 끝나면 깔끔한 향이 나고 반짝반짝 빛이 난다. 모든 일은 우리 손으로 해야 한다. 하녀들이나 하는 이런 일을 할 때면 우리는 모두 앞치마를 두른다. 여자들의 일을 떠올리게 하는 옷을 걸친 우리는 너나 할 것 없이 모두 우스꽝스러워 보인다. 하지만 청소를 하는 날엔 하루가 유쾌하게 지나간다. 즐겁게 바닥에 윤을 내고, 세간들과 부엌살림들을 왁스 묻힌 걸레로 광택이 나도록 닦는다. 책상과 의자들에 물을 끼얹고, 문고리를 번쩍거리게 문지르며, 유리창은 입김을 불어 닦는다. 모두 작은 과제를 받고, 모두 무슨 일인가를 해낸다. 닦고, 문지르고, 씻어내는 그런 날에는 동화 속 요정들이 떠오른다. 불가사의한 따뜻한 마음씨를 가지고 힘들고 거친 일들을 척척 해냈다는 작은 요정들 말이다. 무슨 일을 하든 우리 훈련생들은 그것을 해야만 하기 때문에 한다. 왜 그것을 해야만 하는지, 그걸 제대로 아는 사람은 아무도 없다. 우리는 이 모든 사념 없는 복종에서 어떤 결과가 나올 것인지에 대해서는 아무 생각도 없이 복종한다. 우리가 그 일들을 해내야만 한다는 사실이 과연 합당하고, 정당한가에 대한 아무런 생각 없이 일을 수행한다. 그렇게 청소를 하던 어느 날이었다. 우리들 가운데 가장 나이가 많은 친구인 트레말라가 못된 장난을 걸면서 나에게 접근했다. 그는 살며시 내 뒤에 와서는 내게 거의 동물적 쾌락에 가까운, 역겨운 친절을 베풀려는 의도에서 그 추악한 손으로(그런 짓을 하는 손들은 거칠고 추악하다) 내 은밀한 곳을 움켜잡았다. 나는 뒤로 휙 돌아서서는 그 흉악한 놈을 때려눕혔다. 평상시에 나한테서는 절대로 그런 힘이 나오지 않는다. 트레말라가 나보다는 훨씬 힘이 세다. 하지만 분노가 나에게 엄청나게 강력한 힘을 주었다. 트레말라는 몸을 날려서 내게 달려들었다. 그때 문이 열리고 벤야멘타 원장 선생님이 문지방에 나타났다. "야콥, 이 말썽꾸러기!" 그가 소리친다. "이리 와봐!" 나는 원장 선생님 앞으로 갔다. 그는 누가 먼저 싸움을 걸었는지는 묻지도 않고 내 머리를 한 대 쥐어박고 가버렸다. 나는 그를 쫓아가서 그가 얼마나 부당한지 면전에서 외쳐주고 싶다. 하지만 참는다. 정신을 가다듬고 무리지어 있던 아이들을 휙 둘러본 뒤 하던 일을 다시 계속한다. 그후로 트레말라와는 더이상 아무 얘기도 하지 않는다. 그도 나를 어디서나 피한다. 그는 그 이유를 잘 알고 있다. 그가 나에게 미안해할 수도 있다. 혹은 미안함 비슷한 어떤 감정을 느낄 수도 있을 것이다. 하지만 그러든 말든 내가 알 바는 아니다. 거칠기 짝이 없던 그 사건은, 뭐라고 표현하면 좋을까, 이미 기억 속에서 잊힌 지 오래다. 트레말라는 오래전에 원양어선을 탄 적이 있었다. 그는 타락할 대로 타락한 놈이다. 그는 자신의 파렴치한 기질들을 즐기고 있는 듯 보인다. 게다가 그는 도가 지나칠 정도로 무식하다. 그래서 그에게는 전혀 관심이 안 간다. 잔꾀는 많은데 그와 동시에 믿을 수 없을 정도로 멍청한 것, 이 얼마나 재미없는 일인가! 하지만 그런 트레말라를 통해 알게 된 것이 한 가지 있다. 일어날 수 있는 모든 가능한 공격과 무례한 행동들에 대비하여 언제나 조금은 마음의 준비를 하고 살아야 한다는 것이다.

자주 밖에 나간다. 나가서 거리를 걷는다. 그리고 그럴 때면 매우 시끌벅적한 동화 속에서 살고 있는 것 같은 느낌이 든다. 밀리고 밀쳐대는 사람들, 쩔그럭거리고 덜컹거리는 그 온갖 소리들. 고함 소리, 발 구르는 소리, 웅성거리고 윙윙거리는 소리. 거리에는 모든 것이 빽

빽하게 들어차 있다. 마차 바퀴 바로 옆으로 사람들이 걸어간다. 어린 아이, 여자아이, 남자, 우아한 여인 들이. 군중 속에는 노인과 불구자, 그리고 머리를 붕대로 감은 사람들이 보인다. 사람과 마차의 새로운 행렬들을 끊임없이 볼 수 있다. 전차는 마치 인형들을 가득 쑤셔 넣은 상자들을 이어놓은 것처럼 보인다. 버스는 볼품없이 몸만 거대한 풍뎅이처럼 덜거덕거리며 지나간다. 버스가 지나간 자리에 달리는 전망대처럼 보이는 마차들이 나타난다. 위로 높이 솟아 있는 마차의 좌석에 사람들이 앉아 그 아래에서 걷고, 뛰고, 달리는 모든 것들의 머리 위로 지나간다. 원래 있던 사람들의 무리 속으로 새로운 무리가 밀치고 들어간다. 끊임없이 오고, 가고, 나타났다가 사라진다. 말들은 발길질을 한다. 빠른 속도로 달려가는 우아한 고급 마차들 안에서 장식용 깃털을 단 멋진 모자들이 끄떡거리며 인사한다. 유럽 전역이 갖가지 유형의 인간들을 이곳으로 보낸다. 우아한 사람들이 미천한 사람들 바로 옆을 지나간다. 어디로인지는 모르지만 사람들은 가고 있다. 그들은 다시 돌아온다. 하지만 그때는 완전히 다른 사람들이다. 그들이 어디서 오는지는 아무도 모른다. 어느 정도는 알아맞힐 수 있으리라 믿고, 알아내려고 애쓰며 즐거움을 느낀다. 이 모든 것들 위로 여전히 태양은 빛나고 있다. 태양은 어떤 사람에겐 콧잔등을, 또 다른 사람에겐 발끝을 비춰준다. 여인들의 치맛자락에는 반짝거리며 감각을 어지럽히는 레이스들이 보인다. 강아지들은 마차 안에서 늙은 귀부인의 품에 안긴 채 산책을 즐기고 있다. 가슴이 눈에 확 들어온다. 옷에 꽉 조인 여인들의 가슴이. 그 다음엔 다시 남자들의 입술에 물려 있는 어리석기 짝이 없는 수많은 시가들이. 그리고 예상치 못한 의외의 거리들을 상상하게 된다. 눈에 띄지 않은 새로운 지역들, 역시 사람들로 북적이는 지역들을. 저녁 여섯시에서 여덟시 사이에 거리는 가장 우아하며 가장 북적댄다. 이 시간에는 최상류층 사람들이 산책을 한다. 이 사람들의 물결, 화려하고 그칠 줄 모르는 물결 속에서 우리의 존재는 도대체 무엇이란 말인가? 움직이는 이 모든 얼굴들이 석양의 열기를 받아 붉게 물들곤 한다. 날이 흐리고 비가 온다면? 그땐 이 모든 형상들과 나는 마치 꿈속의 인물들처럼 흐릿한 베일 아래를 재빠르게 지나간다. 무언가를 애타게 찾았지만 아름답고 참된 것이라고는 좀처럼 발견하지 못한 것처럼. 이곳에서는 모두가 무언가를 찾고 있다. 모두가 부귀와 동화 속의 재물을 동경한다. 사람들이 서둘러 어디론가 걸어간다. 아니, 그들 모두 자제하고 있다. 하지만 조급함, 갈망, 고통, 그리고 불안이 열망 가득한 눈가에서 희미하게 빛을 낸다. 얼마 후면 다시 뜨거운 정오의 태양 아래서 모든 것들이 일광욕을 하게 된다. 모두가 잠든 듯 보인다. 차도, 말도, 바퀴들도, 소음들도. 사람들은 멍한 시선을 던진다. 무너져 내릴 것 같은 고층 집들은 꿈을 꾸고 있는 듯 보인다. 여자아이들은 바삐 지나가고, 소포들이 운반된다. 누군가의 목에 매달리고 싶어진다. 기숙사로 돌아오면 크라우스가 앉아 있다가 나를 비웃는다. 나는 그에게 말한다. 세상에 대해 조금은 알아야만 한다고. "세상을 알아야 한다?" 그는 마치 깊은 사색에 빠진 듯 말한다. 그러고는 경멸의 미소를 짓는다.

학원에 들어온 뒤 두 주쯤 지났을 때 한스가 우리 방에 나타났다. 그림 형제의 동화책 속에 나오는 것처럼 한스는 진짜 농부의 아들이다. 그는 메클렌부르크의 두메산골 출신이다. 그래서 그에게서는 꽃이 흐드러진 풍요로운 목초지와 소외양간, 그리고 시골 농가의 향내가 난다. 그는 늘씬하고, 우락부락한 인상에, 뼈대가 굵다. 그리고 온순한 농부들이 사용하는 기묘한 말을 사용한다. 나는 그가 쓰는 말이 좋다. 그의 말을 들을 때는 콧구멍을 막아보려고 자꾸 애를 쓰게 되지만 말이다. 한스한테 좋지 않은 냄새가 나서 그러는 것은 물론 아니다. 우리는 선량한 한스의 기분을 상하게 할 마음은 전혀 없다. 그런데도 왠지 코를 막게 된다. 정신적이고 문화적인, 영혼이 깃든 코 말이다. 정말 무의식적으로지만. 한스는 그런 것을 전혀 눈치채지 못한다. 그러기에는 시골 출신의 이 녀석은 너무나도 건강하고 너무나도 소박하게 보고, 듣고, 느낀다. 이 녀석의 모습을 뚫어지게 바라보노라면 땅 그 자체, 땅에 파인 도랑과 구불구불한 굴곡과도 같은 그 무언가를 만나게 된다. 사실 뚫어지게 바라볼 필요는 없다. 한스는 깊이 좀 꿰뚫어보라고 요구하지 않는다. 내가 그에게 관심이 없는 것은 아니다. 절대로 아니고말고. 하지만 뭐랄까, 그에게서는 아득하고 가볍게 느껴지는 무언가가 있다. 사람들은 그를 아주 편안하게 대한다. 그에게는 감당하기 힘겨운 감정들을 일깨우는 구석이 없기 때문이다. 그림 형제의 동화 속에 나오는 농부의 아들. 태곳적부터 독일적인, 기분 좋은 무엇인가가 그를 얼핏 처음 보는 순간부터 본질적인 것으로 다가온다. 이 녀석과 좋은 친구가 될 가치는 충분하다. 한스는 이다음에 푸념 한마디 없이 힘든 일을 해나갈 것이다. 고생과 근심과 불행이란 것이 무엇인지 그는 알지 못할 것이다. 그에게는 흘러넘치는 힘과 건강이 있지 않은가. 게다가 그는 못생기지도 않았다. 내가 봐도 웃을 수밖에 없지만, 나는 세상만사, 모든 것에서 사소한 아름다움을 발견한다. 이곳에 있는 나의 훈련생들, 친구들, 그들 모두를 나는 무척 좋아한다.

난 타고난 도시 사람일까? 아마 그럴 것이다. 나는 좀처럼 속아 넘어가지도, 깜짝 놀라지도 않는다. 예상치 못한 소요가 엄습해오더라도 언제든 그에 맞설 극도의 냉철함이 나에게는 있다. 엿새 동안 여기저기 헤매고 다닌 적이 있었다. 말이 나왔으니 말인데 나는 아주, 아주 작은 세계적 도시에서 자랐다. 엄마 젖을 빨며 나는 도시적 기질과 감성도 함께 빨아들였다. 나는 어릴 적에 이미 노동자들이 술에 취해 소리를 질러대고 이리저리 비틀대는 모습을 보았다. 어린 시절부터 이미 자연은 천국처럼 먼 존재로 느껴졌다. 그래서 나는 자연 없이도 살 수 있다. 그렇다면 신 없이 사는 것도 가능하지 않을까? 선함과 순수함, 그리고 숭고함이 안개 속 어딘가에 숨겨져 있다는 것을 아는 것, 그들을 아주, 아주 은밀하게, 말하자면 매우 냉철하면서 드러나지 않는 조용한 열정을 가지고 숭배하고 경배하는 것, 나는 그런 일에 익숙하다. 어린 시절에 칼에 수없이 찔려 피범벅이 된 채 담에 기대어 죽어 있던 공장 노동자를 본 적이 있다. 그리고 언젠가 또 한번은, 라바숄이 활동하던 시기였는데, 곧 폭탄들이 투척될 거라는 이야기가 학생들 사이에서 나돌았다. 오래전 일이다. 내가 하려고 했던 이야기는, 그러니까 친구 키다리 페터에 관한 것이다. 키가 후리후리한 이 아이는 아주 익살맞다. 보헤미아의 테플리츠 출신으로 그는 슬라브어와 독일어를 할 줄 안다. 아버지는 경찰이고, 페터는 밧줄가게에서 상인 교육을 받았다. 하지만 그는 무지하고, 아무 쓸모 없고, 버르장머리 없는 아이인 척 행동했던 모양이다. 그런 모습이 내게는, 나만 그렇게 생각하겠지만, 아주 사랑스럽다. 그는 누군가 요청하면 헝가리 말과 폴란드 말도 할 수 있다고 한다. 하지만 그런 것을 그에게 요청할 사람은 여기 아무도 없다. 이 무슨 분에 넘치는 어학 실력이란 말인가! 페터는 우리 생도들 가운데 단연코 가장 멍청하고 둔하다. 바로 그 점 때문에 나의 소박한 마음은 그에게 상장과 화환을 수여해주고 싶다. 멍청한 사람들이 내게는 너무나도 사랑스럽기 때문이다. 모든 것을 이해하려 하고, 지식과 재치로 번쩍거리고, 자신을 과시해대는 인간들을 나는 증오한다. 영리하고 약아빠진 인간들은 뭐라 형언할 수 없는 공포다. 그에 비하면 페터는 얼마나 사랑스러운지 모른다. 그는 키가 굉장히 크다는 사실만으로도 멋지지만, 그보다 더 멋진 이유는 고운 마음씨를 가졌다는 것이다. 그의 착한 마음은 스스로에게 자신이 멋진 신사이며 고상하고 우아한 한량의 외모를 지녔다고 끊임없이 속삭여주는 것이다. 정말 웃지 않을 수 없는 일이다. 그는 항상 자신이 겪은, 하지만 직접 체험하지는 않았을 가능성이 농후한, 모험들에 대해 이야기한다. 하긴 페터가 세상에서 가장 세련되고, 가장 우아한 산책용 지팡이를 가지고 있다는 것은 사실이다. 그는 끊임없이 밖으로 나가 그 지팡이를 들고 사람들로 북적이는 거리를 산책한다. 나는 언젠가 한번 그를 F거리에서 만난 적이 있다. F거리는 이곳 대도시 삶의 매력적인 중심부다. 그는 멀찍이 떨어진 곳에서부터 손을 흔들고, 머리를 끄덕이고, 지팡이를 흔들며 내게 인사를 했다. 그러고는 내가 그에게 가까이 다가가자 아버지처럼 근심어린 눈길로 나를 바라보았다. '뭐야, 너도 여기에 있단 말이야? 야콥, 야콥, 이건 너에게 아직 일러'라고 말하기라도 하려는 듯 말이다. 그러고는 마치 이 속된 세계의 대가처럼, 잠시도 헛되이 버릴 시간이 없는, 세계적인 신문의 편집장처럼 작별을 고하고 사라졌다. 나는 그의 둥글고, 어수룩하고, 귀여운 모자가 무수히 많은 사람들의 머리와 모자 틈에 섞여 사라져 가는 것을 지켜보았다. 그는, 흔히 말하듯, 군중 속으로 잠수해 들어가버렸다. 페터는 공부라는 것을 하는 법이 없다. 그토록 유머러스한 방식으로 공부를 했어도 좋았을 텐데 말이다. 벤야멘타 학원에는 그 희귀한 우둔함을 더욱더 갈고 닦기 위해 들어온 듯싶다. 그는 이곳에서 지내면서 예전보다 훨씬 더 무지해질지도 모른다. 그의 무지가 더욱 만개하면 안 될 이유는 뭐란 말인가? 예를 들어 나는 페터가 살면서 분에 넘치는 큰 성공을 거둘 것이라고 확신하고 있다. 참 이상하기도 하지만, 그의 성공에 아무런 시기심도 일지 않는다. 그렇다, 그것만이 아니다. 큰 위안도 주고, 흥분시키기도 하면서 편안한, 그런 느낌이 있다. 그것은 훗날 내가 페터와 같은 그런 주인, 통치자, 그리고 상관을 모시게 될 거라는 느낌이다. 페터처럼 무지한 사람들이야말로 승진, 출세, 유복한 삶, 그리고 명령을 내리는 일에 적격이기 때문이다. 그리고 나처럼 어떤 면에서 볼 때 영리한 사람들은 그들의 훌륭한 열망을 누군가의 시중을 들면서 꽃피우고 쇠진시켜야만 한다. 나는, 나는 매우 비천하고 미미한 존재가 될 것이다. 느낌으로 알 수 있다. 그 느낌은 이미 완결된, 손댈 수 없는 사실과도 같다. 맙소사, 그럼에도 불구하고 나는 그토록 많은 용기를, 삶을 살아가는 데 필요한 용기를 그토록 많이 가지고 있단 말인가? 내가 어떻게 된 거지? 종종 나 자신이 조금 두렵기까지 하다. 하지만 그건 잠깐뿐이다. 그래, 그렇다, 나는 나 자신을 믿는다. 하지만 이것이야말로 솔직히 우습지 않은가?

내 친구 푹스를 표현할 수 있는 유일한 말은 '푹스는 삐딱하다, 푹스는 삐뚤어졌다'이다. 그의 말투는 마치 실패한 공중제비 같다. 그는 인간의 모습을 띠긴 했지만 인간으로서는 차마 하지 못할 행동을 한다. 그는 어떤 면에서도 호감을 주지 못한다. 그래서 그 누구의 마음에도 가 닿을 수가 없다. 푹스에 대해 무언가를 안다는 것은 남용이며 세련되지 못하고 불쾌한 과잉이다. 그런 망나니는 알아봤자 경멸만 하게 된다. 무언가를 경멸하는 것은 꺼림칙한 일이기 때문에 사람들은 그런 물건을 아예 잊어버리거나 무시해버린다. 물건, 그렇다, 그는 물건이다. 맙소사, 오늘 내가 이렇게 악담만 해야 하는가? 이런 나를 거의 증오하고 싶은 심정이다. 뭔가 기분 좋은 이야기를 좀 하자. 벤야멘타 씨는 좀처럼 만날 수가 없다. 가끔 나는 그의 사무실에 들러 머리가 땅에 닿을 정도로 깊숙이 몸을 숙여 절을 하고는 "안녕하세요, 원장 선생님"이라고 말한다. 그러고는 군주와도 같은 그에게 외출을 해도 되냐고 묻는다. "이력서는 썼어? 썼냐?"라는 질문이 내게 던져진다. "아직 안 썼는데요. 하지만 쓸 거예요"라고 대답한다. 벤야멘타 씨가 내게 다가온다. 정확히 말하자면 내가 서 있는 창구로 온다. 그러고는 그 거대한 주먹을 내 코앞에 들이댄다. "시간은 엄수해야 될 거다, 이놈아, 아니면…… 어떤 처벌이 기다릴지는 네가 잘 알고 있겠지." 그의 말이 무슨 뜻인지 잘 알고 있다. 나는 다시 허리를 굽혀 인사를 하고는 자리를 뜬다. 참 기이하다. 권력을 행사하는 사람들을 분노가 폭발할 만큼 자극하는 것이 내게 이렇게 큰 즐거움을 선사하니 말이다. 나는 내심 벤야멘타 씨한테 엄한 벌을 받고 싶어 하는 것일까? 경박한 본능들이 내 안에서 꿈틀대고 있는 것일까? 그럴 수도 있다. 뭐든 가능하다. 가장 비열하고 무가치한 것조차도 가능한 일이다. 아무튼, 이력서는 곧 쓸 것이다. 나는 지금 벤야멘타 씨가 아름답다고 느꼈다. 근사한 갈색 수염. 뭐라고? 근사한 갈색 수염이라고? 이런 바보 같으니라고. 그렇지 않다. 원장 선생에게 아름다운 구석이라고는, 멋진 구석이라고는 하나도 없다. 다만 과거에 파란만장한 삶과 큰 불행을 겪었으리라는 것이 어렴풋이 느껴진다. 그러한 인간적인 면, 거의 신성하게 느껴지는 그런 점이 그를 아름답게 보이게 할 뿐이다. 진실한 인간들과 남자들은 결코 눈에 띄게 아름답지 않다. 멋진 수염을 단 남자는 오페라 가수이거나 고액의 봉급을 받는 백화점 간부이다. 겉치레를 하는 남자들이 대개 아름다운 법이다. 물론 예외란 것도 있을 수 있다. 실력이 탄탄한 아름다운 남자들도 존재할 수는 있다. 벤야멘타 씨의 얼굴과 손(내가 이미 감촉을 느껴보았던)은 마디가 불거진 뿌리들, 비극적 순간에 무자비하게 내리치는 도끼들에 맞서 저항해야만 했던 뿌리들과 흡사하다. 내가 만약 고귀한 기품과 정신을 소유한 여인이라면, 겉보기에는 초라하기 그지없는 원장 선생님과 같은 남자들을 무조건 특별히 대우할 것이다. 하지만 추측건대, 벤야멘타 씨는 사회생활을 전혀 하지 않는 것 같다. 세상이라는 것을 뜻하는 사회생활 말이다. 그는 늘 집에만 틀어박혀 있다. 그런 식으로 일종의 은둔을 하고 있다고 할 수 있다. 그는 '고독 속에' 몸을 숨긴다.

그리고 실제로, 고결하고 현명한 이 남자는 분명 아주 고독하게 살고 있을 것이다. 그 어떤 사건들이 이 남자에게 어쩌면 치명적이기까지 한 흔적을 깊이 남긴 것이 틀림없다. 하지만 그게 무엇인지 그 누가 알 수 있으랴? 벤야멘타 학원의 일개 훈련생이 무엇을 더 알 수 있겠는가? 어쨌거나 나는 끊임없이 탐구를 한다. 바로 그 탐구를 위해서 종종 사무실에 가서는 그에게 이렇게 어리석은 질문을 한다. "외출해도 되나요, 원장 선생님?" 그렇다, 이 사람에게는 마음이 끌린다. 그가 나의 관심을 끈다. 벤야멘타 양도 나의 관심을 불러일으킨다. 그렇다, 그렇기 때문에 비밀에 싸인 것들 가운데 무언가를 알아내기 위해 나는 그를 자극한다. 그가 얼떨결에 경솔한 말을 내뱉도록 말이다. 그가 날 때린다고 한들 내게 무슨 해가 된단 말인가? 뭔가를 알아내려는 내 소망은 점점 제어할 수 없는 열정이 되어간다. 이 특이한 인간의 분노가 주는 고통은 다만 얼마간의 진심이라도 내 앞에 털어놓도록 그를 유인하고자 하는 나의 욕망에 비하면 하찮기만 할 뿐이다. 아, 나는 이 사람의 솟구쳐 오르는 신뢰를 얻고 싶다. 간절히, 간절히. 얼마나 멋진 일인가. 그러나 그러기까지는 오랜 시간이 걸릴 것이다. 하지만 나는 믿는다, 믿고 있다. 내가 벤야멘타 남매의 비밀을 마침내 캐낼 수 있으리라는 것을. 비밀들은 견디기 힘든 마력을 예감케 한다. 이루 형언할 수 없을 만큼 아주, 아주 아름다운 것의 향기를 발산한다. 누가 알겠는가, 누가 알겠는가. 아······

나는 대도시의 소음과 끊이지 않는 움직임을 사랑한다. 끊임없이 움직이는 것은 우리를 도의적인 것으로 이끌고야 만다. 예를 들어 도둑이 활기가 넘치는 이 사람들을 보게 된다고 해보자. 그는 자신도 모르는 사이에 스스로 형편없는 인간임을 알게 된다. 즐겁게 움직이고 있는 사람들의 모습이 타락하고 황폐해진 그의 존재를 개선시킬 수 있게 된다. 허풍쟁이가 창조적 활동을 하는 이 힘들을 보게 된다면, 아마도 그는 좀 더 겸손해지고 좀 더 신중해질 것이다. 여러 사람들의 유연함이 그렇지 못한 자의 눈에 띈다면, 그는 자신이 어리석게도 허영에 차서 교만함과 오만함 위에 군림하는 나쁜 놈이라는 생각을 하게 될 것이다. 대도시는 책에서 끌어온 무미건조한 명제들을 통해서가 아니라 실례들을 통해 사람들을 교육시키고 교양으로 이끈다. 거기엔 고리타분한 교수의 냄새를 풍기는 것이라고는 아무것도 없다. 이것이야말로 여러 사람에게 자신감을 가져다준다. 왜냐하면 탑처럼 쌓아올린 학문적 위엄은 사람들의 기를 꺾어버리기 때문이다. 그리고 도시에는 사람들을 지원해주고, 잡아주고, 도와주는 무수히 많은 것들이 존재하고 있다. 말로 다 표현할 수가 없다. 훌륭하고 선한 것을 언어로 생생하게 표현한다는 것이 얼마나 어려운 일인가. 사람들은 이곳에서 소박한 삶에 감사해한다. 그들은 일에 내몰리면서, 다급하게 뛰어다니면서, 언제나 조금은 감사한 마음을 갖는다. 시간을 헛되이 낭비하는 자는 시간의 의미를 알지 못한다. 그는 즉물적이고 어리석고 배은망덕한 자다. 대도시에서 일하는 사환들은 모두 시간이 소중하다는 것을 느끼고 있다. 신문 외판원들이 자신의 시간을 빈둥거리며 보내지는 않을 것이다. 그리고 대도시에는 환상적인 것, 그림과 같이 아름다운 것, 시적인 것이 있다! 사람들은 항상 누군가의 곁을 스쳐 지나가면서 일한다. 그렇다, 그것은 의미 있는 일이다. 그것은 사람들을 자극하고, 정신에 보다 생생한 활기를 불어넣어주게 된다. 머뭇거리고 서 있는 사이 수백 명의 사람들이, 각양각색의 사람들이 그의 머리와 시선을 스치며 지나가버린다. 그것은 그가 태만하고 나태하게 미루기만 하는 사람이라는 것을 분명히 입증해주는 것이다. 사람들은 이곳에서 대체로 분주하다. 매 순간 무언가를 쟁취하고 획득하러 가는 것을 근사하다고 여기고 있기 때문이다. 인생은 다른 어떤 곳에서보다 이곳에서 매혹적인 호흡을 한다. 상처와 고통은 어떤 곳에서보다 더 깊고, 기쁨은 그 어느 곳보다 더 드높이, 그리고 더 오랫동안 환호한다. 왜냐하면 이곳에서 기뻐하는 자는 노동과 노력을 통해 끊임없이 힘들게, 그리고 정직하게 기쁨을 얻기 때문이다. 이곳에도 정원들이 있다. 그것들은 마치 영국의 공원에서나 볼 수 있는 그런 은밀한 장소처럼 우아한 울타리들 안쪽에 한적하고 쓸쓸히 자리 잡고 있다. 바로 그 옆에서는 인생에 자연 경관이나 몽상 따위는 전혀 존재하지 않는다는 듯 장사치들이 내는 온갖 소리가 시끄럽게 들려온다. 열차들이 우레 같은 소리를 내며 진동하는 다리 위를 지나간다. 저녁이 되면 동화 속의 세계처럼 호화롭고 우아한 쇼윈도가 빛을 발한다. 그리고 사람들의 물결, 끝없이 이어지는 사람들의 행렬이 진열창에 전시된 유혹적인 상품들 곁을 천천히 지나간다. 그렇다, 이 모든 것이 나에게는 훌륭하고 위대해 보인다. 소용돌이치고 용솟음치는 이 격동의 한가운데서 사람들은 무언가를 얻는다. 살아 숨 쉬는 이 모든 잡동사니 사이를 예의 바르게, 그리고 거침없이 헤치고 지나가려고 애쓰면서 사람들은 다리와 팔, 가슴속에서 뭔가 유용한 것을 느낀다. 아침이면 모든 것이 새로운 삶을 시작하는 듯하고, 저녁이면 모든 것이 전에는 한 번도 느껴본 적이 없는, 격렬히 포옹하는 새로운 몽상의 팔에 안긴다. 매우 시적인걸. 만약 벤야멘타 양이 내가 쓰고 있는 이 글을 읽게 된다면 내게 아주 적절한 훈계를 할 것이다. 크라우스에 대해서는 이야기하지 않겠다. 그에게는 시골이나 도시나 큰 차이가 없다. 그가 보는 것은 첫번째가 사람, 두번째가 의무, 그리고 세번째는 기껏해야 어머니에게 보낼 목적으로 모으려 하는 저금들이다. 크라우스는 항상 집에 편지를 쓴다. 그는 소박하고도 매우 인간적인 교양을 지니고 있다. 대도시의 분망함, 또 그것이 주는 헛되고 휘황찬란한 무수한 약속들, 이들은 그의 마음을 움직이지 못한다. 이 얼마나 곧고, 섬세하고, 강인한 영혼이란 말인가.

마침내 내 사진이 완성되었다. 정말 잘 나온 사진 속에서 나는 아주, 아주 당차게 세상을 바라보고 있다. 크라우스는 내 기분을 상하게 할 속셈으로 내가 유대인처럼 보인다고 말한다. 결국, 결국엔 그가 슬쩍 웃음을 터뜨린다. "크라우스." 내가 말한다. "부탁인데, 유대인들도 인간이라는 것을 좀 생각해." 우리는 유대인의 가치와 무가치에 대해 왈가왈부하면서 현란한 언쟁을 펼쳐본다. 그가 유대인에 대해 품고 있는 훌륭한 생각들에 어처구니가 없다. "유대인들은 하나같이 다 돈이 많아"라고 그는 말한다. 나는 고개를 끄덕이면서 그 말에 동의한다. 그러고는 이렇게 말한다. "돈이 있고 없고가 유대인이냐 아니냐를 결정한단 말이지. 그럼 가난한 유대인은 유대인이 아니군. 그리고 돈 많은 기독교인들은, 굳이 판정하자면, 그들은 돼먹지 못한 유대인들이겠네." 그는 고개를 끄덕거린다. 마침내, 마침내 내가 이 녀석의 동의를 얻어낸 것이다. 하지만 그는 갑자기 버럭 화를 내면서 아주 진지하게 말한다. "헛소리 좀 하지 마. 유대인이 어떻고 기독교인이 뭐가 어쨌다는 거야. 그런 것은 없어. 방탕한 인간과 성실한 인간이 있는 거지. 바로 그거야. 어떻게 생각해, 야콥? 넌 어떤 종류의 인간이지?" 우리는 꽤 오랫동안 이야기를 나눈다. 아, 크라우스는 나와 이야기하는 것을 좋아한다. 난 그걸 잘 알고 있다. 선량하고 고상한 영혼. 그는 다만 그것을 인정하려고 하지 않을 뿐이다. 자기 고백을 쑥스러워하는 사람들을 내가 얼마나 사랑하는지. 크라우스에게는 개성이 있다. 그것은 분명히 느낄 수 있다. 여하튼 나는 이력서를 작성했다. 하지만 그걸 이내 찢어버렸다. 벤야멘타 양이 어제 내게 좀 더 신중하고 좀 더 순종적이 되라는 주의를 주었다. 나는 순종과 신중함이 매우 아름다운 것이라고 생각한다. 그런데 이토록 어이가 없을 수가, 정작 나에게는 그런 면이 없다니. 상상 속의 나는 미덕의 소유자다. 하지만 실제로 미덕을 행해야 할 때는? 그때는 어떤가? 그렇다, 그때는 문제가 달라진다. 그런 때는 미덕을 행하지도 못하고, 미덕을 행하고 싶어 하지도 않는다. 나는 예의가 바른 편도 아니다. 기사도와 매너에 열광하기는 하지만, 그건 벤야멘타 양 앞에서 그녀에게 정중하게 문을 열어 줄 때나 해당되는 얘기다. 그럴 때 책상에 그냥 앉아 있는 버릇없는 놈이 어디 있겠는가? 누군가는 공손함을 증명하기 위해서 마치 돌풍처럼 그 자리에서 벌떡 일어서지 않겠는가? 그래, 크라우스. 크라우스는 머리끝부터 발끝까지 완벽한 기사다. 그는 사실 중세시대에 태어났어야 할 인물이다. 12세기가 그 앞에 놓여 있지 않다는 것은 무척 애석한 일이다. 그는 충성, 헌신, 그리고 겸손한 이타적 친절 그 자체다. 여성들에 대해 그는 어떤 평가도 내리지 않는다. 오로지 그들을 숭배할 뿐이다. 땅에 떨어진 것을 주워 다람쥐처럼 재빠르게 벤야멘타 양에게 건네는 자가 누군가? 집 밖으로 장을 보러 뛰어가는 것은 누군가? 장바구니를 들고 벤야멘타 양 뒤를 따라 다니는 것은 누군가? 시키지도 않았는데 복도와 부엌을 빛이 나도록 닦는 것은 누군가? 그 모든 일을 하면서 감사의 인사를 받을 생각도 하지 않는 자는 누군가? 그토록 멋지게 스스로 만족할 수 있는 자가 누구란 말인가? 그의 이름은? 아, 나는 이미 알고 있다. 그런 크라우스한테 한번 맞아보고 싶다는 생각이 들 때가 있다. 하지만 크라우스 같은 사람들이 어떻게 남을 때릴 수 있겠는가. 크라우스가 원하는 것은 오직 정의와 선함뿐이다. 이건 절대 과장이 아니다. 그는 악의를 가져본 적이 없다. 그의 두 눈은 놀라우리만큼 선량하다. 이런 사람이 상투적인 빈말과 거짓, 그리고 허영 위에 세워지고 또 그런 것들로 길들이는 이런 세상에서 도대체 무엇을 하려는 걸까? 크라우스를 바라보노라면, 이 세상에서 겸손함이 구제할 길 없이 영원히 사라져버렸음을 어쩔 수 없이 느끼게 된다.

시계를 팔았다. 궐련용 담배를 사기 위해서다. 시계 없이는 살 수 있지만 담배 없이는 살아갈 수 없다. 나쁜 짓인 줄은 알지만 어쩔 수 없다. 어떻게든 돈을 마련해야 한다. 그렇지 않으면 얼마 안 있어 입을 만한 말끔한 옷이 하나도 없게 된다. 깨끗한 셔츠 깃이 필요하다. 인간의 행복은 그런 일들에 달려 있지 않으면서 또 그런 일들에 달려 있기도 하다. 행복? 아니다. 하지만 단정해야 할 필요는 있다. 청결함 자체도 하나의 행복이다. 쓸데없이 지껄여대고 있다. 구구절절 옳은 이 모든 말들이 얼마나 역겨운지. 오늘 벤야멘타 양이 눈물을 흘렸다. 왜 그랬을까? 수업 중간에 그녀의 눈에서 갑자기 눈물이 쏟아졌다. 그 모습이 이상하게 나를 감동시킨다. 어쨌거나 그녀를 계속 관찰해봐야겠다. 어떤 소리도 내려고 하지 않는 그 무언가에 귀를 기울이는 일은 흥미롭다. 나는 감각을 곤두세운다. 그리고 그것이 삶을 더욱 아름답게 만든다. 아무것도 살필 필요가 없다면 그런 삶은 살 가치가 없는 것이다. 벤야멘타 양에게 걱정거리가 있음이 분명하다. 그리고 그건 아주 심각한 것임에 틀림없다. 왜냐하면 벤야멘타 양은 평상시에는 절대로 흐트러진 모습을 보이지 않기 때문이다. 난 돈을 구해야만 한다. 그건 그렇고 난 방금 이력서를 작성했다. 이력서의 내용은 다음과 같다.

이력서

본인, 야콥 폰 군텐은 성실한 부모의 아들로 이러이러한 날에 태어나, 이러이러한 곳에서 자랐으며, 어느 누군가의 시중을 드는 데 필요한 몇몇 지식들을 습득하기 위해 벤야멘타 학원에 훈련생으로 들어왔다. 본인은 삶에 아무런 희망도 갖고 있지 않다. 본인은 엄히 다스려지기를 희망한다. 정신을 차리고 무슨 일인가를 해야 한다는 것이 무엇을 의미하는지 경험하기 위해서다. 야콥 폰 군텐은 많은 것을 장담하지는 않지만, 착하고 성실하게 행동할 것을 결심한다. 군텐 일가는 오랜 전통을 가진 가문이다. 아주 먼 선대에 그들은 무사였다. 하지만 투쟁욕은 점차 사라져갔고, 현재 그들은 주 의회 의원 아니면 사업가들이다. 그런데 가문의 가장 어린 혈족이자 이 이력서의 당사자는 그 콧대 높은 전통에서 완전히 등을 돌리기로 결심했다. 그는 세습되어 온 고상한 원칙들이 아니라 바로 삶이 자신을 교육시키기를 원한다. 물론 그는 자부심을 가지고 있다. 타고난 본성을 부인하는 것은 그에게도 불가능한 일이다. 하지만 그가 이해하고 있는 자부심이란 어딘가 새로운 것, 다시 말하면 그가 살고 있는 시대에 상응하는 것이다. 그는 자신이 현대적이기를 희망한다. 능숙하게 직무를 수행해나가기를 바라며, 어리석고 쓸모없는 존재가 되지 않기를 희망하고 있다. 하지만 그가 스스로 희망할 뿐만 아니라 자신이 그러하다고 주장한다면 그는 거짓말을 하는 셈일 것이다. 그는 반항아다. 그의 내면에는 선조들의 길들여지지 않은 정신이 다소 살아 있다. 그럼에도 그는 자신이 반항할 경우 자신을 훈계해달라고 요청한다. 그리고 훈계가 먹혀들지 않을 때는 엄한 징계를 내려달라고 요청한다. 왜냐하면 그런 절차라야 징계가 도움이 된다고 믿기 때문이다. 그 밖에도 그를 어떻게 다루어야 할지 알아둘 필요는 있을 것이다. 이 글의 작성자는 자신이 어떠한 상황에도 잘 순응해나갈 수 있다고 믿고 있다. 그래서 사람들이 그에게 무슨 일을 시킬 것인지는 그다지 중요하지 않다. 하는 일 없이 초조해하면서 집 안의 난로 옆에 앉아 있는 것에 비한다면 꼼꼼히 이행된 일들 모두가 그에게는 더할 나위 없는 큰 영광이라고 굳게 믿고 있다. 군텐 가문 사람들은 난로 옆에 죽치고 있지 않는다. 순종적으로 이 글을 쓰고 있는 이의 선조가 기사의 검을 사용했다면, 그 후손은 가문의 전통에 따라 행동하고 있다. 자신이 어떤 식으로든 쓸모가 있는 존재임을 아주 간절히 입증하고 싶어 하기 때문이다. 사람들이 그가 가진 용기에 대해 온갖 칭찬을 늘어놓아도 그의 겸손함은 끝을 모른다. 주인을 섬길 때의 열정은 곧 그의 자부심이다. 그 자부심이 거추장스럽고 해로운 자존심을 경멸하라고 그에게 명한다. 집에서 그는 역사 선생님, 존경스러운 메르츠 박사님을 실컷 두들겨 팬 적이 있었다. 그런 파렴치한 행동에 대해 그는 유감스럽게 생각하고 있다. 현재 그는 여전히 자신의 한 부분을 채우고 있을 그 오만과 불손함을 힘겨운 노동이라는 냉엄한 바위에 던져 박살내기를 갈망하고 있다. 그는 과묵하고, 비밀들을 함부로 지껄여대지 않는다. 그는 천국도 지옥도 믿지 않는다. 그의 고용주가 느낄 만족이 곧 그에게는 천국이며, 그와 반대되는 슬픈 상황이 그에게는 치명적인 지옥이다. 그는 누구든 그가 행하는 일과 그에게 만족할 거라고 확신한다. 이러한 확고한 믿음이 그에게 자신의 모습 그대로 살아갈 용기를 주는 것이다.

야콥 폰 군텐

나는 이력서를 원장 선생님께 제출했다. 그는 그것을 끝까지 다 읽었다. 심지어 두 번이나 읽은 것 같다. 글이 그의 마음에 든 듯싶다. 희미한 미소와도 같은 그 무언가가 그의 입가에 떠올랐으니 말이다. 아, 틀림없다. 나는 내 앞에 있는 남자를 예리하게 관찰했다. 그가 슬며시 미소를 지었다는 것, 그것은 엄연한 사실이며 그 사실에는 변함이 없다. 그것은 기다려왔던 인간적 표지(標識)이다. 손에 입을 맞추고 싶은 사람에게 아주 일시적이나마 호의적인 기분을 일으키고 싶을 때는 어떻게 해야 할까? 의도적으로, 의도적으로 나는 나의 이력서를 그토록 거만하고 뻔뻔스럽게 썼던 것이다. '자, 읽어봐. 어때? 그걸 내 얼굴에 홱 집어던지고 싶을 만큼 화가 나지 않나?' 이것이 내가 가졌던 생각이었다. 그리고 그는 매우 의뭉스럽고 우아한 미소를 지었다. 유감스럽게도, 유감스럽게도 내가 그 누구보다 존경하는 저 의뭉스럽고 우아한 원장 선생님이 말이다. 나는 깨달았다. 그것은 전초전에서의 승리였던 것이다. 무슨 일이 있어도 나는 뭔가 몹쓸 짓거리를 저질러야만 한다. 나는 미치도록 흥겹게 웃어야만 한다. 그런데 벤야멘타 양은 울고 있지 않은가? 이것은 뭐란 말인가? 나는 왜 이렇게도 이상하게 행복한 기분이지? 내가 미친 것일까?

이제 다소 의혹을 불러일으킬 수도 있을 어떤 일에 대한 이야기를 해야만 한다. 내가 말하는 것은 처음부터 끝까지 진실이다. 이 거대한 도시에는 나의 형이 한 명 살고 있다. 하나밖에 없는 형이다. 그는 내가 보기엔 매우 비범한 인간인데, 이름은 요한이고 꽤 이름이 알려진 예술가라고 할 수 있다. 세상에서의 그의 입지에 대해 나는 확실히 아는 바가 없다. 형을 만나는 것을 내내 꺼려왔기 때문이다. 앞으로도 형을 찾아가지는 않을 것이다. 만약 우리가 거리에서 우연히 마주치게 된다면, 그리고 그가 나를 알아보고서 내게로 다가온다면. 좋다, 그땐 형제의 손을 잡고 힘차게 흔들고 싶다. 하지만 내가 먼저 나서서 그런 만남을 마련하는 일은 내 생애에선 결코, 결코 없을 것이다. 나는 누구인가, 그리고 그는 누구인가? 벤야멘타 학원의 훈련생이 어떤 존재인지는 잘 알고 있다. 그것은 너무나 뻔하다. 이곳의 훈련생이란 흠잡을 데 없이 동그란 영(零)이며 그 이상은 아무것도 아니다. 하지만 지금 내 형이 어떤 존재인지에 대해서는 알 길이 없다. 그는 우아하고, 교양 있는 사람들만 모여 있는 곳에서 온갖 격식들에 둘러싸여 있을 것이다. 나는 격식들을 존중한다. 그렇기 때문에 나는 한 세련된 신사가 억지웃음을 띠고 나를 맞이할 가능성이 있는 형의 집을 방문하지 않는 것이다. 물론 어린 시절의 요한 폰 군텐에 대해서는 잘 알고 있다. 그는 아주 냉철히 사고하는 인간이며 타산적인 사람이다. 나처럼, 그리고 군텐 가의 모든 일원들처럼 말이다. 그는 나보다 나이가 훨씬 많다. 두 인간, 두 형제 사이에 존재하는 나이 차이에는 뛰어넘을 수 없는 경계가 있다. 어떤 경우에도 나는 형에게 훈계 따위는 듣지 않을 것이다. 이것이 바로 내가 꺼려하는 일이다. 그가 나를 보면 반드시 하게 될 행동이니 말이다. 그가 이렇게 가난하고 보잘것없는 나를 마주하게 된다면, 부족함이 없이 다 가진 그는 나의 미천한 처지가 하찮게 느껴지게끔 만들 것이 틀림없다. 그것을 나는 참을 수가 없을 것이다. 나는 군텐 가의 자존심을 보여주려고 할 것이고, 아주 무례해질 것이다. 하지만 그러고 나면 그저 내 마음만 아플 것이다. 안 된다, 수천 번 안 될 일이다. 뭐라고? 나의 형, 한 핏줄의 호의를 받아들이라고? 유감스럽지만 그것은 있을 수 없는 일이다. 형의 고상한 모습을 상상해본다. 형은 세계 최상급의 담배를 피우고, 시민계급이 누리는 안락함의 상징인 쿠션과 양탄자 위에 누워 있다. 그렇다, 지금 내게는 시민적인 것과는 거리가 먼 무언가가, 단정한 예의범절과는 완전히 반대되는 무언가가 있다. 그리고 신사이신 나의 형님께서는 아마도 가장 아름답고, 가장 화려한 세계의 예의범절 한가운데 살고 계시리라. 결론은 났다. 우리 두 사람은 만나지 않을 것이다, 어쩌면 영원히! 사실 만나야 할 필요도 없다. 필요가 없다? 자, 우리 그 얘기는 여기서 그만두기로 하자. 이런 멍청이, 품위깨나 있는 선생들처럼 우리라는 말을 쓰고 있군. 형의 주위에는 확실히 최고의, 가장 정선된 사교계 예절이 존재한다. 메르시. 아, 감사드려요. 여인들은 머리를 문 밖으로 내밀고는 새침하게 물을 것이다. "도대체 또 누가 온 거야? 뭐라고? 거지 아닐까?" 이 같은 영접에 대해 할 수 있는 한 가장 정중한 감사의 인사를 해야지. 나는 남의 동정을 받기에는 너무 훌륭하다. 방에서는 꽃들이 은은한 향내를 뿜어내고 있다! 아, 나는 꽃이라면 질색이다. 그리고 점잖은 세계는? 끔찍하다. 그래, 나는 기꺼이, 아주 기꺼이 그를 만날 수도 있다. 하지만 만약 내가 그를, 광채와 안락에 파묻혀 있는 그를 만나게 된다면, '여기 형이 있구나' 하는 느낌은 사라지고 말 것이다. 나는 그저 반가운 얼굴을 가장해야 할 것이고 그도 마찬가지일 것이다. 그러니 우리는 만나지 않는 편이 낫다.

수업시간에 우리 학생들은 시선을 앞쪽에 고정시킨 채 꼼짝 않고 자리에 앉아 있다. 혼자 슬쩍 코를 푸는 일도 해서는 안 될 것 같다. 두 손은 무릎 위에 가만히 놓여 있어 수업시간 중에는 보이지 않는다. 손이란 인간의 허영과 탐욕을 입증하는, 손가락이 다섯 달린 증거물이므로 책상 아래 얌전히 숨겨두어야 하는 것이다. 우리 학생들의 코는 서로 정신적 유사점을 가장 많이 갖고 있다. 크고 작은 차이는 있지만 코들은 모두 저 높은 곳을 향해 뻗어 나가려는 듯 보인다. 통찰력이 빛을 발하며 삶의 혼란을 꿰뚫어보고 있는 곳으로. 모든 것을 고려한 규정은 훈련생들의 코에 대해서도 뭉툭하고 콧구멍이 드러나 보여야 한다고 지정하고 있다. 그리고 실제로, 냄새를 담당하는 우리들의 도구는 모두 순종적으로 수줍게 휘어져 있다. 마치 날카로운 칼로 거의 대부분을 베어버린 것처럼 말이다. 우리의 눈은 줄곧 생각들로 가득 찬 허공을 바라보고 있다. 이 또한 규정들이 원하는 바다. 원래 눈은 없었어야만 했다. 눈은 뻔뻔스럽고 호기심이 강하기 때문이다. 뻔뻔함과 호기심은 거의 모든 건전한 관점에서 볼 때 저주스런 것이다. 상당히 재미있는 것은 우리 훈련생들의 귀다. 그들은 하나같이 뭔가 들을 수 있다는 기대감에 들뜬 나머지 결국 아무것도 듣지 못한다. 귀들은 언제나 조금씩 씰룩거리고 있다. 언제라도 뒤에서 갑작스레 채여 경고를 받고 양쪽으로 잡아당겨질 일이 두려운 모양새다. 그런 불안을 참고 견뎌야만 하는 불쌍한 귀들. 호출이나 명령 소리가 떨어지면 귀들은 마치 누군가 건드린 하프처럼 진동하고 떤다. 훈련생들의 귀들이 잠깐 잠에 빠지는 일도 물론 있다. 그러고 나서 그들이 깨어날 때의 모습이라니! 재미있는 광경이다. 우리에게 있어서 가장 잘 훈련된 기관은 입이다. 입은 항상 순종적으로, 그리고 겸손하게 꽉 다물어져 있다. 벌어져 있는 입은 그 입의 주인이 이런저런 잡념에 빠져 대개 정신을 놓고 있다는, 그 맥 빠지는 사실을 말해준다. 그가 있어야 할 곳은 바싹 긴장한 주의력의 영역, 그 주의력이 즐거이 뛰노는 유원지임에도 불구하고 말이다. 정말 맞는 말이다. 꽉 다물어진 입은 활짝 열린 채 긴장하고 있는 귀를 가리킨다. 그렇기 때문에 그 아래, 두 콧구멍 창문 아래에 놓여 있는 문은 항상 조심스럽게 닫혀 있어야만 하는 것이다. 벌어진 입은 두말할 것도 없이 주둥이가 된다. 그건 우리 모두 다 잘 알고 있다. 입술은 편안하고 자연스런 상태에서 눈에 띄게 화려해도 안 되고, 음탕하게 활짝 피어 있어도 안 된다. 그 대신 단호한 체념과 대기의 징표로 위아래가 맞물려 꼭 다물어져 있어야 한다. 우리 학생들은 모두 그대로 하고 있다. 규정이 명하는 대로 우리의 입술을 매우 엄격하고 혹독하게 다루고 있다. 그래서 우리는 모두 마치 명령을 내리는 순경처럼 무섭게 보이는 것이다. 하사관은 자기 병사들이 자신과 똑같이 거칠고 무서운 표정을 갖게 되기를 원한다. 일리가 있는 일이다. 하사관들은 대체로 유머가 있으니 말이다. 우스갯소리가 아니다. 복종하는 자들은 대부분 명령을 내리는 사람들과 똑같아 보인다. 하인은 주인의 얼굴 표정과 태도 들을 충실하게 증식하기 위해 그들을 자신의 것으로 받아들이지 않을 수 없는 것이다. 우리가 존경해 마지않는 벤야멘타 양은 물론 그런 하사관 같은 사람은 아니다. 정반대로 그녀는 매우 자주 웃음을 짓는다. 그렇다, 때때로 그녀는 규정이나 따르며 사는 인간 마멋인 우리를 비웃기도 한다. 하지만 또 그녀는 우리가 조용히, 표정의 변화 없이 그녀를 웃게 내버려두기를 기대한다. 우리도 그렇게 한다. 우리는 마치 그녀의 달콤한 은빛 웃음소리를 전혀 듣지 못한 양 행동한다. 우리는 참 별난 놈들이다. 우리 머리는 언제나 깨끗하고 매끄럽게 빗질되어 있다. 누구나 저 위, 머리 위에 세계를 향해 곧은 가르마를 타야 한다. 칠흑의 혹은 금발의 머리카락으로 이루어진 대지에 운하를 파야만 하는 것이다. 당연한 일이다. 이것도 규정에 따른 일이다. 그처럼 매력적으로 머리를 다듬고, 가르마를 탔기에 우리는 사실 모두 비슷비슷해 보인다. 우리 모습은, 예를 들어 글을 쓰는 작가들에게는, 너무나 우스꽝스러워 보일 것이다. 만약 어떤 작가가 우리의 훌륭함과 보잘것없음에 대한 연구를 하려고 우리를 찾아오게 된다면 말이다. 그런 작가 나리께서는 집에 그냥 계셔도 된다. 오직 공부만 하고, 그림만 그리고 관찰만 하려는 자들은 허풍선이들이다. 살다 보면 관찰은 저절로 이루어지는 법이다. 아무튼 우리의 벤야멘타 양은 이리저리 떠돌다 이곳으로 흘러든, 빗물처럼 이곳에 떨어진, 눈처럼 이곳에 내려온 그런 글쟁이를 혹독하게 꾸짖을 것이다. 그가 불친절한 접대에 충격을 받고 바닥에 쓰러져버릴 지경으로. 그러고는 독단적으로 행동하는 걸 좋아하는 벤야멘타 양은 아마도 우리에게 이렇게 말할 것이다. "가서 신사분이 일어나시도록 도와드려라." 그러면 벤야멘타 학원 훈련생인 우리들은 그 불청객에게 문이 있는 곳을 가리킬 것이다. 그리고 호기심 많은 그 작가 놈은 다시 사라져버리겠지. 아니다, 이건 공상일 뿐이다. 이곳에 찾아오는 이들은 우리 소년들을 채용하고 싶어 하는 고용주들이다. 펜을 귀에 꽂은 사람들은 이곳에 오지 않는다.

우리 학원에는 선생들이 아예 존재하지 않거나 아니면 그들은 아직도 잠만 자고 있다. 이도 저도 아니라면 그들은 자신의 직분을 완전히 잊어버린 듯싶다. 월급을 받지 못해 파업을 하고 있는 것은 아닐까? 잠들어 있는 이 불쌍한 이들과 얼이 빠져 있는 이 사람들을 생각하노라면 기묘한 감정에 휩싸이게 된다. 저기 그들이 앉아 있다. 요양이 필요한 이들을 위해 특별히 마련된 방의 벽 쪽에 웅크리고 있다고 해야 할 것 같다. 자칭 자연사 담당 선생인 베흘리 씨가 저기 있다. 그는 잠자는 와중에도 파이프를 입에 꼭 물고 있다. 양봉가로 사는 것이 그에게는 훨씬 나았을 텐데, 안타깝다. 그의 얼굴은 빨갛기 그지없다.

늙고 유약한 손은 또 얼마나 퉁퉁한가. 그 옆에 있는 사람은 존경해 마지않는 프랑스어 선생님 블뢰시 씨가 아닌가? 아아, 그렇군, 블뢰시 씨가 맞군. 그가 잔다고 둘러댈 때는 십중팔구 거짓말을 하고 있는 것이다. 그는 정말 지독한 거짓말쟁이다. 그의 수업들 또한 거짓말과 종이 가면이었을 뿐이다. 그는 대단히 창백하고, 또 대단히 사악해 보인다! 그는 형편없는 얼굴, 두텁고 딱딱한 입술, 거칠고 잔인한 생김새를 지녔다. "당신 자고 있는 건가, 블뢰시?" 그는 듣지 않는다. 그는 천성이 불쾌하기 짝이 없는 자다. 저기 있는 사람은 도대체 누구지? 스트레커 신부님? 종교 수업을 맡고 있는, 키 크고 깡마른 스트레커 신부님? 제기랄, 그래, 신부님이 맞다. "주무십니까, 신부님? 그렇군요, 그럼 주무십시오. 주무신다고 큰일 날 것도 없지요. 단지 종교 수업을 놓치실 뿐이니까요. 당신도 보시다시피 오늘날 종교는 아무 쓸모가 없게 되었습니다. 잠이 당신의 그 종교보다 더 종교적이지요. 인간은 잠잘 때 신에 가장 가까워지는 것이 아닐는지요. 어떻게 생각하십니까?" 그는 듣지 않는다. 나는 다른 문을 노크한다. 아니, 저토록 편한 자세를 취하고 있는 사람은 도대체 누구인가? 메르츠, 로마사를 가르치는 메르츠 박사인가? 그렇다, 그가 맞다, 뾰족한 턱수염을 보면 알 수 있다. "저 때문에 화가 나신 것 같군요, 메르츠 박사님. 이제 주무세요. 박사님과 저 사이에 있었던 부적절한 소동일랑 잊어주세요. 뾰족 수염에다 대고 그렇게 화풀이하지 마세요. 말이 나왔으니 말인데, 주무시는 것이 잘하시는 거예요. 얼마 전부터 세상은 돈을 중심으로 돈답니다. 더이상 역사를 중심으로 돌지 않거든요. 당신이 풀어놓는 태곳적 영웅담들 모두가, 당신 스스로 알게 되겠지만, 이미 오래

전부터 아무 의미가 없네요. 당신 덕분에 몇 번 놀라운 감명은 받았지요. 편히 주무십시오." 그런데 이곳에, 보다시피, 폰 베르겐 씨가, 아동학대자 폰 베르겐이 살고 있는 것 같다. 그는 마치 꿈꾸는 사람처럼 행동하면서도 '손바닥 때리기'로 벌주는 것을 아주, 미치도록, 좋아한다. 또는 '몸을 앞으로 굽혀'라고 명령을 내리고는 불쌍한 소년들의 엉덩이에 몽둥이찜질을 하는 것이 그에게는 너무나도 큰 즐거움이다. 그는 매우 우아한 파리 사람의 모습을 하고 있지만 잔인하다. 여기 이 사람은 누구지? 6년제 김나지움의 뷔스 원장 선생님? 매우 좋은 분이지. 올곧은 사람에 대해서는 오래 할 얘기가 없다. 그런데 여기 이 사람은 누구야? 부어? 부어 선생님? "만나 뵙게 되어 황홀하군요." 부어는 유럽 역사상 가장 천재적이었던 수학 교사다. 벤야멘타 학원의 입장에서 볼 때 그는 너무 자유로운 사고방식과 너무나 독창적이고 심오한 정신세계를 가지고 있다. 크라우스와 그 밖의 다른 아이들은 그에게 학생이라고 할 수 없다. 그는 너무 뛰어나기 때문에 학생들에게도 너무 수준 높은 요구들을 한다. 이 학원에서는 그런 터무니없는 전제들은 존재하지 않는다. 그런데 내가 지금 고향에 있는 선생님들의 꿈을 꾸고 있는 것인가? 그곳의 6년제 김나지움에서는 배워야 할 지식들이 엄청났다. 이곳에는 전혀 딴판인 것들이 있다. 우리 훈련생들은 전혀 다른 것들을 배우고 있다.

내가 일자리를 곧 얻게 될까? 그러길 바란다. 내 사진들과 지원서는, 상상대로라면, 사람들에게 아주 좋은 인상을 심어줄 것이다. 최근에 나는 실린스키와 함께 처음 열리는 카페 콘서트 홀에 갔었다. 그곳에서 실린스키가 수줍어하며 얼마나 온몸을 떨어댔는지 모른다. 나는 마치 다정다감한 아버지처럼 행동했다. 그런데 카페 종업원이 무례하게도 우리를 위아래로 뚫어지게 훑어보고 나서 자리를 내주는 것이 아닌가. 나는 상당히 굳은 표정으로 친절한 서비스를 요구했다. 그러고 나자 그는 금세 친절해져서는 우리에게 우아한 장식이 새겨진, 목이 긴 잔에 따른 맥주를 가져다주었다. 아, 보여줘야 할 때는 확실히 보여주어야만 한다. 품위 있게 자신을 과시할 줄 아는 사람이 결국 신사 대접을 받는다. 자신에게 주어진 상황을 제압하는 방법을 배워야 한다. 나는 마치 무언가에 격분한 듯, 아니, 무언가에 놀란 듯 머리를 뒤로 젖히는 몸짓을 아주 잘한다. '이게 뭐야? 왜 이래? 여기 있는 사람들 미친 것 아냐?'라는 말이라도 하려는 양 나는 주위를 둘러본다. 이건 효과가 있다. 벤야멘타 학원에서 어떻게 처신해야 하는지 배운 것도 있다. 아, 나는 때때로 세상과 그 위에 존재하는 모든 것들을 마음대로 가지고 놀 능력이 내게 있는 것 같다는 생각을 한다. 나는 여자들의 사랑스러운 본성을 단번에 이해한다. 그들이 부리는 교태를 즐기고, 그들이 보여주는 저속한 동작과 어투들 속에 숨어 있는 깊은 뜻도 파악해낸다. 잔을 입가에 갖다 대거나 치마를 걷어 올릴 때 여자들이 무슨 생각을 하는지 모른다면 결코 그들을 이해하지 못할 것이다. 그들의 영혼은 사랑스런 부츠의 높은 굽과 함께 총총거리고, 그들의 미소는 두 가지를 동시에 의미한다. 즉 유치한 습관과 한 편의 세계사. 그들의 오만과 미미한 오성은 매혹적이다. 고전 작품들보다 훨씬 더 매혹적이다. 그들의 악덕은 세상에 존재하는 최고의 미덕들이 되기도 한다. 그들이 격분하고, 화를 내게 될 때는? 여자들만이 화를 내는 법을 안다. 조용히 좀 해봐. 지금 엄마 생각을 하고 있으니까. 그녀가 화를 내던 순간들을 생각하는 일이 내게 얼마나 신성한 것인지. 좀 조용히 해, 조용히 좀 해보라고. 어떻게 벤야멘타 학원의 학생이 이 모든 것을 알 수 있는 거지?

나도 나 자신을 억제할 수가 없었다. 나는 원장실로 들어가서 항상 하던 대로 몸을 깊이 숙여 인사하고는 벤야멘타 선생님께 다음과 같이 말했다. "저에게는 팔과 다리, 그리고 손이 있습니다. 벤야멘타 선생님, 전 일하고 싶어요. 그래서 감히 청하건대, 빨리 저에게 일과 돈벌이를 마련해주십시오. 선생님은 곳곳에 아는 분들이 많다는 것을 알고 있어요. 너무나도 고상한 신사숙녀들이, 외투 옷깃에 배지를 단 사람들이, 멋진 칼을 차고 쩔그럭 소리를 내며 돌아다니는 장교들이, 마치 낄낄거리는 파도처럼 옷자락 끌리는 소리를 내며 걷는 숙녀들이, 엄청나게 많은 재산을 가진 노부인들이, 억지 미소에 백만 마르크를 지불하는 노인들이, 신분은 있지만 생각이라고는 없는 사람들이, 자동차를 타고 다니는 사람들이 선생님께 찾아오지요. 한마디로 요약하자면, 원장 선생님, 온 세계가 선생님을 찾아오는 것이지요." "무례해지지 않도록 조심해"라고 그가 나에게 경고했다. 하지만 나는 이상하게도 그의 주먹이 전혀 두렵지 않았다. 난 이야기를 계속해나갔다. 다음과 같은 말들이 그냥 내 입에서 쏟아져 나와버렸다. "무슨 수를 쓰시든 제게 흥미로운 일자리를 만들어주세요. 덧붙이자면, 일은 종류를 막론하고 흥미롭다는 것이 제 생각입니다. 전 선생님 밑에서 벌써 너무 많은 것들을 배웠어요, 원장 선생님." 그는 조용히 다음과 같이 말했다. "너는 아직 아무것도 배우지 않았다." 나는 하던 말을 다시 계속 이어나갔다. "신께서 친히 세상 밖으로 나가라고 제게 명하시네요. 어떤 신이냐고요? 돈과 인정을 받으러 나가라고 제게 허락해주신다면, 원장 선생님, 당신이 바로 저의 신이지요." 그는 잠시 침묵을 지키다가 다음과 같이 말했다. "원장실 밖으로 나가, 어서." 그 말이 나를 너무나 화나게 만들었다. 나는 큰 소리로 외쳐댔다. "전 선생님이 특별한 사람이라고 생각했습니다. 하지만 그건 저의 착각이었군요. 선생님은 선생님이 살아가는 시대와 마찬가지로 평범해요. 전 거리로 나가 아무나 붙잡을 거예요. 그러면 범죄자가 될 수밖에 없겠죠." 나는 내가 위험한 수위에 이르렀다는 것을 깨달았다. 그 말들을 내뱉음과 동시에 문 쪽으로 뛰어갔다. 그리고 격분한 채로 "잘 있어요, 원장 선생님!"이라고 외쳐대고는 놀라울 정도로 날렵하게 문 밖으로 빠져나왔다. 복도에 서서 나는 열쇠구멍에 귀를 대고 안에서 나는 소리를 엿들었다. 원장실 안은 쥐 죽은 듯 조용하기만 했다. 나는 교실로 돌아갔다. 그리고 『벤야멘타 소년 학교가 지향하는 바는 무엇인가?』라는 책을 읽는 데 열중했다.

우리가 받는 수업은 두 부분으로 나뉘어 있다. 이론과 실습. 하지만 두 부분은 아직까지도 내게는 마치 꿈같은 느낌, 무의미하면서도 동시에 의미심장한 동화와도 같은 느낌일 뿐이다. 달달 외우기, 그것이 우리의 주요 과제다. 나는 아주 쉽게 외우고, 크라우스는 너무 힘들게 외운다. 그 때문에 그는 항상 공부 중이다. 크라우스가 헤쳐 나가야만 할 난관들은 그의 근면함 속에 숨겨진 비밀이자 또한 그것의 해답이다. 그의 기억력은 아둔하다. 그럼에도 그는 모든 것을, 비록 무수한 노력을 통해서이기는 하지만, 머릿속에 확고하게 각인시킨다. 그래서 그가 무언가를 알게 되었다는 것은 그것이 그의 머리에, 말 그대로 금속에 새겨두는 것처럼, 각인되는 것이다. 따라서 그는 그것을 다시는 잊어버릴 수 없게 되는 것이다. 잠깐 깜박한다거나 그런 일 따위는 그에게 절대 일어나지 않는다. 가르쳐주는 것이 별로 없는 곳이 크라우스 같은 아이에게는 제격이다. 말하자면 크라우스는 벤야멘타 학원에 아주 잘 어울린다. 우리 학원의 원칙들 중 하나가 이런 것이다. '적은 것을, 아주 철저하게.' 그러니까 타고난 고집불통인 크라우스는 바로 이 원칙대로 수련하고 있는 것이다. 적게 배우자! 매번 동일한 내용을! 나 또한 이 말 뒤에 얼마나 위대한 세계가 숨어 있는가를 차츰 이해하기 시작했다. 무언가를 실제로 확고히, 확고하게 기억 속에 각인시켜라, 영원히 잊지 않도록! 그 무엇보다도 이것이 얼마나 중요한 일인지를, 얼마나 훌륭하고 또 얼마나 가치 있는 일인지를 이해한다. 우리 수업의 실습 혹은 몸통에 해당하는 부분은 지속적으로 반복되는, 뭐라 부르든 상관이야 없지만, 일종의 체조 혹은 춤이다. 인사법, 방에 들어가는 방법, 여인들을 대하는 태도, 또는 그와 유사한 것들을 연습하는데, 사실 너무 장황하고 지루할 때도 많다. 하지만 지금 내가 깨닫고 느끼고 있다시피, 그러한 연습 속에도 깊은 뜻이 숨어 있다. 내가 알게 된 바로는, 이곳은 우리 훈련생들의 인격을 도야하고 형성시키는 일에 주력할 뿐, 학문들로 머리를 가득 채워주려 하지는 않는다. 이곳은 자신의 영혼과 신체의 특성을 정확히 알게끔 교육을 시킨다. 강제와 결핍감만으로도 이미 교육이 이루어진다는 것을 분명히 보여주고 있다. 다양한 개념과 의미 들을 배우는 것보다 더 많은 은총과 더 진정한 지식들이 아주 단순한, 말하자면 고지식한 연습 안에 들어 있다는 것을 분명히 보여주고 있다. 우리는 하나하나씩 이해해나간다. 그리고 우리가 무언가를 이해하게 되면 그땐 그것이, 말하자면 우리를 소유하게 된다. 우리가 그것을 소유하게 되는 것이 아니라 그 반대로, 겉보기에는 우리가 우리 것으로 만들었던 그것이 우리를 지배하게 되는 것이다. 미미하지만 확고하고 확실한 것에 적응하는 것이, 다시 말해 엄격한 외관을 규정하는 법칙과 규율들에 익숙해지고 순응해나가는 것이 얼마나 유익한 일인지 각인시킨다. 어쩌면 우리를 우둔하게 만들려는 것인지도 모르겠다. 어쨌든 우리를 작은 존재들로 만들어버리려고 한다. 하지만 우리를 절대 주눅 들게 만들지는 않는다. 우리 훈련생들은 누구나 예외 없이 수줍음을 타면 처벌받게 된다는 것을 알고 있다. 말을 더듬고, 두려움을 보이는 자는 우리 벤야멘타 양에게 경멸의 대상이 된다. 하지만 어떤 경우에도 우리는 작은 존재여야 한다. 우리가 위대하지 않다는 것을, 그것을 정확히 알아야 한다. 우리에게 명령을 내리는 법칙, 우리에게 가해지는 강요, 그리고 우리에게 나아갈 방향과 취향을 말해주는 수없이 많은 냉혹한 규정들, 그들이 위대한 것이다. 우리, 우리 학원생들은 위대하지 않다. 그러니까 우리는 단지 작고, 가난하고, 종속된, 끊임없는 복종의 의무를 진 난쟁이라는 것을 누구나, 심지어 나까지도, 느끼고 있다. 우리는 또 그렇게 행동하고 있다. 순종적으로, 하지만 지극한 확신에 차서. 우리는 한 명의 예외도 없이 모두 어느 정도는 열정적이다. 우리가 미미한 존재라는 사실과 우리가 처해 있는 극도의 빈곤 상태가 자신이 이루어낸 몇몇 성과들에 대한 확고한 믿음을 가져다주었기 때문이다. 자기 자신에 대한 우리의 믿음은 겸손함이다. 만약 우리가 아무것도 믿지 않았다면, 우리는 우리가 얼마나 작은지도 알지 못했을 것이다. 어쨌거나 우리 작은 젊은이들은 그 무엇이기는 한 셈이다. 우리는 방탕해서는 안 되고, 공상에 잠겨서도 안 된다. 멀리 내다보는 일은 우리에게 금지되어 있다. 이것이 우리의 마음을 흡족하게 해주고, 우리가 어떤 일에든 쓰일 수 있도록 만들어주는 것이다. 우리는 세상을 잘 모른다. 하지만 앞으로 알게 될 것이다. 인생과 그 폭풍우 속으로 내던져지게 될 것이기 때문이다. 벤야멘타 학원은 앞으로 펼쳐질 인생이라는 거실과 호화로운 연회장들에 들어서기 전에 통과하는 대기실이다. 여기서 우리는 존경심을 느끼는 법을 배운다. 또 무언가를 올려다보아야 하는 사람들이 따라야 하는 법을 배운다. 나로 말하면, 나는 그 모든 것에 초연하다. 잘된 일이다. 그렇기 때문에 여기서 보고 받아들인 일들이 내게 더욱 좋은 영향을 미친다. 나야말로 이 세상에 존재하는 사물들에 존경과 친밀한 경외감을 느끼는 법을 꼭 배워야 할 사람이다. 숭고하고, 중요하고, 위대한 모든 것에 피도 안 마른 머리나 박고 다니며 위아래도 무시하고, 신을 부정하고, 법을 비웃는 일들이 내게 허용된다면, 내가 최후에 도달하게 될 곳은 도대체 어디겠는가? 다소나마 의무와 규율과 제약들을 따라야 하는 상황에서는 악이나 쓰고, 엄마와 아빠를 찾으며 고양이처럼 야옹거리는 젊은 세대들은, 내가 보기엔, 바로 이 병을 앓고 있다. 그래, 그렇다. 여기 벤야멘타 가의 사람들, 오라버니인 벤야멘타 원장님과 그의 여동생인 벤야멘타 양은 빛을 비추며 길을 인도해주는 사랑스런 나의 별들이다. 나는 평생 그들을 기릴 것이다.

우연히 요한 형을 만났다. 그것도 혼잡한 인파 속에서 말이다. 우리의 재회는 아주 우호적인 분위기에서 이루어졌다. 자연스럽고 다정했다. 요한 형은 매우 친절하게 굴었고, 나도 그랬던 것 같다. 우리는 사람들의 발길이 뜸한 어느 작은 레스토랑으로 들어가서 잡담을 나누었다. "있는 그대로의 모습으로 살아가라, 동생아." 요한 형은 말했다. "밑바닥부터 시작해, 그게 훌륭한 거야. 만약에 도움이 필요하다면……" 나는 괜찮다는 뜻으로 손을 가볍게 내저었다. 그는 계속 이야기를 이어갔다. "한번 봐, 저 위를, 그곳은 살 만한 곳이 아니야. 말하자면 그렇다는 거지. 내 말뜻을 잘 새겨들으렴, 사랑스런 동생아." 나는 힘차게 고개를 끄덕였다. 그가 말하고자 하는 바가 처음부터 훤히 이해되었기 때문이다. 하지만 나는 그가 계속 이야기하도록 내버려두었다. 그는 이렇게 말했다. "저 위, 그곳을 지배하는 공기라는 게 말이다. 그러니까, 충분하게 무엇인가를 해냈다라는 분위기가 지배적인데, 그게 사람들을 압박하고 구속한단다. 내가 무슨 말을 하고 있는 건지 네가 도무지 이해할 수 없으면 좋겠다. 네가 내 말을 온전히 다 이해한다는 건 말이지, 동생아, 그건 네가 무서운 인간이라는 뜻이기 때문이지." 우리는 웃었다. 아, 형과 함께 웃을 수 있다는 것, 그건 꽤 기분 좋은 일이다. 그는 말했다. "너는 지금, 말하자면 영(零)인 거야, 소중한 동생아. 젊었을 땐 누구나 영이 되어야만 한다. 왜냐하면 일찍, 너무 일찍 어떤 중요한 존재가 되는 것처럼 위험한 것은 없기 때문이지. 확실한 것은 너란 존재가 너 자신에게는 무언가를 의미한다는 거다. 브라보. 훌륭해. 하지만 세상 사람들에게 너는 아직 아무런 존재도 아니야. 그것도 마찬가지로 훌륭해. 난 항상 네가 내 말뜻을 완전히 이해하지 못하기를 바란다. 왜냐하면 완전히 이해한다면……" "전 무서운 인간일 테니까요." 내가 그의 말을 끊었다. 우리는 다시 웃었다. 너무 재미있었다. 기묘한 불꽃이 내게 생명을 불어넣기 시작했다. 내 눈은 활활 불타올랐다. 말이 나왔으니 말이지만, 나는 불에 덴 듯한 느낌을 아주 좋아한다. 그런 느낌이 들 때면 나의 얼굴이 빨개진다. 그러면 순수함과 숭고함으로 충만한 생각들이 늘 폭풍처럼 밀려들곤 한다. 요한 형은 이야기를 계속했다. 그는 다음과 같이 말했다. "아우야, 부탁이다. 내 말을 그런 식으로 끊지 좀 말아다오. 아둔하고 어린 너의 웃음소리엔 생각을 질식시키는 뭔가가 있어. 들어봐라! 주의를 집중해봐. 내가 하는 말이 언젠가 너에게 도움이 될 수 있을 거야. 무엇보다도 우선 네가 알아야 할 것은, 결코 네가 무언가를 위반했다고 생각지 말라는 것이다. 위반이라는 거, 아우야, 그런 건 존재하지 않는단다. 왜냐하면 이 세상에는 정말로 추구할 만한 가치가 있는 것이라고는 전혀, 전혀 존재하지 않는단다. 그래도 노력은 해야 한다. 열정적으로 말이다. 하지만 그것에 너무 연연하지도 마라. 명심해. 추구할 가치가 있는 것은 아무것도, 아무것도 없다는 사실을. 모든 것이 썩었어. 이해하겠니? 봐라, 난 지금도 네가 그 모든 것을 다 이해하지는 못하기를 바란다. 걱정이 되는구나." 내가 말했다. "유감스럽게도 나는 너무 영리해요. 그래서 형이 바라는 것처럼 형 말을 제대로 이해하지 못하기는 어렵죠. 하지만 걱정 마세요. 형이 말하는 사실들이 나에게는 전혀 충격적이지 않거든요." 우리는 마주 보고 웃었다. 그러고는 마실 것을 새로 주문했다. 아주 우아한 모습의 요한은 계속 말을 이어나갔다. "물론 이 세상에는 소위 발전이라는 것이 존재하긴 하지. 하지만 그건 좀 더 뻔뻔하게, 그리고 가차 없이 대중들에게서 돈을 뜯어내기 위해 장사꾼들이 퍼뜨리는 무수한 거짓말들 가운데 하나일 뿐이야. 대중, 그것은 현대판 노예다. 그리고 개인은 그 굉장한 집단사고의 노예지. 이제 아름답고 훌륭한 것이라고는 더이상 존재하지 않는다. 아름다움과 선함과 정의로움은 꿈에서나 찾아야 해. 말해봐라, 꿈꾼다는 게 뭔지 알고 있냐?" 나는 고개만 두 번 끄덕이고는 요한 형이 계속 얘기하도록 놔두며 그의 말에 진지하게 귀를 기울였다. "많은, 많은 돈을 벌려고 노력해라. 모든 것이 엉망이 되었지만 돈은 아직 건재하다. 모든 것, 모든 것이 파괴되고, 반쪽이 나고, 우아함과 화려함을 빼앗겼다. 우리의 도시들은 흔적 없이 사라져가고 있다. 집과 궁궐들이 있던 자리를 그루터기들이 차지한다. 사랑하는 동생아, 피아노, 그리고 서투른 피아노 연주! 연주회와 연극은 한 계단 한 계단씩, 점점 더 낮은 곳으로 추락하고 있다. 물론 큰소리를 치는 상류층 같은 존재들이 여전히 존재하기는 하지. 하지만 그들에겐 더이상 품격과 섬세한 감각을 표출할 능력이 없다. 책들이 있었지…… 한 마디로 말하지만, 절대로 겁먹지 마라. 가난하게 경멸받으면서 살아, 사랑하는 친구야. 돈 생각일랑 떨쳐버려라. 그것이 가장 아름답고, 가장 승자다운 것이다. 인간은 정말 불쌍하기 그지없는 존재다. 부자들은 말이다, 야콥, 불만에 가득 차 있고 불행하단다. 오늘날의 부자들은 더이상 가진 것이 없단다. 그들이야말로 진정 굶주린 자들이란다." 난 다시 고개를 끄덕거렸다. 맞아요, 그가 하는 모든 말에 매우 쉽게 동의할 수 있었다. 요한이 한 말은 내 마음에 들었고, 내게 꼭 맞는 말이기도 했다. 그의 말 속에는 자부심과 비애가 깃들어 있었다. 그래, 자부심과 비애, 그 두 가지는 항상 좋은 화음을 낸다. 우리는 다시 맥주를 주문했고, 나와 마주 앉은 형은 말했다. "너는 희망을 가져야 한다. 동시에 어떤 것도 희망해서는 안 돼. 위에 있는 것을 쳐다보아라. 그래야 하고말고. 그게 너에게 어울리니 말이다. 너는 젊다, 기막히게 젊어, 야콥. 하지만 네가 경외감에 가득 차 우러러보는 그 대상을 실은 네가 경멸하고 있음을 항상 너 자신에게 솔직히 털어놓아라. 너 지금도 고개를 끄덕이고 있는 거냐? 맙소사, 너처럼 이해심을 가지고 남의 말에 귀 기울이는 사람은 처음이구나. 너는 이해심이라는 열매가 가득 매달린 나무다. 사랑하는 동생아, 모든 것에 만족하고, 노력하고, 배우고, 사람들에게 사랑과 선한 일을 행해라. 자, 이제 가봐야겠다. 말해봐라, 우리 언제 다시 만나면 좋을까? 솔직히 말해, 네게 관심이 많단다." 우리는 카페를 나와 거리에서 작별을 고했다. 오랫동안 나는 사랑스런 형의 뒷모습을 바라보았다. 그래, 그가 내 형이다. 그게 얼마나 큰 기쁨인지.

  아버지에게는 자동차와 말, 그리고 하인이 한 명 있다. 나이 든 펠만. 엄마는 극장에 전용 관람석을 가지고 있다. 그것 때문에 2만 8천 명이 거주하는 도시의 여인들이 그녀를 얼마나 부러워하는지 모른다. 어머니는 나이가 드셨어도 여전히 귀여운, 그렇다, 아름다운 여인이다. 그녀가 언젠가 입었던 몸에 꼭 붙는 담청색 원피스를 아직 기억하고 있다. 그녀는 사랑스러운 백색의 양산을 쓰고 있었다. 햇살이 내리비치는 화창한 봄날이었다. 거리에는 제비꽃 향기가 풍겼다. 사람들이 산책을 하고 있고, 공원의 녹음 아래서는 시에서 개최하는 야외음악회가 진행되고 있었다. 그 모든 것이 얼마나 매혹적이고 눈부셨는지! 분수대에서는 졸졸 물소리가 났고, 화사하게 차려입은 아이들은 깔깔대면서 뛰놀고 있었다. 그리고 부드럽게 애무하는 바람이 온갖 향기와 함께 이리저리 떠돌고 있었다. 형언할 수 없는 그 무엇에 대한 그리움을 불러일으키면서. 새로 지은 주거단지에서는 사람들이 창밖을 내다보고 있었다. 어머니는 가느다란 손과 사랑스런 팔에 담황색의 긴 장갑을 끼고 계셨다. 요한 형은 그 당시에 이미 집을 떠나 타지에 가 있었다. 아버지는 우리 곁에 계셨다. 안 된다, 사랑과 존경의 대상인 부모님에게서는 결코 어떤 도움(돈)도 받지 않겠다. 상처 입은 내 자존심은 나를 병원 침대로 던져버리게 될 것이고, 스스로 일구어낸 인생 경력에 대한 꿈들은 사라지고, 내 가슴속에서 불타오르고 있는 자기 구현에 대한 구상들은 영원히 파괴될 것이다. 그렇다, 나는 나 스스로를 교육시키기 위해, 나 자신에게 미래의 자기 구현을 위한 준비를 시키기 위해 이 벤야멘타 학원의 훈련생이 되었다. 이곳에서는 장차 닥칠 힘겹고 음울한 그 어떤 미래에 대해서도 마음의 준비를 하게 되기 때문이다. 그래서 나는 집에 편지도 쓰지 않는다. 소식을 알리다 보면 나 자신에 대한 확신을 잃어버리게 될지도 모르고, 밑바닥부터 시작하겠다는 내 계획이 완전히 망가져버릴 수도 있기 때문이다. 위대하고 대담한 일들은 침묵 속에서 아무도 모르게 일어나야 한다. 그렇지 않으면 일을 그르치게 되고 나쁜 결과를 보게 된다. 활활 타오르기 시작한 불꽃도 다시 꺼져버리는 법이다. 난 내 취향을 잘 알고 있다. 그걸로 충분하다. 아 참, 그래. 맞다. 우리 집안일을 지금껏

돌보며 살아온 늙은 하인 펠만으로부터 들은 우스운 이야기가 하나 있다. 내용은 이렇다. 어느 날 펠만이 중대한 잘못을 범하게 되어 집을 떠나야만 했다. "펠만." 엄마가 말씀하셨다. "가도 좋아요. 우린 이제 당신이 더이상 필요 없어요." 그러자 얼마 전 암으로 죽은 어린 아들을 땅에 묻어야 했던(이건 재미난 일은 아니다) 그 불쌍한 노인은 엄마의 발밑에 엎드려서 자비를, 무작정 자비를 베풀어달라고 빌었다. 불쌍한 인간, 그의 늙은 두 눈에서 눈물이 흐르고 있었다. '엄마는 그를 용서해주었어'라고 나는 그 다음 날 친구인 바이벨 형제에게 말했다. 그랬더니 그들은 나를 끔찍하게 비웃고 경멸했다. 그들은 나와 절교를 선언했다. 우리 집이 너무 귀족적이라는 것이었다. 발밑에 엎드린다는 것이 그들에게는 수상한 일이었다. 그들은 다른 곳에 가서 나와 엄마에 대해 말도 안 되는 험담을 하고 다녔다. 그들은 너무나도 순수한 아이들이었다. 그렇다, 하지만 한 개인이나 한 지배자의 자비 혹은 무자비가 지배하도록 내버려두는 것을 끔찍하고 소름끼치는 일이라고 생각하는 진정한 공화당원들이기도 했다. 지금은 그 일이 내게 얼마나 우스꽝스럽게 느껴지는지! 이 작은 사건 하나가 시대의 흐름을 얼마나 잘 대변해주고 있는가. 지금은 온 세상이 바이벨 일가의 아이들과 똑같은 판단을 내리고 있다. 그래, 그렇다. 주인 나리나 주인 마나님과 같은 존재는 더이상 어디서도 인정하지 않는다. 거리낌 없이 하고 싶은 대로 할 수 있는 주인 나리 또는 마나님들이 사라진 지도 이미 오래다. 이런 현실을 슬퍼해야 하나? 아무 생각도 나지 않는다. 시대정신에 대해 내가 어떤 책임을 져야 하는 것일까? 나는 시대를 있는 그대로 받아들인다. 그리고 다만 조용히 관찰을 해나갈 수 있는 가능성을 열어놓을 뿐이다. 마음씨 착한 펠만. 그는, 그는 여전히 가부장적인 낡은 방식으로 용서를 받았던 것이다. 충성과 충직함의 눈물, 그것은 또 얼마나 아름다운가.

오후 세시부터 우리 생도들은 거의 자유의 몸이 된다. 아무도 우리에게 신경 쓰지 않는다. 원장 선생님 오누이는 내실 속으로 숨어버리고, 교실에는 적막이, 사람을 거의 미칠 지경에 이르게 하는 적막이 감돈다. 어떤 소음도 내서는 안 된다. 소리 내지 않고 재빨리 움직이는 것과 살금살금 다니는 것, 그리고 귓속말로 속삭이는 것만이 허용된다. 실린스키는 거울을 들여다보고, 샤흐트는 창밖을 내다보거나 앞집 식모 여자아이와 손짓을 주고받는다. 크라우스는 과제를 입으로 중얼거리면서 외우고 있다. 무덤 속 같은 깊은 정적이 흐른다. 마당은 마치 사각형의 영겁처럼 쓸쓸히 놓여 있다. 나는 주로 똑바로 서 있다. 그리고 한쪽 다리로 서는 연습을 한다. 때로는 기분 전환 삼아 숨을 쉬지 않고 오래 참아보기도 한다. 그것도 하나의 훈련이다. 더 나아가, 언젠가 의사가 내게 말해주었듯, 건강을 증진시키는 훈련이다. 글을 쓰기도 한다. 아니면 피로를 모르는 두 눈을 감아버린다. 아무것도 더 보지 않기 위해서다. 눈은 생각들을 전한다. 그래서 나는 때로 아무 생각도 하지 않으려고 눈을 감는다. 그렇게 눈을 감고 아무것도 하지 않고 있으면, 삶이 너무나 고통스러울 수 있음을 갑작스럽게 느끼게 된다. 아무것도 하지 않으면서 자세를 관찰하는 것, 그것은 에너지를 요하는 힘든 일이다. 그와는 반대로 무언가를 창조해내는 사람은 편안한 삶을 사는 것이다. 우리 훈련생들은 이런 어려움에 있어서는 대가이다. 보통 아무 일도 하지 않는 사람들은 지루함을 못 견디고는 다소 방만한 자세로 앉고, 발을 버둥대고, 하품을 크게 하거나 한숨을 내쉬기 시작한다. 그런 행동을 우리 생도들은 하지 않는다. 우리는 입을 꼭 다물고, 꼼짝도 하지 않는다. 우리 머리 위에는 끊임없이 잔소리를 해대는 규정들이 떠다닌다. 우리가 그렇게 앉아 있거나 서 있을 때면 이따금 문이 열리고 벤야멘타 양이 우리를 천천히 뜯어보면서 교실을 가로질러간다. 그럴 때면 그녀는 유령처럼 느껴진다. 마치 아주 멀리, 아주 먼 곳에서 온 존재처럼 말이다. "뭐 하고 있는 거니, 너희들?" 하고 그녀가 묻는다. 질문만 던진 채 그 어떤 대답도 기다리지 않고 그녀는 계속 걸어가버린다. 그녀는 얼마나 아름다운지. 풍성한 칠흑의 머리카락은 또 어떠한가. 그녀는 대개 눈을 내리깔고 있는 모습이다. 그녀는 내리깔기에 너무 적합한 눈을 가지고 있다. 그녀의 눈꺼풀은 (아, 나는 이 모든 것을 예리하게 관찰한다) 도톰하게 톡 튀어나와 있고, 놀라울 정도로 빨리 깜박거린다. 그녀의 두 눈! 그 눈을 가만히 들여다보면, 그 속에는 나락의 공포와 심연이 있다. 반짝이는 검은 눈동자는 아무것도 말하지 않으면서 동시에 말할 수 없는 모든 것을 말해주는 듯하며, 낯익은 동시에 낯선 느낌을 준다. 눈썹은 금세라도 찢어질 듯 얇고, 둥근 모양으로 아주 길게 그려져 있다. 눈썹을 쳐다보노라면, 찌르는 듯한 통증이 느껴진다. 그것은 병적으로 창백한 저녁 하늘에 떠 있는 초승달 같다. 가느다랗지만, 그래서 더 깊이 찔린 상처 같다. 마음을 도려낸 상처. 그녀의 뺨은 어떤가! 소리 없는 그리움과 두려움이 그녀의 뺨 위에서 축제를 벌이고 있는 것 같다. 이해받지 못한 연약함과 사랑스러움이 그곳에서 서럽게 울고 있다. 이따금 희미하게 빛을 내는 뺨의 하얀 눈 위로 나지막하게 무언가를 청하는 붉은 빛이, 불그레하고 수줍어하는 삶이, 태양이, 아니, 아니다, 그런 빛의 희미한 잔영이 나타난다. 그럴 때면 갑자기 두 뺨이 미소를 짓거나 혹은 약간 열이 오르는 것처럼 보인다. 벤야멘타 양의 뺨을 바라보면 더 살고 싶다는 욕망이 사라진다. 그녀의 뺨을 보고 있으면 삶이 가치 없는 조야한 것들로 가득 찬 지옥 같다는 느낌이 들기 때문이다. 그토록 연약한 것이 거의 강압적으로 무겁고 위협적인 것을 보게 만드는 것이다. 그리고 그녀가 도톰하고 선량한 입술에 미소를 띨 때 보일 듯 말 듯 드러나는 그녀의 이. 그녀가 울면. 그녀의 우는 모습을 우두커니 지켜볼 수밖에 없는 부끄러움과 비애 때문에 땅이 무너져버릴 거라고 사람들은 생각한다. 그리고 그녀가 우는…… 소리를 처음 듣게 된다면? 아, 그땐 죽어버릴 것 같다. 최근에 우리는 그녀의 울음소리를 들었다. 수업이 한창 진행되던 중에 말이다. 우리는 모두 사시나무 떨듯 몸을 떨었다. 그렇다, 우리 모두는, 우리는 그녀를 사랑하고 있다. 그녀는 우리의 선생님이고, 우리 위에 존재하는 사람이다. 그런데 그녀가 무언가로 고통받고 있다. 그건 분명하다. 그녀는 어디가 아픈 것일까?

벤야멘타 양이 나와 몇 마디 이야기를 나누었다. 부엌에서 말이다. 나는 방으로 들어가려던 참이었는데, 그녀가 나에게 눈길도 주지 않은 채 물었다. "어떻게 지내니, 야콥? 잘 지내고 있니?" 나는 그 자리에서 의례적인 공경의 자세를 취하고는 비굴한 목소리로 말했다. "아, 그럼요, 아주 잘 지내죠, 선생님. 잘 지낼 수밖에 없지요." 그녀는 보일 듯 말 듯한 미소를 지으며 물었다. "무슨 뜻이지?" 그렇게 물어볼 때 그녀는 마치 지나가는 말을 던진다는 투였다. 나는 대답했다. "제 겐 부족한 것이 아무것도 없으니까요." 그녀는 잠깐 나를 바라보고는 아무 말도 하지 않았다. 잠시 후에 그녀는 말했다. "가도 좋아, 야콥. 넌 자유야. 그렇게 서 있을 필요 없어." 나는 몸을 굽혀 인사하면서 규정에 따른 존경의 표시를 하고 방으로 들어갔다. 방에 들어선 지 채 오 분도 되지 않아 누군가 방문을 두드렸다. 문으로 달려갔다. 방문을 두드리는 소리로 거기 누가 서 있을지 알고 있었다. 그녀가 내 앞에 서 있었다. "야콥, 너." 그녀가 물었다. "친구들하고는 어떻게 지내고 있는 건지 이야기 좀 해보겠니? 다 좋은 아이들이지, 그렇지?" 나는 누구 하나 뺄 것 없이 그들 모두가 사랑스럽고 존경할 만한 아이들이라고 생각한다고 대답했다. 벤야멘타 양은 아름다운 눈을 깜박거리며 내 속을 꿰뚫어보려는 듯한 눈짓을 보내면서 말했다. "오, 그래. 그런데 넌 크라우스와 다투지 않니. 다투는 게 너에게는 사랑과 존경의 표시인 거니?" 나는 한 순간의 망설임도 없이 대답했다. "어떤 의미로는 그런 셈이죠, 선생님. 말이 나왔으니 말인데, 그건 정말 심각한 싸움은 아니에요. 크라우스가 눈치가 있는 녀석이라면, 내가 자기를 다른 아이들보다 심지어 더 좋아한다는 것을 느낄 거예요. 전 크라우스를 너무, 너무 존경해요. 선생님이 제 말을 믿지 않으신다면 마음이 무척 아플 거예요." 그녀는 내 손을 붙잡고 약간 힘을 주며 말했다. "진정해. 봐, 네가 얼마나 흥분했는지. 이 툭 하면 흥분하는 녀석아. 네 말이 사실이라면 나도 네게 아무런 불만 없어. 네가 계속 잘 처신한다면, 나도 만족이야. 그래, 명심해라. 크라우스는 아주 훌륭한 젊은이다. 만약 네가 크라우스에게 못되게 군다면 결국 너는 나를 괴롭히는 셈이 되는 거다. 그를 친절히 대해다오. 정말로 그러기를 바란다. 침울해하지 마. 이봐, 난 너를 비난하고 있는 것이 아니란다. 응석받이로 자란, 버르장머리 없는 귀족의 아들 같으니라고! 크라우스는 아주 좋은 녀석이야. 그렇지 않니, 크라우스는 좋은 녀석이지, 야콥?" 나는 "예"라고 대답했다. 그 말밖에는 할 수 없었다. 그러고는 갑자기 너무나 바보같이 웃지 않을 수 없었다. 왜 그랬는지는 나도 알 길이 없다. 그녀는 머리를 절레절레 흔들면서 가버렸다. 왜 그렇게 웃어야 했던 것일까? 지금까지도 그 이유를 모르겠다. 어쨌거나 그것은 전혀 중요하지 않은 일이다. 난 언제쯤 돈을 만져보게 될까? 이 문제가 내게는 중요한 것 같다. 지금 내 눈에는 돈이 더할 나위 없는 이상적인 가치를 지니고 있는 것으로 보인다. 금화가 쩔렁대는 소리를 상상하면 거의 미쳐버릴 지경이다. 난 먹어야 한다. 쳇. 부자가 되고 싶다. 그런 다음 머리를 부숴 박살내버렸으면 좋겠다. 머지않아 더이상 아무것도 먹지 않게 될 것이다.

내가 만약 부자라면, 절대로 세계여행 같은 것은 하지 않을 것이다. 세계여행이 나쁠 건 없다. 하지만 낯선 것을 피상적으로 알게 되는 일에 나는 어떤 매력도 못 느낀다. 사람들이 말하는 지속적인 자기 계발이란 것을 나는 대체로 거부할 것이다. 저 멀고 광활한 미지의 나라보다는 심연, 영혼 같은 것이 내게는 오히려 더 유혹적이다. 가까이 있는 것을 연구하는 일은 틀림없이 나를 매혹시킬 것이다. 나는 나를 위한 물건은 전혀 사지 않았다. 나는 나의 소유물을 만들지 않을 것이다. 우아한 신사복들, 고급 내의들, 실크해트, 검소한 커프스 금단추, 목이 긴 에나멜 가죽구두, 그것이 내가 떠날 때 가지고 갈 모든 것이다. 내겐 집도, 정원도, 하인도 필요 없다. 아니다, 하인 하나, 품위 있고 착실한 크라우스 같은 하인 하나는 고용할 수도 있겠다. 그러면 이제 떠날 수 있으리라. 나는 안개가 피어오르는 거리로 나갈 것이다. 음울한 추위를 데려오는 겨울이 나의 금화들에 특히 잘 어울리리라. 지폐들은 소박한 지갑에 넣고 다닐 것이다. 내가 엄청난 부자라는 것을 남들이 알아채지 못하게 하려는 무의식적이고 은밀한 의도에서, 눈에 띄지 않는 아주 평범한 모습으로 여기저기를 돌아다니리라. 어쩌면 눈도 내릴지 모른다. 상관없다. 아니, 눈이 내리는 것이 오히려 내게는 훨씬 나을지 모른다. 어둑한 저녁 반짝거리는 가로등 사이로 떨어지는 부드러운 눈송이. 반짝거리겠지, 황홀하게. 마차를 탈 생각 같은 것은 평생 하지 않을 것이다. 사람들은 급한 볼일이 있거나 고상해 보이고 싶을 때 마차를 탄다. 나는 고상해지고 싶은 생각도 없고, 급하게 서두를 일은 더더구나 없을 것이다. 그렇게 걷노라면 생각들이 밀려올 것이다. 갑자기 누군가에게 인사를 한다, 아주 정중하게. 어떤 남자다. 아주 예의 바르게 그 사람을 바라본다. 그때 그 남자의 상태가 좋지 않다는 것을 보게 된다. 그것을 보게 된다기보다는 알아차리게 될 것이다. 그런 것은 알아차리게 되는 것이지, 보게 되는 것은 아닐 것이다. 하지만 그런 것을 본다고 말할 수 있는 경우도 있긴 하다. 하여튼, 그 남자는 자기에게 볼일이 있느냐고 나에게 묻는다. 그 질문에는 그의 교양이 들어 있을 것이다. 이 질문은 아주 부드럽고 단조롭게 던져질 것이다. 그리고 그것이 나를 깊이 뒤흔들어놓을 것이다. 그럴 것이 나는 무뚝뚝한 말투에 마음이 끌리곤 하기 때문이다. '저 남자는 어떤 마음의 상처를 깊이 입은 것이 틀림없어.' '그렇지 않다면 짜증을 냈을 거란 말이지'라고 나는 생각할 것이다. 하지만 나는 아무 말도, 절대로 아무 말도 하지 않을 것이다. 그 대신 그를 이리저리 관찰하는 것에 만족할 것이다. 뚫어지게 바라보지는 않는다. 아, 절대 그러지 않는다. 그냥 아무렇지도 않게, 어쩌면 다소 즐거운 마음으로 말이다. 그러고는 서서히 나는 그가 누구인지 알아보게 될 것이다. 나는 지갑을 열어서는 천 마르크짜리 지폐 열 장을 능숙하게 꺼내서는 그 남자에게 준다. 그러고는 그를 처음 보았을 때처럼 친절하게 모자를 살짝 들어 올려 인사를 하고, 잘 자라는 인사말을 던지고는 그 자리를 떠난다. 눈은 계속 내린다. 걸어가면서 나는 더이상 아무 생각도 하지 않는다. 할 수가 없다. 생각 같은 것을 하기에는 기분이 너무나 좋다. 지독하게 굶주리는 예술가―나는 그의 궁핍함을 분명히 알아볼 것이다―에게 내가 그것을, 돈을 준 것이다. 그렇다, 나는 그것을 알 것이다. 내가 그런 것을 혼동할 리가 없다. 오, 위대하고, 따스하고, 제대로 된 배려가 세상에는 그리 많지 않다. 자, 하지만 다음 날 밤이 되면 나는 완전히 다른 생각을 하게 될지도 모른다. 어쨌거나 난 세계여행 대신 차라리 어리석고 바보 같은 일들을 저지를 것이다. 엄청나게 성대하고 흥겨운 잔치를 벌일 수도 있고, 사람들이 어디서도 본 적 없는 방탕한 파티를 열 수도 있다. 그것을 위해 10만 마르크라도 내겠다고 할 것이다. 돈이란 확실히 미친 듯이 써버려야 한다. 정말로 헛되이 쓴 돈만이 아름다운 돈……일 것이기 때문이다. 그리고 어느 날 나는 구걸을 하고 있을 것이다. 그때 햇살이 내리비치리라.

그리고 난 매우 기뻐하고 있을 것이다. 무슨 일로 기뻐하는지는 굳이 알려고도 하지 않은 채로. 그때 엄마가 와 내 목을 끌어안으리라…… 참 기분 좋은 몽상들이다!

크라우스의 얼굴과 본성에는 무언가 고대의 것이 있다. 그가 풍기는 그런 고대적인 인상이 그를 쳐다보는 사람들을 팔레스타인으로 이끈다. 아브라함의 시대가 내 학우의 얼굴 위에서 되살아난다. 신비로운 관습과 경관들을 가지고 있었던 고대의 가부장적 시대가 모습을 드러내면서 아버지 같은 자상한 시선을 던진다. 그 당시에는 태고의 얼굴을 하고 긴 갈색의 엉클어진 수염을 한 아버지들만 존재했던 것 같은 느낌이 든다. 물론 그것은 터무니없는 생각이다. 하지만 아주 천진난만한 이 느낌에 어쩌면 사실에 부합하는 무언가가 있을지도 모른다. 그래, 그 당시! 그 당시라는 말 자체가 벌써 부모, 그리고 고향의 집을 떠올리게 한다. 고대 이스라엘 시대에는 이삭이나 아브라함 같은 아버지가 여전히 존재할 수 있었다. 그는 만인의 존경을 한몸에 받았고, 자신의 소유지가 베푸는 자연의 풍요로움 속에서 노년기를 아무 걱정 없이 편안하게 살았다. 그 당시에는 흰머리가 난 노인들에게 어떤 위엄 같은 것이 풍겼다. 노인들은 왕과 같은 존재였으며, 그들이 살아온 세월들에는 왕의 통치권과도 맞먹는 중요한 의미가 있었다. 노인들은 또한 얼마나 혈기왕성했는가. 그들은 수백 살의 나이에도 아들과 딸을 낳았다. 그 당시에는 치과의사도 존재하지 않았다. 따라서 당시에는 이가 썩은 일이 없었다고 가정할 수 있을 것이다. 이집트인 요셉은 또 얼마나 잘생겼던가. 크라우스는 포티파르의 집에서 지내던 시절의 요셉과 닮은 데가 있다. 그때 요셉은 젊은 노예로 팔렸고, 어마어마한 부자에다 착하고 점잖은 사람의 집에 가게 되었다. 그는 그 집의 노예가 되었지만 아주 편안한 삶을 살았다. 그 당시 법률은 비인간적이었을지 모른다, 틀림없이 그랬을 것이다. 하지만 그 대신 관습과 풍속들, 그리고 가치관들은 더 유연했고 고상했다. 오늘날에도 노예가 있다면 그들은 훨씬 나쁜 환경에서 살아가야 할지도 모른다. 제발 그런 일은 없기를! 말이 나왔으니 말인데, 우리같이 현대적이고, 교만하기 이를 데 없는 사람들 중에는 아주, 아주 많은 노예들이 있다. 어쩌면 우리 현대인들 모두가 화가 나 있는, 채찍을 휘두르는 조야한 시대사상에 지배되는 노예일지도 모른다. 그건 그렇고, 어느 날 요셉의 여주인이 요셉에게 자신이 시키는 대로 따를 것을 요구했다. 그런 옛날 옛적 자질구레한 일들이 지금까지도 정확히 알려져 있고, 또 그것이 모든 시대를 거쳐 입에서 입으로 전해 내려오는 것이 정말 신기하지 않은가. 모든 초등학교에서는 역사 수업이 진행된다. 고지식한 선생들을 나무라기라도 할 작정인가? 난 고지식하고 꼼꼼한 것을 무시하는 사람들을 경멸한다. 그런 사람들이야말로 정말 생각이 없고, 판단력이 부족한 인간들이다. 여하튼 크라우스는 여주인의 요구를 거부했다. 아니지, 크라우스가 아니라 요셉 말이다. 하지만 그게 크라우스일 수도 있다. 크라우스에게는 이집트에서의 요셉과 닮은 점이 있으니 말이다. "안 됩니다, 자비로우신 마님, 전 그런 일을 못합니다. 저에게는 주인어른께 충성을 다할 의무가 있습니다." 그러자 그 너무나도 매력적인 부인은 젊은 하인이 모욕적인 행동을 보였으며 여주인을 불륜으로 유혹하려 했다고 고발해버렸다. 그러고 난 다음에는 어떻게 되었는지, 거기까지는 모른다. 포티파르가 무슨 말을 하고 무슨 일을 벌였는지 신기하게도 하나도 생각나지 않는다. 하지만 지금도 나일 강은 아주 또렷하게 떠오른다. 그렇다, 크라우스는 그 누구보다도 요셉에 가까운 인물인 것 같다. 태도, 모습, 얼굴, 머리 모양, 그리고 행동거지까지 매우 비슷하다. 심지어는 유감스럽게도 여전히 치료하지 못한 피부의 훈장들까지 말이다. 부스럼은 뭔가 성서적이고, 동양적인 데가 있다. 품행, 성품, 소년들이 지녀야 할 금욕적 덕목들을 확고하게 지니고 있는 모습은? 기가 막히게 일치한다. 이집트에서의 요셉 역시 작달막하고 앞뒤가 꼭 막힌 사람이었음에 틀림없다. 그렇지 않았더라면 그는 음탕한 여주인의 명령에 복종하고, 자기 주인에 대한 신의를 저버렸을 것이다. 크라우스도 고대 이집트 시대의 자기 초상과 똑같이 행동할 것이다. 맹세하듯 두 손을 높이 쳐들고는, 반은 간청하고 반은 원망하는 표정으로 이렇게 말할 것이다. "아니요, 아니요, 전 그렇게 못합니다" 등등.

사랑스런 크라우스! 이런저런 생각을 하다 보면 매번 그에 대한 생각에 이르게 된다. 크라우스에게서는 교양이라는 말의 원래 의미를 아주 정확히 보게 된다. 크라우스는 훗날 어떤 삶을 살게 되든지 어디서나 유용한 인간으로, 그렇지만 교양은 없는 인간으로 평가될 것이다. 그러나 나에게는 그는 어디까지나 교양을 갖춘 인간이다. 그는 확고부동하고 온전한, 깨지지 않은 전체를 보여주기 때문이다. 크라우스야말로 인간적 교양 그 자체라 할 수 있다. 그의 주변에는 날개를 달고 속삭여대는 지식들이 날아다니지 않는다. 그 대신 무엇인가가 그의 내면에 들어 있다. 그는, 그는 그 무엇 위에 가만히 있고, 그리고 그 무엇을 토대로 하고 있다. 그는 진심으로 신뢰할 수 있는 사람이다. 그는 결코 누군가를 속이거나 헐뜯지 않는다. 그리고 바로 이것을, 이 수선스럽지 않음을 나는 교양이라고 부른다. 수다스러운 자는 사기꾼이다. 그가 매우 친절한 사람일 수는 있지만, 자기 머릿속에 떠오르는 것을 모두 뱉어내지 않으면 못 배기는 그의 단점은 그를 비열하고 나쁜 친구로 만들 것이다. 크라우스는 비밀을 간직하고, 남에게 함부로 이야기하지 않는다. 그는 그렇게 막 떠들어댈 필요 따위는 없다고 생각한다. 이것이 미덕, 그리고 적극적인 보호와 같은 작용을 한다. 그것을 나는 교양이라고 부른다. 크라우스는 자기 나이 또래의 남자 아이들에게 무뚝뚝하며 때로는 매우 거칠게 대하기도 한다. 바로 그런 점 때문에 나는 그를 너무나도 좋아한다. 그 점이 그가 잔인하고 경솔한 배신 같은 것은 전혀 할 줄 모르며, 할 수도 없다는 것을 말해주기 때문이다. 그는 모든 사람에게 충실하고 예의바르다. 비열한 친절을 베풀면서 자신의 이웃, 동료, 형제를 속이고, 끔찍스런 방식으로 그들의 이름과 삶을 망쳐놓곤 하는 사람들도 많지 않던가. 크라우스는 아는 것은 별로 없지만, 결코, 결코 생각이 없는 것은 아니다. 그는 항상 자신이 세운 어떤 규율들을 따르며 산다. 그것을 나는 교양이라고 부른다. 한 인간이 가지고 있는 깊은 애정과 충만한 생각, 그것이 교양이다. 그 밖에도 물론 많은 것들이 더 있다. 크라우스처럼 어떤 종류의 이기심도, 눈곱만큼의 이기심도 없는 대신 자기 규율에 그토록 사로잡혀 있는 것, 내 생각에는 바로 그것이 벤야멘타 양에게 이런 말을 듣는 이유이다. "그렇지 않니, 야콥, 크라우스는 훌륭한 녀석이지?" 그렇다, 그는 훌륭하다. 내가 만일 이 동료를 잃게 된다면, 그것이 내게는 천국이 사라져버리는 일임을 난 잘 알고 있다. 내가 앞으로도 계속 크라우스와 아무 거리낌 없이 다투게 될 것이 두렵기까지 하다. 나는 그를 그냥 바라만 보고 싶을 뿐이다, 언제까지나, 언제까지나 바라만 보고 싶을 뿐이다. 잔인한 삶이 언젠가는 우리 두 사람을 떼어놓을 것이고, 그렇게 되면 훗날 나는 그의 모습을 떠올리는 것만으로 만족해야 하기 때문이다.

크라우스가 외모의 장점들, 신체적인 우아함을 지니지 못한 이유, 왜 자연이 그를 그렇게 난쟁이같이 찌그러뜨리고 볼품없이 만들었는지를 나는 이제야 이해할 수 있게 되었다. 자연은 그를 데리고 뭔가를 하려고 한다, 뭔가를 계획하고 있다. 자연은 처음부터 그를 데리고 무엇인가를 계획하고 있었을 것이다. 크라우스라는 인간은 자연에게 너무나 순수한 존재였을 것이고, 그 때문에 자연은 인간을 타락시키는 외적 성공들로부터 그를 보호할 목적으로 그를 볼품없고, 왜소하고, 추한 육체 속으로 던져버렸던 것이다. 어쩌면 상황이 그와는 달랐을 수도 있다. 자연이 크라우스를 만들 때 화가 나 있었거나 악의에 차 있었는지도 모른다. 그러고는 이제 와서 그에게 심술궂게 대한 것을 깊이 후회하고 있는지도 모른다. 누가 알겠는가. 자연은 자신이 만들어낸 기품 없는 걸작품을 보면서 즐거워하고 있을지도 모른다. 그리고 자연은 즐거워할 만한 이유를 정말 가졌을 수도 있다. 이 못생긴 크라우스가 가장 우아하고 아름다운 사람들보다 더 아름답기 때문이다. 그는 재능들로 빛나지는 않지만, 타락하지 않은 선한 마음의 미광을 내비치고 있다. 그의 촌스럽고 소박한 몸가짐은 거기 수반되는 어색함에도 불구하고 아마 인간 사회에 존재할 수 있는 가장 아름다운 움직임과 태도일 것이다. 그렇다, 크라우스는 결코 성공하지 못할 것이다. 그를 재미없고 못생겼다고 생각할 여성들에게서도 그렇지만, 그를 무심하게 지나쳐버릴 이 세상사에서도 말이다. 무심하게? 그렇다, 사람들은 결코 크라우스에게 주의를 기울이지 않을 것이다. 아무런 주목도 받지 못하는 그가 별 걱정 없이 편안하게 살아간다는 것, 바로 그 점이 경이로운 것이고, 계획으로 충만한 것이며, 조물주를 떠올리게 하는 것이다. 신은 이 세상에 심오하고 풀리지 않는 수수께끼를 내주려고 크라우스와 같은 인간을 보낸 것이다. 그 수수께끼는 결코 풀리지 않을 것이다. 봐라, 사람들이 단 한 번이라도 수수께끼를 풀려는 노력을 보이는지. 바로 그렇기 때문에 크라우스-수수께끼는 너무나 훌륭하고 심오한 것이다. 다시 말해 어느 누구도 그 수수께끼를 풀고자 애태우지 않기 때문이다. 살아 숨 쉬는 그 어떤 인간도 이 무명의 초라한 크라우스에게 그 어떤 과제, 수수께끼 혹은 그토록 심오한 의미가 숨어 있으리라고는 짐작조차 못하기 때문이다. 크라우스는 진정한 신의 작품이며, 무(無)이며, 하인이다. 크라우스는 교양 없고, 매우 고된 일을 수행하기에나 적합한 자로 여겨질 것이다. 그리고 참으로 기이한 것은, 그런 판단이 틀린 데 없이 전적으로 옳다는 것이다. 크라우스는 겸손함 그 자체이다. 순종의 왕관이자 왕궁인 크라우스, 그는 진정 보잘것없는 일들을 수행해나가기를 원한다. 그는 그런 일들을 할 수 있는 능력이 있으며 또 하고 싶어 한다. 그가 원하는 것은 오직 누군가를 돕고, 복종하고, 시중을 드는 일뿐이다. 세상 사람들은 그것을 곧 알아차리고는 그를 착취할 것이다. 사람들이 그를 착취한다는 사실 안에는 환하게 빛을 발하는, 자비와 광명으로 빛나는,

금빛 찬란한 신의 정의가 들어 있다. 그렇다, 크라우스는 거짓 없는, 아주, 아주 단조롭고, 단순하고, 명료한 존재의 초상이다. 어느 누구도 이 사람의 단순함을 오인할 수 없다. 따라서 어느 누구도 그에게 주의를 기울이지 않을 것이다. 그는 결코 성공하지 않을 것이다. 난 그것이 멋지고, 멋지고, 또 멋지다고 생각한다. 아, 신이 하는 일들은 자비롭고, 매력적이다. 거기엔 마음을 끄는 것들과 생각에 빠지게 하는 것들이 가득 차 있다. '그건 너무 터무니없는 이야기야'라고 생각할 사람들도 있을 것이다. 그건, 고백하자면, 터무니없는 이야기의 시작에 불과하다. 그렇다, 크라우스는 어떤 성공도, 어떤 명성도, 어떤 사랑도 꽃피우지 못할 것이다. 아주 잘된 일이다. 성공이란 것은 신경쇠약과 천박한 세계관을 필연적으로 수반하기 때문이다. 성공한 것과 인정받는 것을 보여주려는 사람들은 금세 알아볼 수 있다. 그들은 자기만족에 가득 차 뚱뚱해진다. 허영의 힘이 그들을 풍선처럼 부풀린다. 두 번 다시 알아볼 수 없을 정도로 말이다. 신이 선량한 사람을 대중의 인정으로부터 지켜주시기를. 인정을 받는다는 것은 사람을 나쁘게 만들지는 않지만, 정신적으로 혼란시키고 무기력하게 만든다. 감사, 그렇다, 감사는 완전히 다른 문제다. 사람들은 크라우스 같은 사람에게 절대로 감사를 표하지 않을 것이고, 또 그럴 필요도 전혀 없다. 어쩌면 십 년에 한 번꼴로 누군가 크라우스에게 "고마워, 크라우스"라고 말할지도 모르지. 그러면 그는 아주 바보같이, 너무나도 바보같이 웃을 것이다. 방만해지는 일 같은 것은 나의 크라우스에게는 결코 없을 것이다. 왜냐하면 그에게는 항상 크나큰, 혹독한 시련들이 닥칠 것이기 때문이다. 나는 크라우스가 의미하는 혹은 의미했던 바를 알게 될 극소수의 사람들 중 하나이거나, 어쩌면 유일한 사람일지도 모른다. 그것을 알게 될 사람이 두세 명 더 있을 수도 있다. 벤야멘타 양, 그렇다, 그녀는 알고 있다. 어쩌면 원장 선생님도. 그래, 틀림없다. 벤야멘타 원장 선생님은 크라우스의 진가를 충분히 알 수 있을 만큼 통찰력이 깊다. 오늘은 글쓰기를 여기서 멈춰야겠다. 글쓰기가 내 마음을 빼앗아간다. 나는 거칠어진다. 글자들이 내 눈앞에서 어른거리며 춤을 춘다.

우리 기숙사 뒤편에는 오래되고 버려진 정원이 있다. 이른 아침 교무실 창문으로 그 정원을 내려다볼 때면(나와 크라우스는 이틀에 한 번꼴로 아침마다 교무실을 청소해야 한다) 아무런 보살핌도 받지 못한 채 버려져 있는 모습이 마음을 아프게 한다. 정원을 볼 때마다 매번 아래로 내려가 보살펴주고 싶은 마음이 든다. 이것은 사실 감상주의다. 사람을 미혹시키는 이런 유약함은 귀신한테나 주어버렸으면. 우리 벤야멘타 학원에는 그와는 전혀 다른 정원들이 있다. 실제 정원 안으로 들어가는 것은 금지되어 있다. 어떤 학생도 그 정원에 들어가서는 안 된다. 도대체 왜 못 들어가게 하는지 그 이유는 알 길이 없다. 하지만 이미 말한 것처럼 우리는 실제의 정원과는 다른, 어쩌면 그보다 더 아름다울 수 있는 정원을 가지고 있다. 『벤야멘타 소년 학교가 지향하는 바는 무엇인가?』라는 우리들의 교과서 속에. 그 책의 8쪽에는 다음과 같은 말이 쓰여 있다. '올바른 행실은 꽃이 만개한 정원이다.' 그러니까 정신적이고 섬세한 감정이 있는 그런 정원들 안에서는 우리 학생들이 이리저리 뛰어다녀도 되는 것이다. 나쁘지 않은 일이다. 우리들 중 누군가 잘못된 행동을 하면, 그는 스스로 알아서 혐오스럽고 어두운 지옥 속을 걷는다. 칭찬받을 만한 행동을 하면, 그 대가로 자기도 모르는 사이 울창한 나무들 사이로 햇살이 점무늬를 그리는 숲에서 산책을 하게 된다. 이 얼마나 매혹적인 일인가! 부족하기 짝이 없는 나의 어린 견해로 볼 때 교과서의 이 친절한 명제 안에는 어떤 진실이 들어 있다. 어리석은 행동을 하게 되면 자신에 대해 부끄러움을 느끼게 되고 화가 나는데, 바로 그것이 진땀이 나도록 고통스러운 지옥인 것이다. 그 반대로 조심성 있게, 상황에 맞추어 유연하게 행동한다면, 눈에 보이지 않는 그 누군가가, 친근하고 또 천재적인 그 무언가가 그의 손을 잡아주는데, 그것이 정원이며, 호의적인 섭리인 것이다. 이제 그는 자신도 모르는 사이에 친근한 푸른 들판 위를 유유히 산책하게 된다. 벤야멘타 학원의 우리 생도들이 자기 자신에게 만족해도 좋은 경우는 거의 없다. 규정이란 우박, 번개, 눈과 비가 늘 우리에게 쏟아지기 때문이다. 하지만 그래도 만약 그런 경우가 생긴다면, 그 훈련생의 주위에는 향기가 난다. 보잘것없지만, 용맹스럽게 싸워 쟁취한 칭찬의 달콤한 향 말이다. 벤야멘타 양이 칭찬을 하면 교실에서는 향기가 돌고, 그녀가 꾸짖으면 교실은 칠흑같이 어두워진다. 참 이상한 세계다, 우리 학교는. 한 훈련생이 얌전하고 예의바르게 행동하면, 그의 머리 위로 갑자기 그 무언가가 아치형 지붕처럼 펼쳐진다. 그건 상상의 정원 위에서 보이는, 그 어떤 것과도 바꿀 수 없는 푸른 하늘이다. 우리 생도들이 정말로 잘 참아냈다면, 힘들어도 정말로 착실하게 꼿꼿한 자세를 유지했다면, 흔히 '기다리다', '인내하다'라고 말하는 그런 일을 해냈다면, 다소 피로해진 우리 눈앞에는 갑자기

황금빛 세계가 나타난다. 우리는 그것이 하늘에 떠 있는 태양이라는 것을 알게 된다. 부끄러울 것 없이 떳떳하게 피곤을 느끼는 사람을 태양은 비춘다. 우리를 비참하게 만드는 불순한 욕망들, 누군가에게 들킬 그런 불순한 욕망들을 우리가 갖고 있지 않다면, 우리는 다음과 같은 말을 듣게 된다. "아, 저게 뭐지? 저기 새들이 노래하고 있구나!" 거기서 노래하고 우아한 소리를 내고 있는 것은 아름다운 깃털을 달고 행복해하는, 우리 정원의 어린 가수들이었다. 어디 얘기 좀 해보자, 우리 벤야멘타 학원의 훈련생들에게 우리 자신들이 만들어낸 정원 외에 또 다른 정원이 필요한가? 우아하고 예의바르게 행동하기만 하면, 우리는 부유한 신사이다. 예를 들어 나는 돈이 생기기를 소망한다. 그런 경우가 유감스럽게도 너무 잦지만, 그럴 때면 절망하여 들끓는 욕망의 깊은 수렁 속으로 빠져들어간다. 아, 나는 괴로워하며 고통 속에서 발버둥친다. 구원의 가능성을 의심할 수밖에 없다. 그럴 때 크라우스를 바라보게 되면, 나는 마음속 깊은 곳에서 우러나오는, 졸졸 흘러내리고 샘처럼 솟아오르는, 놀라운 편안함에 휩싸인다. 그것은 우리 정원에서 졸졸 소리를 내며 솟아나는, 평온한 겸손의 샘이다. 그 소리에 나는 한없이 행복해지고, 기분이 고양되고, 마음이 착해진다. 아, 그런데도 내가 크라우스를 사랑하지 않는단 말인가? 우리 가운데 누군가가 영웅이라면, 다시 말해 우리 가운데 한 사람이 영웅이 된다면, 그가 생명의 위협 속에서도 용감무쌍한 일을 해낸다면(교과서에는 이렇게 쓰여 있다), 그에게는 우리 정원의 녹지 속에 은밀하게 숨겨져 있는, 대리석으로 만들어지고 벽화들로 장식된 주랑에 들어가는 것이 허락될 것이다. 그리고 그곳에서 어떤 입술이 그에게 입맞춤을 해줄 것이다. 그것이 누구의 입술인지는 교과서에 쓰여 있지 않다. 아무튼 우리는 영웅은 아니다. 무엇을 위해 영웅이 된단 말인가! 첫째, 우리에게는 영웅답게 행동할 기회가 전혀 없다. 그리고 둘째, 예컨대 실린스키나 키다리 페터가 희생하는 것을 과연 좋아할지 잘 모르겠다. 입맞춤도, 영웅도, 그리고 주랑 파빌리온도 없지만 그럼에도 불구하고 우리들의 정원은 괜찮게 꾸며졌다고 생각한다. 영웅 이야기를 꺼내면 나는 몸이 얼어붙는다. 그러니 여기서는 차라리 침묵하는 것이 좋겠다.

최근에 크라우스에게 이따금 지루함 같은 것을 느끼지는 않느냐고 물어본 적이 있었다. 그는 힐책하는 눈초리로 나를 꾸짖듯 쳐다보고는 잠깐 무언가를 생각하더니 말했다. "지루하다고? 넌 정말 정상이 아니야, 야콥. 숨김없이 말하자면 네가 하고 있는 질문은 순진무구하면서 동시에 불경스러운 거야. 이 세상 누가 지루해한단 말이냐? 넌 그럴지 모르지. 하지만 난 아냐, 단언컨대 난 아니다. 여기서 나는 책에 나오는 것들을 모두 외우며 배우고 있어. 내가 지루할 시간이 있겠니? 얼마나 바보 같은 질문이니. 지체 높은 사람들은 지루함을 느낄지도 모르겠지만, 크라우스는 아니다. 네가 지루해하고 있구나. 그렇지 않다면 그런 생각이나 하고 그걸 질문이라고 들고 나한테까지 찾아왔을 리가 없지. 겉으로 표출할 수 없을 때는 말이지, 속으로도 어느 정도 할 수 있는 일이 있어, 예컨대 중얼거릴 수가 있잖아, 야콥. 넌 내가 혼자 중얼거리는 걸 볼 때마다 나를 틀림없이 비웃었겠지. 하지만 들어봐, 그리고 말해봐, 너 내가 뭘 중얼거리는지 알기나 한 거니? 그건 단어들이었어, 야콥. 나는 항상 단어들을 중얼대면서 반복한다. 그게 건강에 좋다는 것을 장담할 수 있다. 지루함일랑 집어치워. 지루함은 자신을 활기차게 만들어줄 뭔가가 밖에서 다가오기만을 기다리는 사람들이나 느끼는 것이다. 기분이 나쁘거나, 그리움이 있는 곳에 지루함이 존재한다. 이젠 가봐, 나를 귀찮게 하지 마. 공부 좀 하게 날 내버려둬. 너도 가서 아무 과제라도 붙잡아봐. 무슨 일이든 붙잡고 한번 애를 써봐. 그러면 지루함 같은 것을 더이상 느끼지 않게 될 거다. 그리고 부탁인데, 앞으로는 그런 황당하고도, 어리석은 질문일랑 하지 마라." 나는 "이제 할 말 다 했어, 크라우스?"라고 물었다. 그러고는 웃어버렸다. 그럼에도 그는 동정에 찬 눈길로 나를 바라보기만 했다. 그렇다, 크라우스는 절대, 절대 지루함을 느낄 수 없다. 그것은 물론 내가 익히 알고 있는 바다. 난 다만 그를 다시 한 번 건드려보고 싶었을 뿐이다. 그런 내가 얼마나 볼썽사나운가, 또 얼마나 피폐한가. 나는 기필코 나 자신을 보다 나은 인간으로 개선시켜야만 한다. 크라우스만 놀려대고 그의 화를 돋우는 일은 얼마나 나쁜 행동인가. 하지만 그럼에도 인정하지 않을 수 없다. 그것은 대단히 흥미로운 일이다. 그가 나를 꾸짖는 말들은 너무나 재밌다. 그의 경고 속에는 아버지 아브라함다운 그 무엇인가가 있다.

며칠 전 얼마나 끔찍한 꿈을 꾸었는지 모른다. 꿈에서 나는 아주 나쁜, 나쁜 인간이 되어 있었다. 무엇 때문에 그렇게 되었는지는 알 길이 없었다. 난 머리끝부터 발끝까지 야비함 그 자체였고, 한없이 멋을 부렸지만 조야하고 잔인한 한 조각 살덩이에 불과한 인간이었다. 피둥피둥 살이 쪄 있었고, 남부러울 것 없이 아주 잘사는 듯 보였다. 일

그러진 손에 달린 손가락들에는 반지들이 번쩍거렸다. 배에는 품격을 보여주는 살덩이 수백 파운드가 아무렇게나 축 매달려 있었다. 나는 명령을 내리고 기분 내키는 대로 행동할 수 있다는 것에 큰 만족을 느끼고 있었다. 내 옆에 놓인 풍성한 식탁 위에는 채워질 줄 모르는 식욕과 음주욕의 대상들, 와인과 리큐르 술병들, 그리고 고급 뷔페 요리들이 휘황찬란하게 차려져 있었다. 손만 뻗으면 되었다. 나는 이따금 손을 뻗었다. 포크와 나이프는 파멸시킨 적의 눈물로 끈적거렸고, 유리잔과 함께 수많은 가난한 이들의 한숨이 울려 퍼졌다. 그들의 눈물 자국은 나를 웃게 만들 뿐이었고, 그들의 절망적인 한숨소리가 내게는 음악처럼 들렸다. 연회용 음악이 필요하던 참이었는데 나에겐 바로 그런 음악이 있었던 것이다. 나는 다른 사람들의 행복을 희생시키는 대가로 아주, 아주 많은 돈을 벌고 있는 듯했고, 그것을 실컷 즐기고 있었다. 아, 아, 이웃들 몇몇이 가진 삶의 터전을 빼앗았다는 생각이 내 기분을 얼마나 즐겁게 해주었는지! 손을 뻗어 벨을 눌렀다. 한 노인이 들어왔다, 아 미안, 기어 들어왔다고 해야겠다. 그는 인생의 지혜였다. 그가 내 장화에 입을 맞추려고 내 발밑으로 기어왔다. 그리고 난 그 비천한 존재에게 그것을 허락했다. 생각해보라, 경험이라는 그 훌륭하고 고귀한 원칙이 내 발을 핥았다. 이것을 나는 부(富)라고 부르겠다. 때마침 무언가 생각이 난 나는 다시 벨을 눌렀다. 뭔지는 몰라도 근사한 기분 전환이 하고 싶어 몸이 근질거렸기 때문이다. 그러자 나 같은 탕아에게는 정말로 달콤한 간식거리인 어린 소녀가 나타났다. 어린아이의 순결함, 그런 이름으로 불렸던 그녀는 내 옆에 놓여 있던 채찍을 흘깃 쳐다보고는 나에게 입 맞추기 시작했다. 그 입맞춤은 내게 놀라우리만큼 새로운 활력을 가져다주었다. 불안, 때 이른 타락이 아이의 노루처럼 아름다운 눈 속에서 파르르 떨고 있었다. 소녀와 즐기는 것도 지겨워지자 다시 벨을 눌렀다. 그랬더니 잘생기고, 후리후리한 몸매를 가진 젊고 가난한 한 사람이 들어왔다. 그는 삶의 진지함이라고 불렸다. 그는 내 시종들 가운데 하나였다. 나는 이마를 찌푸리면서 그게 무엇이든 간에 거기 있는 것을 내게 가져오라고 명령했다. 뭐랄까, 난 마침내 내게서 일하고자 하는 의욕을 이끌어낸 것이다. 그러자마자 곧 열정이라는 놈이 들어왔다. 완벽한 인간, 멋진 체격을 가진 일꾼인 그를, 얌전히 지시를 기다리고 있던 그의 얼굴 한복판을 나는 채찍으로 한 번 힘껏 내리치는 즐거움을 만끽했다. 배꼽이 빠질 정도로 웃고 싶어서 말이다. 노력, 꾸밈없는 활동이라는 놈은 그것을 참고 견뎌냈다. 나는 물론 그놈에게 느리고 거만한 손짓으로 와인을 같이 마시자고 청했고, 그 가련한 놈은 굴욕적인 와인을 홀짝홀짝 소리 내며 마셨다. "돌아가서 나를 위해 일해라"라고 말하자 그놈은 나갔다. 그러고는 미덕이, 목석이 아니라면 누구라도 압도당할 아름다움의 여성적 형상이 울면서 들어왔다. 나는 그녀를 가슴에 안고, 어리석은 짓을 해댔다. 이루 형언할 수 없을 정도로 소중한 보물, 이상을 그녀에게서 빼앗은 나는 모욕적으로 그녀를 내쫓아버렸다. 그러고는 휘파람을 불었다. 신이 몸소 모습을 드러냈다. 나는 소리를 질렀다. "뭐야? 당신도?" 그러면서 땀에 흠뻑 젖은 채 잠에서 깨어났다. 그것이 단지 악몽이었다는 것을 알고는 얼마나 기뻤던지. 아아, 언젠가는 나도 무언가가 될 것이라고 아직 희망해도 된다. 하지만 꿈속에서는 모든 것이 광기의 경계를 스쳐 지나가고 있었다. 내가 크라우스에게 이 얘기를 한다면 그는 나를 뚫어져라 빤히 쳐다볼 것이다.

우리가 벤야멘타 양을 숭배하는 방식은 사실 좀 우습다. 하지만 나는 우스운 일이 좋다. 그것은 어떤 경우에든 마력을 품고 있다. 여덟 시 정각이면 항상 수업이 시작된다. 우리 훈련생들은 흥분과 기대에 가득 차 십 분 전부터 자기 자리에 앉아서 꼼짝도 않고 선생님이 모습을 드러낼 문 쪽을 쳐다보고 있다. 우리는 이런 식으로 앞서가는 존경의 표현을 위해서도 명확한 규정들을 가지고 있다. 벤야멘타 양이 언제나 오시려는지 귀를 바싹 기울이고 있는 것은 거의 법으로 통한다. 벤야멘타 양은 어느 순간 틀림없이 교실로 들어서긴 할 것이다. 우리 생도들은 정말 어리석은 소년들처럼 십 분 동안 각자의 자리에서 꼼짝 않고 일어설 준비만 하고 있는 것이다. 사실 우습기 짝이 없는 이 소소한 규정들 속에는 작은 명예훼손이 들어 있다. 하지만 우리에게는 개개인의 명예가 아닌, 벤야멘타 학원의 명예가 중요하다. 그것은 아마 맞는 말일 것이다. 학생에게 명예는 무슨 명예란 말인가? 말할 필요도 없다. 누군가로부터 후견을 받고 시달림을 당하는 것, 고작해야 그 정도가 우리 생도들에게 명예로운 일일 것이다. 엄한 훈련을 받는 것, 그것이 훈련생들에게는 명예로운 일이다. 너무 자명한 일이다. 우리들 가운데 그 누구도 거기에 반기를 들지 않는다. 그럴 생각조차 절대 하지 못할 것이다. 우리들은, 전부 다 모은다 해도, 생각이 정말 모자란다. 그나마 생각을 가장 많이 하는 것이 나인지도 모른다. 아마도 그럴 가능성이 높다. 하지만 나는, 엄밀히 말하자면, 나의 생각하는 능력을 전부 경멸한다. 나는 경험들만을 존중한다. 그리고 일반적으로 경험들은 모든 사고와 비교로부터 자유롭다. 그래서 나는 내가 문을 여는 방식이 소중하다고 여긴다. 문을 여는 그 행동 속에는 하나의 질문에 담겨 있는 것보다 훨씬 더 많은 은밀한 삶이 들어 있다. 하긴, 지금은 모든 것이 사람들로 하여금 질문하고, 비교하고, 그리고 기억하게끔 만들고 있다. 물론 생각도 해야만 할 것이다. 그것도 아주 많이. 하지만 순응하는 것, 그건 생각하는 일보다 훨씬, 훨씬 더 고상한 일이다. 생각을 하면 저항하게 된다. 그래서 생각하는 것은 항상 꼴사납게 일을 망쳐버린다. 철학자들, 그들은 자기들이 얼마나 많은 것을 망쳐놓았는지를 알기나 할까. 의도적으로 생각하지 않는 사람은 무언가를 행한다. 그러니까 말이다, 그게 훨씬 더 필요한 일이라는 말이다. 이 세상에는 무수히 많은 머리들이 쓸데없이 일하고 있다. 그것은 너무나, 너무나 명백한 사실이다. 학술적으로 다루고, 이해하고, 지식을 갖게 되면서 인류는 삶에 대한 용기를 서서히 잃어버리고 있다. 예를 들어 벤야멘타 학원의 한 훈련생이 자신이 점잖다는 사실을 알지 못한다면, 그는 점잖은 학생이다. 만약 그가 그 사실을 알게 된다면, 무의식중에 했던 얌전하고 점잖은 그의 행동들이 전부 사라지면서 그는 뭐가 됐든 잘못을 저지르게 된다. 나는 계단을 내려가는 것을 아주 좋아한다. 도대체 무슨 헛소리를 지껄이고 있는 거지.

어느 정도 경제적 부를 가지고 있고 세속적인 일들도 제각각 자리를 잡아놓았다는 것은 꽤 괜찮은 일이다. 요한 형의 집에 갔었다. 그 집이 나에게 기분 좋은 놀라움을 주었다는 것을 말하지 않을 수 없다. 군텐 가문의 오랜 전통에 따라 꾸며놓은 집이었다. 바닥 전체에 은은

한 푸른빛의 부드러운 양탄자가 깔려 있다는 사실만으로도 나는 매우 감명을 받았다. 방들 곳곳에서는 나름의 취향이 물씬 풍겨 나왔다. 눈에 거슬리는 특이한 취향은 아니었다. 오히려 어떤 세련된 선택이 엿보인다고 해야 할까. 가구들은 품위 있게 배치되어 있었다. 그래서 집에 들어서면 마치 정중하고 다정한 인사를 받는 기분이 든다. 벽에는 거울들이 걸려 있었다. 바닥에서부터 천장에까지 닿을 정도로 큰 거울도 있었다. 각각의 물건들은 오래된 것이면서 오래된 것이 아니기도 했고, 우아하면서도 우아하지 않고, 호화로우면서도 호화롭지 않은 것이었다. 집 안에 따스함과 세심함이 스며 있다는 것이 느껴진다. 아늑한 느낌이다. 자유롭고 세심한 의지가 벽에 거울들을 걸었고, 우아하게 휘어진 긴 소파에 자리를 지정해주었다. 그것을 못 느꼈다면 나는 군텐 가문의 사람이라고 할 수 없으리라. 모든 것이 깨끗하고 먼지 한 톨 없이 말끔했다. 그렇다고 그 모든 것이 화려하게 번쩍거리지는 않았다. 편안하고 밝게 사람들을 바라볼 뿐이었다. 그 어떤 것도 강렬하게 눈을 찌르지 않았다. 오로지 연관성을 지닌 전체만이 여러 의미를 가지고, 정감 어리게 자신을 표현해내고 있다. 아름다운 검은 고양이 한 마리가 검붉은 플러시 안락의자 위에 누워 있었다. 마치 붉은색에 파묻힌 검은색의 안락함 그 자체인 듯했다. 너무 예뻤다. 내가 만약 화가라면 동물의 모습에서 뿜어져 나오는 그런 아늑함을 화폭에 옮길 텐데. 형은 나를 아주 반갑게 맞아주었다. 우리는 예의를 지키는 일의 즐거움을 아는, 절도 있는 사교계 신사처럼 서로를 대했다. 우리는 잡담을 나누었다. 그때 크고 날씬한, 눈처럼 새하얀 개 한 마리가 우아하면서도 기쁨에 넘친 모습으로 우리에게 달려왔다. 나는 그 동물을 자연스럽게 쓰다듬어주었다. 요한 형의 집에 있는 것 모두가 아름다웠다. 그는 집에 가장 잘 어울리고 우아한 것들을 모을 때까지 사랑과 노력을 다해 골동품가게들을 뒤지며 각각의 물건과 가구들을 찾아냈다고 했다. 그의 집에서는 쓸모 있고 유용한 것이 아름답고 우아한 것과 조화를 이루어 방에 걸린 한 폭의 그림이 된다. 그는 평범한 것을 가지고 소박하지만 완벽한 것을 창조해내는 능력을 가졌다. 우리가 그렇게 앉아 있자니까 얼마 안 있어 젊은 여인이 나타났고, 요한은 그녀에게 나를 소개했다. 그러고 난 뒤 우리는 차를 마시며 매우 유쾌한 시간을 보냈다. 고양이는 우유를 달라고 야옹거렸고, 아름답고 큰 개는 차와 함께 탁자 위에 내놓은 과자를 먹고 싶어 했다. 두 동물의 희망 또한 곧 충족되었다. 해가 저물었다. 나는 집으로 돌아가야 했다.

이곳 벤야멘타 학원에서는 상실감을 느끼는 법과 견디는 법을 배운다. 나는 그것이 일종의 능력, 훈련이라고 생각한다. 그런 훈련을 거치지 않은 사람은 유능하고 아니고를 떠나서 그저 덩치 큰 아기, 칭얼대기만 하는 울보로 남을 것이다. 우리 훈련생들은 바라는 것이 아무것도 없다. 그렇다, 삶의 희망들을 가슴속에 품는 것이 우리에게는 엄격하게 금지되어 있다. 하지만 그럼에도 우리는 더할 나위 없이 느긋하고 밝다. 어떻게 그럴 수가 있을까? 가지런히 빗질된 머리 위로 수호천사라도 날아다닌다고 느끼는 것일까? 뭐라 말하기는 힘들다. 어쩌면 우리는 어리석기 때문에 밝고 걱정 없이 지내는지도 모른다. 그럴 수도 있다. 그렇다고 우리가 가진 마음의 밝음과 건강함의 가치가 떨어지는가? 우리가 정말 어리석은 걸까? 우리 몸은 진동하고 있다. 의식적이든 무의식적이든 간에 우리는 많은 것에 조금씩 주의를 기울이고 있으며, 때때로 이성적이 되기도 하고, 또 바람이 부는 모든 가능한 방향으로 감각들을 날려 보내서 경험과 관찰을 모은다. 우리에게 위안을 주는 것들은 많다. 그것은 우리가 대체로 매우 열성적이고 진취적인 사람들이기 때문이다. 그리고 검손할 줄 아는 사람들이기 때문이기도 하다. 자기 자신을 너무 높이 평가하는 사람은 자신감을 잃게 되거나 모욕을 당하게 될 때 위태롭다. 자의식에 찬 사람들은 의식에 적대적인 무언가를 끊임없이 맞닥뜨리기 때문이다. 그렇다고 우리 생도들에게 아무런 존엄성도 없다는 말은 아니다. 다만 그것이 매우, 매우 유동적이고, 작고, 유순하고, 순응을 잘한다는 것이다. 우리는 필요에 따라 우리의 존엄성을 보이기도 하고 접어두기도 한다. 우리는 보다 고상한 문화의 산물일까? 아니면 자연의 아이들인가? 이것 또한 대답하기 힘들다. 한 가지는 확실히 알고 있다. 그렇다, 우리는 기다리고 있다! 그것이 우리가 지닌 가치이다. 그래, 우리는 기다린다. 말하자면 저 인생의 소리에, 사람들이 세계라고 일컫는 저곳에, 폭풍우 몰아치는 저 바다에 귀 기울인다. 참, 푹스가 학원을 떠났다. 나에게는 무척 다행스런 일이다. 그 인간과는 도무지 어울릴 수가 없었기 때문이다.

벤야멘타 원장 선생님과 이야기를 나누었다. 정확히 말하면 선생님이 나와 이야기를 나눈 것이다. "야콥." 그가 내게 말했다. "말해보렴, 이곳에서 하고 있는 생활이 너무 메말랐다고 생각하지 않니, 메말랐다는 것이 무슨 뜻인지 알지? 어떠냐? 네 생각을 듣고 싶구나. 솔직히 말해봐." 나는 아무 말도 하지 않는 쪽을 택했다. 반항심에서 그런 것은 아니었다. 반항심은 오래전에 사라졌다. 그래도 나는 침묵을 택했다. 그것은 마치 다음과 같이 말하고 싶은 나의 마음을 대변하는 그런 침묵이었다. "주인님, 저에게 침묵을 허락해주세요. 기껏 제가 대답이라고 해보았자 듣기 민망한 소리뿐일 거예요." 벤야멘타 씨는 나를 유심히 쳐다보았고, 나는 그가 나의 묵묵부답의 의미를 이해했다고 믿었다. 그리고 그는 정말로 그것을 이해했다. 갑자기 웃음을 터뜨리며 이렇게 말한 것을 보면 알 수 있다. "너는 우리가 이 학원에서 이렇게 나태하게, 아무 생각도 없이 안이한 나날을 보내는 것이 좀 이상하다고 생각하고 있지, 그렇지 않니, 야콥? 내 말이 맞지? 알아차린 거냐? 너에게 뻔뻔스러운 대답을 강요할 생각은 추호도 없다. 네게 솔직히 털어놓을 것이 있어, 야콥. 들어봐라. 난 네가 영리하고, 예의바른 젊은이라고 생각하고 있단다. 부탁하건대, 이제 좀 무례하게 굴어다오. 너에게 또 다른 고백도 하지 않을 수가 없구나. 그건 말이다, 내가, 너의 원장 선생님인 내가 너에게 신경을 쓰고 있다는 것이다. 세번째 고백도 있다. 내가 너에게 설명할 길 없는, 매우 특별한 관심을 갖게 되었다는 것이다. 아무리 애를 써도 막을 길이 없는, 그런 관심 말이다. 이제는 내 앞에서 뻔뻔스러워질 수 있겠지, 그렇지 않니, 야콥? 너에게 내 약점을 다 드러냈으니 넌 나를 쓰레기 취급할 수도 있겠지, 그렇지? 반항을 할 마음도 있는 거냐? 내 말이 맞느냐, 말해봐라, 그런 거냐?" 우리 두 사람, 턱수염을 기른 남자와 새파랗게 어린 나, 우리 두 사람은 서로의 눈을 바라보았다. 그것은 내면의 시합과 같았다. 입을 열어 뭔가 비굴한 말이라도 하고 싶은 심정이 불쑥불쑥 솟았다. 하지만 간신히 마음을 억누를 수 있었고, 나는 입을 열지 않았다. 그때 거인처럼 건장한 체구를 가진 원장 선생님이 조용히, 조용히 떨고 있다는 것을 깨달았다. 바로 그 순간부터 우리 두 사람을 하나로 묶어주는 그 무언가가 우리 사이에 들어섰다. 그것을 나는 느꼈다. 그래, 느꼈을 뿐만 아니라 그것을 분명히 알고 있었다. 나는 혼잣말로 중얼거렸다. "벤야멘타 선생님이 나를 존중한다." 섬광처럼 나를 덮친 그 생각 때문에 나는 침묵하는 편이 낫겠다고, 아니 그저 침묵해야만 한다고 느꼈다. 만약 내가 한 마디라도 했다면, 어쩔 뻔했는가. 단 한 마디 말이 나를 보잘것없는 훈련생으로 격하시켰을 것이다. 이제 막 훈련생이 아닌, 인간이라는 고지에 간신히 다다랐는데 말이다. 그 모든 것을 가슴 깊이 느꼈다. 지금 깨닫고 있듯이, 그 순간 나는 매우 적절하게 처신했던 것이다. 원장 선생님은 내게로 바싹 다가와서는 이렇게 말했다. "너는 어딘가 눈길을 끄는 데가 있다, 야콥." 그는 말을 멈추었다. 그가 왜 그러는지 금세 느낄 수 있었다. 의심의 여지 없이 그는 내가 그의 말에 어떻게 반응하는지 보고 싶었던 것이다. 나는 그의 의도를 눈치챘다. 그래서 얼굴 근육 하나 일그러뜨리지 않고, 아무 생각 없는 듯 멍하니 앞만 바라보았다. 우리는 다시 서로를 바라보았다. 나는 냉엄하고 굳은 표정으로 원장 선생님을 쳐다보았다. 냉정함과 새침함을 가장하고 있었지만 사실은 너무 기쁜 나머지 그의 얼굴에다 대고 웃어주고 싶은 심정이었다. 그 순간 선생님이 나의 태도에 흡족해하는 모습이 눈에 들어왔다. 그리고 마침내 선생님이 말씀하셨다. "애야, 이제 돌아가서 할일을 해라. 무슨 일이든 해라. 크라우스와 이야기나 나누든지." 하던 대로 허리를 깊이 숙여 인사를 하고는 밖으로 나왔다. 복도로 나온 뒤에는 그곳에 다시금 우두커니 서 있었다. 언젠가 한번 그랬던 것처럼. 그것이 습관이 되어버리기라도 한 양. 그곳에 서서 나는 원장실 안에서 무슨 기척이 나는지 열쇠구멍으로 몰래 엿들었다. 하지만 아무런 소리도 들리지 않았다. 나는 슬며시, 행복에 겨워 웃음을 지었다. 아주 바보처럼 웃음이 났다. 나는 교실로 돌아왔다. 교실에서 크라우스가 어슴푸레한 빛 속에 앉아 있는 것을 보았다. 옅은 갈색 빛이 그를 감싸고 있는 것 같았다. 한참 동안 나는 그냥 서 있었다. 정말로 긴 시간 나는 그렇게 서 있었다. 뭔가, 그게 무엇인지는 알 수 없지만, 무엇인가를 내가 이해하지 못하고 있다는 생각이 들었기 때문이었다. 나는 마치 고향 집에 와 있는 느낌이었다. 아니, 내가 아직 태어나지도 않은 듯한, 세상에 태어나기 이전의 그 어떤 세계를 헤엄치고 있는 듯한 느낌이었다. 몸이 뜨거워졌다. 눈앞이 바다 속처럼 흐릿해졌다. 나는 크라우스에게 다가가서 말했다. "이봐, 크라우스, 난 네가 좋다." 그는 무슨 헛소리냐고 투덜거렸다. 나는 재빨리 내 방으로 돌아왔다. 그럼 이제 어떻게 되는 거지? 우리가 친구가 된 것인가? 벤야멘타 선생님과 내가 친구가 된 것인가? 어쨌든 우리 두 사람 사이에 어떤 관계가 형성되었다. 하지만 대체 어떤 관계지? 나 자신에게 그것을 설명하려는 시도는 제쳐두었다. 밝고, 단순하게 그리고 쾌활하게 살고 싶다. 생각이라는 것은 집어치우자.

여전히 아무 일자리도 얻지 못했다. 벤야멘타 씨는 애쓰고 있노라고 내게 말했다. 그는 매우 무뚝뚝한 지배자의 말투로 그렇게 말하면서 덧붙였다. "뭐? 초조하다고? 다 때가 온다. 기다려!" 생도들 사이에서는 크라우스가 곧 나갈지도 모른다는 이야기가 떠돌았다. 나가다, 참 이상한 직업적 표현이다. 크라우스가 곧 이곳을 떠난다고? 부디 헛소문이기를, 학원의 화젯거리에 지나지 않기를 바랄 뿐이다. 우리 생도들 사이에도 신문이 퍼뜨리는 아무 근거 없는 풍설 같은 것들이 떠돈다. 세상은 어디나 다 똑같은 것 같다. 아 참, 나는 다시 한 번 나의 형, 요한 폰 군텐의 집을 방문했었다. 그리고 나의 형은 사람들 앞에 나를 소개할 용기를 냈다. 나는 부유한 사람들과 같은 식탁에 앉게 되었다. 그때 내가 보인 행동거지를 결코 잊지 못할 것이다. 나는 낡긴 했지만, 어쨌든 격식을 갖춘 연미복을 입고 있었다. 연미복은 사람을 나이 들어 보이게 하고, 중요한 인물처럼 보이게 한다. 여하튼 나는 연수입이 최소 2만 마르크는 되는 남자처럼 행동했다. 내가 어떤 사람인가를 알게 되면 내게 등을 돌릴 사람들과 이야기를 나누었던 것이다. 내가 단지 학원생에 불과하다고 말한다면 나를 완전히 무시했을 여인들이 내게 미소를 지어 보이며 용기를 내보라는 신호를 보냈다. 나는 나의 왕성한 식욕에 놀랐다. 진수성찬으로 가득한 낯선 식탁에서 어떻게 그렇게 태연하게 먹어댈 수가 있는지. 나는 다른 사람들이 어떻게 행동하는지를 지켜보고는 능숙하게 그대로 따라했다. 얼마나 뻔뻔스러운가. 나는 거기서, 그러니까 그 사람들 사이에서 즐겁게 먹고 마시는 모습을 보였다는 사실에 수치스러움 같은 것을 느끼고 있다. 그들에게서 우아한 예절 같은 것은 그다지 느껴지지 않았다. 그 대신 사람들이 날 수줍은 젊은이로 생각하고 있다는 것은 알아챘다. (내 눈에) 나는 무례하기 그지없었는데도 말이다. 요한 형의 사교계 예절은 아주 훌륭하다. 그는 자신의 가치를 인정받으며, 인정받고 있다는 사실 또한 잘 알고 있는 사람의 편안하고 기분 좋은 모습을 지니고 있다. 그의 몸가짐은 보는 이의 눈에 생기를 불어넣어주는, 그런 것이다. 내가 요한 형에 대해 지나치게 좋은 말만 하고 있는 건가? 아, 아니다. 내가 형에게 푹 빠져 있는 것은 절대로 아니다. 다만 그를 온전히, 그의 절반만이 아니라, 그의 전체를 모두 보려고 애쓰고 있을 뿐이다. 어쩌면 그것이 사랑일지도 모른다. 적어도 나한테는 말이다. 극장에 갔을 때도 아주 좋았다. 하지만 그 얘기를 장황하게 늘어놓을 생각은 없다. 연극을 본 후 난 우아한 신사복에서 다시금 벗어날 수 있었다. 아, 존중받는 사람처럼 차려입고 거들먹거리는 것은 기분 좋은 일이다. 그렇다, 거들먹거린다! 그 말이 정확하다. 갖가지 이야기를 지껄이고 으스대며 어슬렁댄다, 거기, 교양 있는 사람들 틈에서 말이다. 나는 다시 학원으로, 내 훈련생 복장 속으로 기어들어왔다. 이곳이 좋다. 그것이 느껴진다. 어쩌면 나는 훗날 어리석게도 벤야멘타 일가의 사람들을 그리워하게 될지 모르겠다. 내가 큰 그릇이 되고 난, 먼 훗날에는 말이다. 물론 나는 결코, 결단코 위대한 인물 따위는 되지 못하리라. 내가 그것을 지금 분명히 알고 있다는 기이한 내적 만족감에 몸이 떨린다. 언젠가는 내게 일격이 가해질 것이다. 너무나도 치명적인 일격 말이다. 그때가 되면 모든 것이, 이 모든 혼란과 그리움, 무지, 그리고 감사와 배은망덕, 거짓말과 자기기만, 안다고 믿고 있지만 결국 아무것도 모르는 상태, 이 모든 것이 끝날 것이다. 하지만 지금은 살고 싶다, 어떻게든.

이해하기 어려운 일이 일어났다. 어쩌면 아무 의미 없는 일일 수도 있다. 난 불가사의한 일 등에 쉽게 현혹되는 사람은 아니다. 나는 앉아 있었다. 이미 한밤중이었고, 교실에는 나 혼자였다. 어느 순간 벤야멘타 양이 내 뒤에 서 있는 것이 느껴졌다. 그녀가 들어오는 소리를 듣지 못했다. 그녀는 아주 살며시 문을 열었을 것이다. 그녀가 내게 무엇을 하고 있냐고 물었다. 하지만 질문에 굳이 대답할 필요는 없다는, 그런 어투였다. 물어보고 있긴 하지만 내 대답은 이미 알고 있다고 말하고 있었던 것이다. 그런 상황에서는 누구나 아무 대답도 하지 않는다. 그녀는 손을 내 어깨 위에 올려놓았다. 몸이 피로하여 기댈 것이 필요하기라도 한 것처럼. 그 순간 나는 내가 그녀에게 속해 있다는 것을 분명하게 느꼈다. 그녀에게 속해 있다는 것은? 그렇다, 나는 말 그대로 그녀에게 소속되어 있다. 나는 느낌이라는 것은 잘 믿지 않는다. 하지만 내가 그녀에게, 벤야멘타 양에게 속해 있다는 것, 그것은 정말로 느낄 수 있었다. 우리는 서로 속해 있었다. 물론 차이는 있었다. 어쨌거나 우리는 어느덧 아주 가까이 있었다. 그럼에도, 그럼에도 분명 차이는 있었다. 솔직히 나는 차이를 거의 느끼지 못하거나 전혀 느끼지 못하는 것을 싫어한다. 나의 행복은 벤야멘타 양과 내가 매우 다른 특성을 가진 두 존재라는 사실에, 그것을 느끼는 것에 있었다. 말이 나왔으니 말인데 나는 나 자신을 속이는 것을 경멸한다. 완벽하게, 완벽하게 진실하지 않은 영예나 이득은 나의 적이라고 생각하고 있다. 그러니까 우리 사이에는 아주 큰 차이가 있는 것이다. 그래, 그렇다면 그것은 도대체 무엇인가? 내가 어떤 차이를 넘어서지 못하고 있단 말인가? 그때 벤야멘타 양이 갑자기 말했다. "가자. 일어나서 따라와. 네게 보여줄 것이 있다." 우리는 함께 교실을 나왔다. 우리 눈앞에는, 적어도 내 눈앞에는(그녀의 눈앞에는 아닐지도 모르지만), 모든 것이 칠흑 같은 어둠에 싸여 있었다. '이제 내실들 차례구나'라고 생각했다. 그리고 그것은 착각이 아니었다. 정황이 그랬다. 친애하는 벤야멘타 양은 지금까지 숨겨왔던 세계를 내게 보여줄 결심을 한 것처럼 보였다. 나는 잠시 숨을 돌려야만 했다.

앞서 말했듯 처음에는 완전히 캄캄했다. 벤야멘타 양은 내 손을 잡고 친절한 목소리로 말했다. "봐라, 야콥. 이렇게 네 주위가 어두워질 거다. 그러면 누군가 네 손을 잡고 너를 인도해줄 거야. 너는 그것을 기쁘게 받아들일 것이고, 깊이 감사하는 마음을 비로소 갖게 될 거다. 언짢아하지 마. 또 밝아질 테니." 그녀의 말이 끝나기 무섭게 희고 눈부신 빛이 우리 쪽으로 타올랐다. 문이 하나 나타났다. 그녀가 앞장서고 나는 그녀 뒤에 바싹 붙은 채 걸었다. 우리는 문을 지나 황홀한 빛의 불속으로 들어갔다. 나는 그때까지 그처럼 빛나고 의미심장한 것을 본 적이 없다. 나는 온몸이 마비된 듯 아무것도 느끼지 못했다. 벤야멘타 양은 미소를 지으며 한결 친절하게 말했다. "눈이 부시니? 참고 견뎌봐. 빛은 기쁨을 의미한단다. 기쁨을 느낄 줄도 알고, 그것을 견딜 줄도 알아야 한다. 저 빛이 미래에 네가 누릴 행복을 의미한다고 생각해도 돼. 저기 좀 봐, 무슨 일이 일어나고 있지? 빛이 사라지고 있다. 빛이 희미해지고 있어. 그러니까, 야콥, 너는 길고 지속적인 행복이란 가질 수 없는 거야. 나의 솔직함이 고통스럽니? 그렇지는 않을 거야. 계속 가보자. 조금 서둘러야 해. 아직 봐야 할 것들이 많다.

보면 몸을 떨며 전율할 수밖에 없을 것들 말이다. 솔직히 말해봐, 야콥, 내가 하는 말을 이해하겠니? 아니, 대답하지 마라. 여기서는 말을 해서는 안 된다. 내가 마법사라고 믿고 있니? 아니, 난 마법사는 아니란다. 물론 마법을 조금, 아주 조금은 할 줄 안다. 여자라면 누구나 할 줄 알지. 자, 이제 가자." 이렇게 말하면서 내가 숭배하는 그녀는 바닥에 나 있는 문을 열었다. 나는 그녀가 문 여는 것을 도와야 했다. 우리는 함께, 그녀가 줄곧 앞장서며, 지하실로 내려갔다. 돌계단이 끝나는 곳에 이르러 우리는 촉촉하게 젖은, 부드러운 흙을 디디게 되었다. 마치 지구의 중심부에 와 있는 듯했다. 그만큼 깊고 외딴 곳에 있는 느낌이었다. 우리는 길고, 어두운 복도를 따라 걸어갔다. 벤야멘타 양이 말했다. "우리는 지금 가난과 결핍이라는, 둥근 천장의 통로에 와 있다. 사랑스런 야콥, 너는 평생 가난하게 살게 될 거야. 그러니 지금 이곳을 가득 메우고 있는 어둠, 차디차고 고통스러운 냄새에 얼마간 적응하려고 해보아라. 놀라지 말고, 화내지도 마. 신은 이곳에도 존재하는 법. 신은 도처에 있다. 필연성을 사랑하고, 돌보는 법을 배워야 한다. 축축한 지하실 바닥에 입을 맞춰다오. 부탁이다. 그래, 그렇게 해. 그것은 네 인생의 대부분을 차지하게 될 고난과 슬픔에 기꺼이 복종하겠다는 마음의 증거를 보여주는 일이란다." 나는 그녀가 하라는 대로 찬 바닥에 엎드려서 열정적으로 땅에 입 맞추었다. 그러자 뭐라 형언할 수 없는, 차가우면서도 동시에 뜨거운 오한이 느껴졌다. 우리는 계속 걸어갔다. 아, 고난과 끔찍한 체념이라는 이 통로가 내게는 끝없이 이어질 것만 같았고, 어쩌면 정말로 그랬을 수도 있었다. 몇 초의 순간들이 마치 일생 동안의 시간과 같았고, 몇 분의 순간들은 고통에 찬 수백 년의 시간과도 같았다. 충분하다고 느꼈을 때, 마침내 우리는 황량한 벽에 이르렀다. 벤야멘타 양이 말했다. "가서 벽에 애무를 해줘. 근심의 벽이야. 저 벽은 항상 너의 시선이 닿는 곳에 세워져 있을 거야. 네가 만약 저 벽을 증오한다면 그건 어리석은 거다. 아아, 고집불통인 것, 화해할 수 없는 것을 부드럽게 누그러뜨리려는 노력도 해야 한다. 가서 해봐." 나는 아주 열심히 서두르는 것처럼 곧장 성벽으로 다가가 벽의 가슴에 안겼다. 그렇다, 돌의 가슴에 말이다. 그리고 벽에게 몇 마디 덕담을, 농담에 가까운 몇 마디 말을 던졌다. 예상대로 벽은 꼼짝도 하지 않았다. 물론 나는 나의 벤야멘타 양을 위해 코미디를 한 것이었다. 어찌 보면 내가 한 행동은 코미디가 아니었다. 아무튼 우리 두 사람은 미소를 지었다. 선생님인 그녀와, 그녀의 철없는 제자인 나. "자." 그녀가 말했다. "우리 이제 바깥바람을 조금 쐬며 몸을 움직여보자꾸나." 그 말과 동시에 그녀는 작고 하얀, 낯익은 지팡이로 벽을 건드렸다. 그러자 몹시 불쾌감을 일으키던 지하실이 통째로 사라져버렸고, 우리는 매끄럽게 탁 트인, 얼음이나 유리로 닦은 것 같은 길 위에 서 있었다. 우리는 마치 멋진 스케이트를 신은 것처럼 앞으로 나아가며 춤을 추었다. 길이 우리 발밑에서 마치 파도처럼 출렁거렸기 때문이다. 황홀했다. 그런 것은 지금껏 본 적이 없었다. 너무나 기쁜 나머지 소리를 질렀다. "정말 멋져요." 우리 머리 위로는 별들이 빛나고 있었다. 기묘한 담청색을 띠면서도 어두컴컴한 밤하늘에서. 달빛은, 마치 이 세상을 초월한 듯한 광채를 내뿜으며, 스케이트를 타고 있는 우리 두 사람을 가만히 내려다보고 있었다. "이게 자유란다." 벤야멘타 양은 말했다. "자유란 겨울 같은 것이다. 오래 견뎌내기 힘든 거야. 우리가 여기서 하고 있는 것처럼 몸을 항상 움직여야 한단다. 자유 안에서 춤을 춰야 해. 자유는 차가우면서도 아름답다. 다만 자유와 사랑에 빠지지만은 마라. 그건 너에게 슬픔만 안겨줄 거야. 왜냐하면 자유의 영역에서는 누구나 잠시 동안만 머무를 뿐, 그 이상 오래 머물지는 않기 때문이다. 그러고 보니 우리는 이곳에 너무 오래 있었어. 봐라, 우리가 떠다닌 저 멋진 길이 서서히 녹고 있는 것을. 이제 눈을 뜨면 자유가 소멸해가는 것을 볼 수 있을 거야. 앞으로도 가슴을 조이는 이런 광경에 자주 맞닥뜨리게 될 것이다." 그녀의 말이 끝나기 무섭게 우리는 힘겹게 오른 고지와 즐거운 기분으로부터 어딘가 고달프고 슬픈 것 속으로 내려앉았다. 그것은 세련된 만족감으로 가득 차고, 몽상들의 달콤한 향기가 나며, 온갖 음란한 장면들과 그림들로 도배된 아주 작은 휴식의 방이었다. 매우 아늑한 방이었다. 옛날부터 방다운 방에서 살아보는 꿈을 자주 꾸었다. 나는 지금 내가 꿈꾸던 방에 와 있는 것 같았다. 음악이 형형색색의 벽에서 우아한 눈처럼 흘러내리고 있었다. 음악이 연주되는 것이 눈에 보였다. 음악 소리는 마치 매혹적인 눈보라 같았다. "여기서." 벤야멘타 양이 말했다. "쉬면 된다. 얼마나 쉴 것인지는 스스로 생각해봐." 수수께끼 같은 그녀의 말에 우리 두 사람은 미소를 지었다. 형언할 수 없이 가녀린 불안이 살며시 엄습해왔지만 나는 주저 없이 내 앞에 놓여 있는 양탄자들 가운데 하나에 올라앉아 편안한 자세를 잡았다. 드물게 좋은 맛이 나는 담배 한 개비가 나도 모르게 벌어진 내 입 속으로 날아들었고, 나는 담배를 피웠다. 소설 한 권이 휙 소리를 내면서 나에게, 그것도 바로 내 손 안으로 날아들었고, 나는 아무런 방해도 받지 않고 책을 읽을 수 있었다. "그것은 네가 읽을 만한 책이 아니야. 그런 책들일랑 읽지 마. 일어나라. 차라리 이리 와. 유약함은 무념과 잔인함으로 유혹한다. 우리 앞으로 사납게 천둥이 몰아쳐 오는 소리가 들리지? 그건 불쾌함이라는 거다. 너는 방금 방에서 휴식을 즐겼어. 이제 불쾌함이 네 위로 비처럼 쏟아져 내릴 것이고, 의혹과 불안이 너의 몸을 흠뻑 적실 거야. 이리 와. 불가피한 것 속으로 용감히 뛰어들 줄도 알아야 한다." 벤야멘타 양은 이렇게 말했다. 선생님이 말을 마치자마자 나는 진득거리고 불쾌하기 그지없는 의혹의 강에서 헤엄을 치기 시작했다. 자신감을 모두 상실한 나는 주위를 둘러보며 벤야멘타 양이 아직 내 곁에 있는지 확인할 엄두도 내지 못했다. 그녀는 그곳에 없었다. 이 모든 환상과 상황들을 불러낸 마법사, 벤야멘타 양은 사라지고 없었다. 나는 홀로 헤엄치고 있었던 것이다. 소리를 지르고 싶었지만 강물이 입 속으로 들어오려고 했다. 아, 이 불쾌함이라니. 나는 소리 내어 울었다. 그리고 음란한 편안함에 빠졌던 것을 통렬히 후회했다. 그 순간 나는 벤야멘타 학원의 어두운 교실에 다시 돌아와 앉아 있었다. 벤야멘타 양은 여전히 내 등 뒤에 서 있었고, 내 뺨을 어루만졌다. 하지만 그것은 나를 위로하려는 것이 아니라 자기 스스로를 위로하기 위한 것 같았다. '그녀는 불행해'라고 나는 생각했다. 그때 함께 외출을 나갔던 크라우스와 샤흐트, 실린스키가 돌아왔다. 그녀는 재빨리 내 뺨에서 손을 떼고는 저녁식사를 준비하기 위해 부엌으로 갔다. 내가 꿈을 꾸었나? 이제 저녁을 먹을 수 있는데 그런 건 물어서 무엇 하나? 놀라울 정도로 식욕이 솟구치는 때가 있다. 그럴 때면 나는 마치 허기진 날품팔이처럼 아주 형편없는 음식이라도 먹을 수 있다. 문화가 지배적인 시대의 문화인으로서가 아니라 마치 동화 속 인물처럼 사는 것이다.

체조와 무용 시간이 매우 재미있을 때도 있다. 자기가 가진 재주를 보여주어야만 한다는 것, 그것은 위험 부담이 전혀 없는 것은 아니다. 순식간에 웃음거리가 될 수도 있는 일이다. 하긴 우리 훈련생들이 크게 웃음을 터뜨리는 법은 없다. 정말 그런가? 오, 그렇지는 않다. 입으로 웃는 것이 허용되지 않으면, 귀로 웃는 법이다. 그리고 눈으로도 웃는다. 눈은 웃는 것을 매우 좋아한다. 눈을 규제하는 것, 그건 충분히 가능하긴 하지만 상당히 어려운 일이다. 예를 들어 이곳에서는 눈을 깜박거리는 것이 금지되어 있다. 눈을 깜박거리는 것은 다른 사람을 조롱하는 행위이기 때문에 삼가야 하는 것이다. 그렇다 해도 때때로 눈은 깜박이기 마련이다. 본성을 철저하게 억누르는 것, 그건 사실 얼토당토않은 일이다. 그렇지만 또 가능하기도 하지. 하지만 본성을 철저히 떼어냈다 할지라도 한 가닥 그 숨결은, 잔재는 남는 법이다. 어디에서나 그렇다. 키다리 페터를 보면, 그는 특이하기 그지없는, 개인적 본성을 잘 버리지 못한다. 춤을 추며 우아한 동작으로 자신을 보여주어야 할 때면, 그는 완전히 나무토막으로 만든 사람이 된다. 나무토막은 페터에게 타고난 성향, 말하자면 신의 선물인 것이다. 인간의 모습으로 나타난 한 길 높이의 장작을 보고 어떻게 웃지 않을 수 있겠는가. 속으로 아주 신나게 말이다. 웃음은 나무토막과는 정반대되는 것이다. 웃음은 불을 붙이는 것, 사람의 마음속에 있는 성냥에 불을 붙이는 그 무엇이다. 성냥은 킥킥거린다. 억누른 웃음처럼. 나는 웃음소리가 밖으로 나오지 않게 참는 것을 아주, 아주 좋아한다. 터져 나오지 못해 안달하는 것을 꾹 누르고 있는 것, 그것은 정말 사람을 근질거리게 한다. 존재해서는 안 되는 것, 내 속에서 억눌러버려야 하는 것, 그런 것이 내게는 사랑스럽기만 하다. 그렇게 억눌린 것, 그것은 억누름을 통해서 더 고통스러워지지만, 동시에 보다 큰 가치를 지니게 된다. 그래, 맞다, 고백하건대, 난 기꺼이 억눌리고 싶다. 다만. 아니다, 매번 '다만'을 끄집어내서는 안 된다. '다만' 선생님은 내게서 멀리 사라져주셔야 한다. 내가 말하고 싶었던 것은 이런 것이다. 무언가를 해서는 안 된다는 것은 다른 곳에서는 그것을 두 배로 하라는 것을 뜻한다. 무심하고, 신속하게, 가볍게 내려진 허락보다 더 따분한 것은 없다. 나는 모든 것을 얻고 싶다. 모든 것을 경험하고 싶다. 웃음도 그야말로 극단적인 경험을 필요로 한다. 웃음으로 가슴이 터져버릴 것 같을 때, 타들어가는 화약을 모두 어찌해야 좋을지 모를 때, 그때 나는 비로소 웃음이 무엇인지를 알게 되는 것이다. 가장 웃음다운 웃음을 웃는 것이며 나를 뒤흔든다는 것의 완전한 의미를 깨닫게 되는 것이다. 그러고 나면 나는 규정이라는 것이 우리의 존재를 은빛으로, 심지어 금빛으로 빛나게 한다는 것을, 한마디로 말해 매혹적인 것으로 만든다는 사실을 무조건 받아들이고, 또 확고한 신념으로 간직하지 않을 수 없다. 거의 모든 일들이, 거의 모든 욕망들이 바로 금지되었기에 매혹적인 웃음이나 마찬가지이기 때문이다. 예를 들어 울어서는 안 된다는 상황, 그것이 사람을 더 울게 만든다. 사랑을 포기하라는 것, 그래, 그것은 사랑하라는 것을 의미한다. 사랑해서는 안 된다고 하면, 난 열 배로 사랑한다. 금지된 모든 것은 수백 배의 증폭된 방식으로 살아간다. 죽어야 하는 것은 보다 활기차게 살아가는 법이다. 그것은 하찮은 일에서나 큰일에서나 마찬가지다. 정말 똑 부러지게, 정말 일반적으로 말해서 일상적인 것 속에 진실한 진리가 들어 있다. 내가 또다시 헛소리를 하고 있다, 그렇지 않은가? 헛소리를 하고 있다는 것을 솔직히 인정한다. 무슨 말이든 지껄여 칸을 채워야 하기 때문이다. 금단의 열매들은 너무나, 너무나 매혹적이지 않은가.

벤야멘타 씨와 나 사이에는 지금 두 사람 모두에게 금단의 열매 같은 무엇인가가 떠돌아다니고 있다. 하지만 우리 두 사람은 분명하게 내색하지는 않는다. 우리는 솔직하게 터놓고 말하기를 꺼리고 있다. 이것만은 확실히 시인하지 않을 수 없다. 나는 친절한 대우를 별로 좋아하지 않는다. 일반적으로 그렇다는 말이다. 내게 친절하게 구는 사람들이 나는 혐오스럽다. 말할 수 없을 정도로. 물론 나도 부드러운 것, 호의적인 것을 좋아하기는 한다. 친근한 모든 것들, 따뜻한 존재들을 모두 혐오할 정도로 그렇게 야만적인 사람이 어디 있겠는가. 하지만 나는 사람들과 가까워지지 않기 위해 끊임없이 몸을 사린다. 잘은 모르겠지만 나는 가까이 다가오는 사람들에게 그것이 현명하지 못한 행동이 될 수 있다는 것을 무언으로 설득시키는 데 천부적인 소질을 갖고 있는 것 같다. 어쨌든 내 신뢰를 얻는 것은 어려운 일이다. 그리고 따스한 내 마음은 내게 귀하다, 매우 귀하다. 그러니 나의 따스한 마음을 얻고 싶은 사람은 극도로 조심스럽게 행동해야만 한다. 원장 선생님이 바로 그걸 원하신다. 벤야멘타 씨가 바로 내 마음을 얻고 싶어 하고 나와 우정을 맺고 싶어 하는 것이다. 하지만 당분간 나는 그를 얼음장처럼 차게 대할 것이다. 누가 알겠는가. 어쩌면 난 그에 관해 아무것도 알고 싶어 하지 않게 될지도 모른다.

"너는 젊다." 원장 선생님은 내게 말했다. "넌 앞날이 창창해. 잠깐만, 하고 싶은 얘기가 있었는데 생각이 안 나네? 야콥, 내가 너에게 해줄 말이 아주 많다는 것을 알아다오. 너무나도 아름답고 심오한 것을 셋도 세기 전에 까맣게 잊어버리곤 하는 게 인간이다. 봐라, 내 기억력은 쇠퇴해가는 반면 너는 뛰어난, 생생한 기억력 그 자체와 같은 표정을 짓고 있지 않느냐. 내 머리는 말이다, 야콥, 죽어가고 있다. 내가 너무 유약하게, 너무 허물없이 이야기하고 있다면 용서해라. 그저 웃음만 나오는구나. 필요하다고 생각될 때는 너를 실컷 두들겨 패줄 수도 있는 내가 용서해달라고 너에게 부탁을 하고 있으니. 너의 젊은 눈동자는 또 얼마나 무뚝뚝하게 나를 바라보고 있는지. 아, 아, 네가 영원히 듣지도 보지도 못하게 너를 벽에 내동댕이칠 수도 있는데 말이야. 어떻게 이럴 수가 있는지 도무지 알 수가 없구나. 네 앞에서 내가 윗사람으로서의 모든 권위를 잃어버리다니 말이야. 넌 속으로 나를 비웃고 있겠지. 나직이 이르건대, 몸조심해라. 난폭해지면 난 자제할 겨를도 없이 이성을 완전히 잃어버린다는 것을 알아야 해. 아, 나의 어린 꼬마, 아니다, 두려워하지 마. 너에게 손끝 하나 대지 않을 거다, 그런 일은 절대, 절대 불가능하다. 하지만 말 좀 해보아라. 너에게 물어보고 싶었다. 말해봐, 아주 조금도 두렵지 않지? 너는 젊고, 희망이 있어. 알맞은 일자리도 곧 갖게 되겠지? 그렇지 않니? 그렇고말고, 바로 그거야. 그래, 내가 유감스럽게 생각하는 것이 바로 그거지. 왜냐하면 말이다. 생각해봐라. 난 네가 종종 내 동생이거나 아니면 태어날 때부터 가까운 어떤 존재라는 느낌을 갖는단다. 그렇게 가깝게 느껴질 수가 없어. 너의 몸짓들, 너의 말, 너의 입, 모두 다, 그러니까 한마디로 말해, 너라는 존재가 내게는 한없이 가깝게 느껴지는구나. 나는 폐위된 왕이다. 너 웃는 거냐? 아주 재미있구나. 지금 내가 폐위된, 왕관을 빼앗긴 왕들에 대해 이야기하는 그 순간 네 얼굴에서 미소, 그 장난스러운 미소가 사라져버린 것이 말이야. 넌 영리한 아이다, 야콥. 아, 너와는 아주 기분 좋은 대화를 나눌 수가 있어. 네 앞에서 다소 나약하게, 그리고 평소보다 더 부드럽게 굴어보는 것은 매우 흥미진진한 일이다. 그렇다, 너는 좀 태만해지라고, 해이해지라고, 품위를 버리라고 부추긴단다. 믿을 수 있겠니, 네게는 숭고한 정신이 깃들어 있는 것 같아. 그리고 그런 느낌이 네 앞에서 그럴듯하고 기분을 북돋워주는 해명과 고백을 정신없이 쏟아내도록 아주 강력하게 유혹한단다. 마음만 먹으면 짓밟아버릴 수도 있는 불쌍한 어린아이인 네 앞에서, 너의 주인인 내가 지금 이러고 있는 것처럼 말이야. 손 좀 줘봐. 그렇지. 넌 내가 너를 존경할 수밖에 없게끔 만드는 능력을 가지고 있단다. 나도 너를 매우 존경하고 있다. 그리고 나는 너에게 그 말을 할 권리가 있어. 그런데 너에게 부탁이 하나 있다. 너 나의 친구, 내 어린 벗이 되어주겠니? 부탁이다, 그렇게 해다오. 물론 차근차근 생각해볼 시간을 주마. 이제 가도 좋아. 이제 가보아라, 혼자 있게 해다오." 원장 선생님이, 스스로도 말했듯이, 원하기만 하면 나를 짓밟아버릴 수도 있는 그 사람이, 내게 이렇게 말한 것이다. 이제 난 더이상 그 사람 앞에서 몸을 숙여 인사하지 않을 것이다. 그것이 그를 고통스럽게 할는지도 모른다. 폐위된 왕이 뭐가 어쨌다고 했더라? 그가 내게 간곡히 충고하듯, 이런 일 때문에 정신을 놓는 일은 없을 것이다. 나는 흐트러짐을 보이지도 않을 것이다. 어쨌거나 조심하겠다는 말이다. 그가 폭력에 대한 이야기를 하는 건가? 여하튼, 그건 너무 불쾌하다고 말하지 않을 수 없다. 몸이 벽에 짓눌려 으스러지기엔 난 너무 착하다. 이런 이야기를 벤야멘타 양에게 해야 하나? 오, 아니다, 아니다. 나는 이따위 해괴한 일에 대해서는 침묵을 지킬 수 있는 용기를 충분히 가지고 있다. 뭔가 의심적은 일을 혼자 처리할 수 있는 머리도 있다. 벤야멘타 씨는 미쳤는지도 모른다. 어쨌든 그는 사자와 닮았고, 나는 쥐와 닮았다. 지금 이 학원에서 은밀하게 벌어지고 있는 상황이라니 참 볼 만하다. 하지만 아무에게도 떠들어서는 안 된다. 비밀에 부쳐두는 것이 때론 승리하는 것이 되기도 한다. 다 어리석은 일들이야. 이제 그만 하자.

때때로 내가 하는 상상들이라니! 거의 허무맹랑한 수준이다. 저지할 겨를도 없이 나는 돌연 전쟁을 이끄는 최고 사령관이 되어 있었다. 그러니까 1400년경, 아니, 그보다 조금 뒤인 밀라노 전투들이 벌어지던 때였다. 나와 내 장교들은 연회를 벌이고 있었다. 승리를 거둔 어느 전투 직후였다. 우리의 명성은 머지않아 유럽 전역으로 퍼져나갈 것이 확실했다. 우리는 술을 마셨고 흥이 나 있었다. 연회가 열린 곳은 실내가 아니었다. 그렇다, 그곳은 탁 트인 들판 위였다. 해는 막 지려는 참이었다. 그때 한 피조물이, 가련한 인간 하나가 배신자로 생포되어 내 눈앞에 끌려왔다. 나의 눈빛은 전투와 그 전투에서의 승리로 번득이고 있었다. 그 불행한 인간은 사령관을 올려다보아서는 안 된다는 것을 잘 알고는 떨면서 바닥으로 눈을 내리깔고 있었다. 나는 그를 쳐다보았다. 그를 힐끗 쳐다보고는 그를 끌고 온 사람들도 슬쩍 쳐다보았다. 그러고는 내 앞에 한 잔 가득 채워져 있던 와인을 마시는 데 전념했다. 이 세 가지 동작은 '데려가라, 그리고 그를 처형하라'는 것을 의미했다. 그를 데려온 사람들이 그를 잡았다. 그러자 죄인은 절망에 빠진 듯이, 그보다 더하게, 마치 갈기갈기 찢긴 듯이, 수천 번의 끔찍스런 고문에 의한 죽음으로 이미 찢겨버린 듯이 괴성을 질러댔다. 내 귀는 인생을 가득 채웠던 전투와 싸움에서 이미 온갖 종류의 소리를 들어보았고, 내 눈은 끔찍스럽고 고통스러운 장면에 오히려 더 익숙해져 있었다. 그럼에도 불구하고 그의 소리를 견딜 수가 없었다. 나는 머리를 돌려 다시 그 죄인을 바라보았다. 그리고 손짓으로 병사를 불렀다. 그런 다음 "그를 풀어줘라"라고 말하고는 일을 장황하게 만들지 않으려고 와인 잔을 입술에 갖다 댔다. 그러자 감동적이면서도 꺼림칙한 일이 일어났다. 내가 목숨을 살려준 남자, 범죄자이자 배신자인 그 남자가 미친 듯이 내 발아래 몸을 던지더니 내 신발에 묻은 흙에 입을 맞추는 것이었다. 나는 그를 밀쳐냈다. 혐오와 공포가 나를 엄습했던 것이다. 내가 행사했던 폭력이 내 마음을 뒤흔들어놓았다. 마치 폭풍이 나뭇잎들을 흔들어대듯 내가 자유자재로 휘두를 수 있었던 권력이 내게 수치감을 느끼게 했다. 그래서 나는 웃으면서 그 사람에게 물러가라고 명령했다. 그는 거의 제정신이 아니었다. 그의 눈과 입에서는 동물적인 환희가 흘러넘쳤다. 그는 감사하고 또 감사하다는 말을 알아듣기 힘들게 중얼거리고는 기어서 사라졌다. 우리들은 밤새 술과 연회를 맘껏 즐겼다. 연회가 이어지고 있던 이른 아침에 나는 스스로 생각해도 절로 웃음이 나올 수밖에 없던, 그런 품위와 위엄이 있는 자세로 교황이 보낸 사신을 맞이했다. 나는 영웅이었고, 그날의 주인공이었다. 유럽 절반의 평화가 내 기분 하나에, 나의 만족감에 달려 있었던 것이다. 하지만 난 외교 사절단 앞에서 어수룩하고 마음씨 착한 사람인 양 행세했다. 그래야 할 상황이었다. 난 다소 지쳐 있었고, 고향으로 돌아가기를 간절히 원하고 있었던 것이다. 나는 전쟁이 가져다준 소득을 도로 내놓았다. 나는 훗날 자연스럽게 백작의 지위에 오르게 되었고, 결혼을 했다. 그리고 지금 나는 이렇게 영락하여 벤야멘타 학원의 볼 것 없는, 하찮은 생도라는 사실도, 또한 크라우스, 샤흐트, 한스, 그리고 실린스키 같은 친구들을 가졌다는 사실도 전혀 부끄럽지 않다. 나는 알몸으로 차디찬 길바닥에 버려져야 한다. 그렇게 되면 나는 나 자신이 전지전능한 신이라고 상상할지도 모른다. 이제 펜을 놓을 시간이다.

우리 훈련생들처럼 작고 미천한 존재들에게 우스운 것이라고는 존재하지 않는다. 존엄성을 상실한 자는 모든 것을 진지하게 받아들인다. 하지만 모든 것을 대수롭지 않게 생각하기도 한다. 거의 뻔뻔스러울 정도로 말이다. 무용, 예절, 그리고 체조 시간은 내게 마치 사회생활처럼 중요하고, 위대한 인생 그 자체처럼 보인다. 이제 내 눈앞에서 교실은 군주의 방으로, 사람들로 북적이는 거리로, 허름하고 긴 복도들이 있는 성으로, 관청 사무실로, 학자들의 연구실로, 귀부인들의 접견실로, 그때그때 가능한 온갖 장소로 변한다. 우리는 그곳으로 들어서서는, 인사를 나누고, 몸을 굽혀 절하고, 이야기를 하고, 상상 속의 업무 혹은 임무들을 처리하고, 전언을 처리해야만 한다. 그러고 나서는 어느새 식탁에 둘러앉아 있다. 그리고 대도시적인 매너로 식사를 하고 있다. 하인들은 우리의 시중을 든다. 샤흐트, 아니 어쩌면 크라우스가, 어느 귀부인을 소개하고, 나는 그녀와 이야기를 나누며 시간을 보내는 역할을 맡는다. 그러고 나서는 우리 모두 신사가 된다. 언제나 자신을 신사라고 생각하던 키다리 페터도 포함해서 말이다. 우리는 춤을 춘다. 벤야멘타 양은 미소를 지으며 눈으로 우리를 좇고 우리는 이리저리 껑충껑충 뛰어다닌다. 그러다 별안간 우리는 부상자 한 명을 도우러 달려간다. 그는 거리에서 차에 치였다. 우리는 거지로 보이는 사람들에게 뭔가 작은 것을 선물하고, 편지를 쓰고, 심부름하는 아이들에게 호통을 치고, 모임에 가고, 프랑스어로 이야기를 나누는 곳을 찾아가고, 모자를 벗어 존경심을 표하는 법을 연습하고, 사냥, 경제, 그리고 예술에 대해 이야기하고, 호의를 갖고 있는지 알고 싶은 여인들이 자비로이 내민 어여쁜 다섯 손가락에 복종하듯 입을 맞추고, 거리를 배회하는 사람처럼 목적 없이 어슬렁거리고, 커피를 홀쩍거리며 마시고, 부르고뉴 산 햄을 먹고, 상상 속의 침대에서 잠을 자고, 마찬가지로 다시 아침 일찍 일어나고, "안녕하세요, 판사님"이라고 말한다. 우리는 싸움을 한다. 싸움이야 벌어지게 마련이니까. 그렇게 살아가면서 생기는 모든 일들을 한다. 우리가 그 모든 어리석은 짓들에 지쳐 녹초가 되면 벤야멘타 양은 막대기로 책상 모서리를 두드리면서 말한다. "자, 앞으로, 애들아, 일해야지!" 그러면 다시 일이 시작된다. 우리는 말벌들처럼 방 여기저기를 돌아다니며 일을 한다.

그 모습을 정확히 묘사하기란 쉽지 않다. 우리가 다시 지치면 벤야멘타 양이 외친다. "뭐야? 사회생활이 그토록 빨리 지치게 만든단 말이니? 일해라, 일해. 삶이 어떤 것인가를 보여줘. 삶은 어렵지 않아, 다만 정신을 차리고 깨어 있어야 해, 그러지 않으면 삶이 너희를 짓밟아 버릴 거야." 그러고는 다시 처음부터 시작된다. 우리는 여행을 하고, 여행 중에 우리 시종들은 어리석은 짓을 저지른다. 우리는 도서관에 앉아 공부를 한다. 우리는 군인이다. 진짜 초년병으로 엎드려서 총을 쏴야만 한다. 우리는 무언가를 사기 위해 상점에 들어가고, 수영하기 위해 수영장에 가고, "하나님, 우리를 시험에 들지 않게 하소서"라는 기도를 드리기 위해 교회에 간다. 그리고 기도가 끝나자마자 최악의 과오를 범하고 죄를 짓는다. "이제 그만. 오늘은 이걸로 충분해." 시간이 다 되면 벤야멘타 양은 이렇게 말한다. 그러고 나면 삶에는 불이 꺼진다. 인생이라고 일컬어지는 꿈은 방향을 바꾼다. 나는 대부분 30분간 산책을 한다. 내가 앉아 쉬곤 하는 공원벤치에서 항상 한 소녀와 마주친다. 상점의 점원 같은 인상을 주는 그녀는 나와 마주치면 매번 머리를 내 쪽으로 돌리고는 한참 동안 나를 쳐다본다. 그녀는 나 때문에 애를 태우고 있다. 말이 나왔으니 말이지만 그녀는 내가 다달이 봉급을 받는 신사라고 생각하고 있다. 내가 다른 사람들에게 그처럼 좋은, 뭔가 대단한 인상을 주는 것이다. 그녀는 잘못 생각하고 있다. 그리고 바로 그 때문에 나는 그녀를 무시한다.

우리는 이따금 연극도 한다. 그것도 희극을 상연한다. 벤야멘타 양이 그만 하라는 신호를 보내지 않으면 점점 유치한 익살극으로 변질

되는 그런 희극 말이다. 어머니: "나는 자네에게 내 딸을 데려가라고 허락할 수 없네. 자네는 너무 가난해." 주인공: "가난은 부끄러운 일이 아닙니다." 어머니: "헛소리 마, 말하는 꼬락서니하고는. 자네한테 도대체 미래가 있나?" 연인: "엄마, 엄마를 향한 저의 존경심을 모두 그러모아 부탁드려요, 제가 사랑하는 그이와 좀더 점잖게 이야기를 나누어주세요." 어머니: "닥쳐! 인정사정 보지 않고 그를 혹독하게 대한 것을 나에게 감사할 날이 올 거다. 신사양반, 말해보시게, 공부는 도대체 어디서 했나?" 주인공(주인공은 폴란드 사람인데 실린스키가 맡아 연기한다): "자애로운 부인, 전 벤야멘타 학원 출신입니다. 제가 이 말을 할 때 보인 자부심은 부디 용서하십시오." 딸: "오, 엄마, 그의 매너 좀 보세요. 너무나 근사한 매너가 아닌가요." 어머니(엄하게): "매너에 대해서는 입 다물어라. 귀족적인 예의범절은 이제 결코 중요하지 않단다. 이보시게, 신사양반, 말씀 좀 해보시게, 자네 도대체 그곳 바그나멘타 학원에서 무엇을 배웠나?" 주인공: "죄송하지만, 그 학원의 이름은 바그나멘타가 아니라 벤야멘타입니다. 제가 무엇을 배웠냐고요? 물론 그곳에서 배운 것은 아주 적다고 말씀드리지 않을 수 없군요. 하지만 오늘날 많이 안다는 것은 더이상 중요하지가 않습니다. 그것은 어머니께서도 인정하실 수밖에 없을 겁니다." 딸: "듣고 계시죠, 사랑하는 엄마?" 어머니: "못된 것, 그런 헛소리를 들으라거나 진지하게 생각하라는 말일랑 하지도 마라. 잘생긴 젊은 양반, 두 번 다시 만날 일이 없게 떠나주신다면 정녕 고맙겠네." 주인공: "내게 감히 어찌 이럴 수가 있단 말인가? 아, 어쨌든. 안녕히 계시오, 가겠소." 그는 퇴장한다, 기타 등등, 기타 등등. 우리가 하는 작은 규모의 연극은 항상 학교와 훈련생들과 연관된 내용이다. 한 훈련생이 난잡하게 뒤엉킨 온갖 운명을, 좋은 운명과 나쁜 운명을 겪게 된다. 그는 세상에서 성공을 하게 되거나 최악의 실패를 맛본다. 극의 결말은 항상 겸손하게 주인을 섬기는 일을 찬미하고 상징적으로 묘사하는 것이다. 행복은 섬긴다. 이것이 우리 연극의 도덕이다. 우리의 벤야멘타 양은 연극이 상연되는 동안 관객 역할을 맡곤 한다. 그녀는 말하자면 극장 특별석에 앉아 안경을 통해 무대를 내려다본다. 다시 말하면 연극을 하고 있는 우리들을 바라본다는 말이다. 크라우스는 최악의 배우이다. 배우로서의 재능이 그에게는 전혀 없다. 연기를 가장 잘하는 아이는 두말할 것도 없이 키다리 페터이다. 하인리히도 무대 위에서는 매력적이다.

조금 치욕적인 느낌이 든다. 세상을 살아가며 언제나 먹을 것이 저절로 생길 것 같은 느낌 말이다. 나는 건강하다. 앞으로도 계속 건강할 것이며, 끊임없이 무슨 일인가에 사용될 수 있을 것이다. 난 내 나라, 내가 속한 사회에 결코 짐이 되지는 않을 것이다. 내가 아직도 과거의 야콥 폰 군텐이었다면, 내가 여전히 우리 가문의 자손, 후예였다면, 아마도 이런 생각을 한다는 것에, 그러니까 신분이 낮은 인간으로 매끼 양식을 얻어야 하는 생활을 한다는 것에 깊은 상처를 입었을 것이다. 하지만 나는 지금 완전히, 완전하게 다른 사람이 되었다. 평범한 사람이 되어버렸다. 이렇게 평범한 사람이 된 것은 벤야멘타 오누이 덕택이다. 그리고 이것이 나에게 뭐라 형언할 수 없는, 만족감의 이슬이 반짝이면서 방울방울 떨어져 내리는 그런 기대감을 준다. 나는 자부심을, 명예의 종류를 바꾸어버렸다. 이렇게 젊은 나이에 어떻게 그토록 다른 인간이 될 수 있었을까? 하지만 이것이 변종인가? 어떤 측면에서 본다면 그렇지만, 다른 측면에서 본다면 그것은 종(種)을 유지하고 보존하는 일이다. 나는 아마 인생의 어딘가에서 길을 잃고 사라진 사람으로, 진실되고 자부심이 더 강한 군텐으로 남아 있게 될 것이다. 족보나 고집하면서 집 안에 박혀 타락해가고, 메말라가고, 관절이 굳어가면서 살기보다는. 뭐 그러려면 그러라지. 나는 선택했다. 그 선택에는 변함이 없을 것이다. 내 속에는 인생을 그 바닥까지 알고자 하는 별난 에너지가, 모든 사람과 사물들이 내게 본모습을 드러내도록 건드리고 싶은 억누를 수 없는 욕구가 살고 있다. 이 순간 벤야멘타 씨가 생각난다. 하지만 나는 다른 생각을 할 것이다. 말하자면 나는 아무것에 대해서도 생각하지 않을 것이다.

    요한 형의 친절 덕분에 사람들을 몇 명 알게 되었다. 그중에는 예술가들이 있는데, 친절한 사람들 같아 보인다. 하긴, 그렇게 짧게 만나보고 무슨 말을 할 수 있단 말인가. 사실 세상에서 성공하려고 애쓰는 사람들은 끔찍스럽게도 다 똑같아 보인다. 그들은 모두 똑같은 얼굴을 가졌다. 얼굴이 다 똑같이 생긴 것은 아니다, 아니 그렇기도 하다. 그들 모두 쉽사리 퇴색하는 친절함을 가지고 있다는 점에서 서로 닮았다. 그리고 그것이 바로 이 사람들이 느끼는 불안인 것 같다. 그들은 사람과 사물들을 성급하게 함부로 다룬다. 그러고는 다시금 마찬가지 주의력을 요하는 듯 보이는 새로운 일을 처리해버리는 데 전념한다. 그들은, 이 훌륭한 사람들은, 어느 누구도 경멸하지 않는다. 아니, 어쩌면 그들은 모든 것을 경멸할지 모른다. 그것을 밖으로 드러내서는 안 되기 때문에 드러내지 않을 뿐이다. 그들은 갑자기 경솔한 일을 저지르게 될까 두려워한다. 그들은 세상에서 부딪쳐가야 할 고통 때문에 친절하고, 불안 때문에 상냥하다. 그들은 모두 자기 자신에 대해 존경심을 가지려고 한다. 이 사람들은 신사이다. 그들은 편안해 보이는 적이 없다. 세상의 존경과 영예를 중요시 여기는 사람이 편안함을 느낄 틈이 어디 있단 말인가? 그들은 더이상 자연인이 아니다. 이미 사회인이 되어버렸기에, 그들은 후임자들의 추격을 끊임없이 받고 있다고 느끼고 있을 것이다. 그들 모두 소리 없이 다가오는 섬뜩한 습격자들, 은밀한 도둑의 존재를 예감하고 있다. 이들은 자기 주변의 모든 것에 상처를 입히고 깎아내리기 위해 새로운 재능을 가지고 다가온다. 그리고 바로 그 때문에 그 사람들의 사회에서 새로운 등장인물은 언제나 가장 탐나는, 그리고 가장 선호되는 자가 된다. 이러한 신참내기가 머리와 재능 혹은 천재성으로 어떤 식으로든 두각을 나타내면 나이든 자들은 순식간에 비참해진다. 그러고 보니 내가 너무 말을 단순하게 하고 있다. 완전히 다른 면도 더 있는데 말이다. 진보적인 교육을 받은 이 사람들 사이에서는 무시할 수 없고, 오해의 여지도 없는 피로가 지속되고 있다. 귀족이 갖는 형식적 권태가 아닌, 그렇다, 보다 더 숭고하고 보다 더 생기에 넘치는 감정에 기인하는, 진정한, 아주 순수한 피로, 건강하면서 동시에 건강하지 못한 사람의 피로 말이다. 그들은 모두 교양 있는 사람들이다. 그렇다고 그들이 서로를 존중하는가? 솔직하게 생각해본다면, 그들은 세상에서 자신들이 잡은 자리에 만족할 것이다. 그들은 실제 만족하고 있을까? 그들 중에는 부자들이 있다. 그들에 관해선 아무 얘기도 하지 않겠다. 왜냐하면 한 사람이 소유하고 있는 돈은 그 사람에 대한 판단을 내리는 데 전혀 다른, 아주 새로운 전제를 강요하기 때문이다. 어쨌거나 그들은 모두 정중하고 나름대로 중요한 사람들이다. 그러니 나는 요한 형에게 매우, 매우 감사해야 한다. 세상의 한 부분을 형이 알게 해주었기 때문이다. 거기 사람들은, 그러니까 그들의 모임에서, 벌써 나를 작은 군텐이라고 즐겨 부르고 있다. 그들이 위대한 군텐이라고 불러왔던 요한 형과 구분하기 위해서다. 물론 이것은 다 농담이다. 세상은 정말 농담을 좋아한다. 나는 그렇지 않다. 하지만 그것은 전혀 중요하지 않다. 나는 세상이라 일컬어지는 것이 나와는 상관이 없다는 것을 안다. 그리고 내가 아주 은밀하게 세상이라 일컫는 것이 내게는 얼마나 중요하고 매혹적인지를 느낀다. 형은 그동안 나를 사람들과 어울리게끔 만들려고 애썼고, 이 노력의 성과를 보여주는 것이 내게 주어진 의무이다. 사실 그것도 내게는 큰일이다. 내겐 모든 것이, 심지어 가장 하찮은 일조차도 큰일이다. 몇몇 사람들이라도 완벽히 알아나가는 것, 거기에는 한평생이 필요하다. 그것 또한 벤야멘타 학원의 기본 원칙이다. 벤야멘타 가의 사람들은 세상이라는 것이 의미하는 것들과 도대체 어느 만큼이나 다른 것인가. 잠이나 자러 가야겠다.

난 내가 밑바닥, 맨 밑바닥에서부터 시작하는, 몰락한 후예임을 결코 잊지 않는다. 출세를 위해 필요한 특성들이라고는 하나도 갖고 있지 못한 후예이다. 어쩌면, 그렇다, 모든 게 가능하다. 하지만 난 찬란한 행복을 그려보는 덧없는 시간들을 믿지 않는다. 벼락출세한 사람들이 갖는 덕목들이 내겐 전혀 없다. 이따금 뻔뻔스러워지기도 하지만 그건 단지 일시적인 기분에 의한 것일 뿐이다. 벼락출세를 한 사람에게는 겸손한 척하는 지속적인 뻔뻔스러움이 있다. 혹은 내놓고 뻔뻔한, 처음부터 끝까지 뻔뻔하고 시큰둥한 태도를 보인다. 벼락출세자들은 많다. 그리고 그들은 어리석게도 그들이 이룬 것을 꽉 붙잡고 놓지 않는다. 훌륭하다. 그들은 신경질적으로 변하기도 하고, 화를 내거나 짜증을 낼 때도 있다. '만사에' 싫증을 낼 수 있다. 하지만 싫증도 진정한 벼락출세자에게는 깊이 파고들지 못한다. 벼락출세자들은 신사이다. 몰락한 후예로서, 혹은 내가 그 어떤 존재이든, 나는 그런 신사들, 어쩌면 다소 잘난 척할지도 모를 그런 신사들의 시중을 들게 될 것이다. 정직하게, 충실하게, 성실하게, 있는 힘을 다해, 아무 생각 없이, 사사로운 이익에 전혀 집착하지 않고 시중을 들 것이다. 왜냐하면 나는 오직 그런 식으로만, 그러니까 아주 예의 바른 태도로만, 누군가의 시중을 들 수 있을 것이기 때문이다. 이제야 내게 크라우스와 비슷한 데가 있는 것을 깨닫는다. 그리고 약간 창피하기까지 하다. 내가 세상과 마주할 때 갖는 그런 감정들로는 위대한 것은 절대로 이루지 못한다. 만일 위대한 듯 번쩍거리는 것들을 비웃지 않고, 암담하고, 소리 없고, 거칠고, 천한 것을 위대하다고 부르지 않는다면. 그렇다, 나는 누군가의 시중을 들게 될 것이다. 그리고 잘 수행해봤자 결코 빛이 나지도 않을 책임들을 늘 떠맡고 살 것이다. 다시, 그리고 또 다시 같은 일을 반복하며. 만약 누군가 내게 무심코 감사하다는 말을 하게 된다면 난 너무나 기쁜 나머지 바보같이 얼굴을 붉힐 것이다. 바보 같지만 그것이 사실이다. 나는 이런 것을 깨달았다고 슬픔에 잠길 사람은 아니다. 나는 한 번도 슬퍼해본 적이 없으며, 한 번도, 한 번도 외롭다고 느껴본 적이 없다는 것을 고백하지 않을 수 없다. 이 또한 바보 같다. 원래 울부짖음이라고 일컬어지는 감상을 가지고 가장 출세하기 좋은, 그리고 가장 유익한 사업을 해나가는 것이기 때문이다. 나는 그런 식으로 명예와 명성을 얻으려 애쓰고, 점잖지 못한 노력을 하지는 않을 것이다. 아버지와 어머니가 계시던 집에선 모든 벽에서 분별의 냄새가 났다. 뭐가 잘못되었다는 말은 아니다. 그저 그랬다는 것이다. 우리 집에는 품위가 있었다. 그리고 너무나도 밝았다. 마치 집 안 전체가 우아하고, 온화한 미소 같았다. 엄마야말로 섬세하기 이를 데 없는 사람이었다. 이 얘긴 이쯤 하면 충분하다. 그렇다, 나는 몰락한 후예이고 다른 사람의 시중을 들며 세상에서 6등 시민의 역할을 해야 하는 벌을 받았다. 나에게는 그게 딱 맞다. 요한 형이 바로 말하지 않았던가. '힘 있는 자들, 그들은 굶주리는 자들이다'라고. 내가 그런 말을 믿는 것은 아니다. 내가 누군가의 위로를 받을 필요가 있기는 한가? 야콥 폰 군텐이라는 사람을 위로하는 것이 가능하기는 한 일인가? 나의 팔다리가 멀쩡히 붙어 있는 한 그런 일은 없을 것이다.

내가 원하기만 한다면, 내가 스스로에게 명령만 내린다면 나는 모든 것을 받들어 모실 수 있다. 아무리 고약한 행실이라고 해도 말이다. 하지만 그러려면 거기에는 많은 돈이 따라야 한다. 불쾌하기 짝이 없는 태도는 20마르크짜리 돈을 떨어뜨려야만 한다. 그러면 난 앞에서 머리를 조아릴 것이다, 심지어 뒤에서도. 말이 나왔으니 말인데 벤야멘타 씨 또한 나와 같은 생각이다. 아름답지 못한 손에서 나온 돈과 이익이라고 해서 경멸하는 것은 옳지 못해, 라고 그는 말한다. 벤야멘타 학원의 생도는 모든 것을 존중해야 하며 경멸해서는 안 된다. 다른 얘기를 해보자. 체조, 좋다. 난 체조를 열정적으로 좋아한다. 또 두말할 것도 없이 체조를 잘한다. 고매한 사람과 우정을 맺는 것과 체조, 그 두 가지는 아마도 이 세상에 존재하는 가장 아름다운 일들 가운데 하나일 것이다. 춤을 추는 것과 내게 존경심을 불러일으키는 사람을 만나는 것은 내게 같은 일이다. 나는 머리와 몸을 움직이는 것을 무척 좋아한다. 다리라도 이리저리 흔드는 일, 그것만도 근사하다! 체조 또한 어리석은 일이다. 그것은 결과적으로 볼 때 아무짝에도 소용이 없다. 내가 좋아하고 사랑하는 일은 모두 아무짝에도 소용이 없어야 하는 것일까? 들어봐라! 무슨 소리지? 누군가 나를 부르고 있다. 여기서 잠깐 멈춰야겠다.

"정말 노력하고 있는 거니, 야콥?" 벤야멘타 양이 내게 물었다. 저녁 무렵이었다. 다소 붉은 빛으로 물들어 있었다. 무지하게 아름다운 일몰의 잔영이 비치고 있는 것 같았다. 우리는 내 방문 앞에 서 있었다. 나는 막 방 안으로 들어가 상념에 몸을 잠시 내맡기려고 하던 참이었다. "벤야멘타 선생님." 내가 말했다. "제가 진지하고 진실하게 노력하고 있다는 것을 믿지 못하세요? 존경해 마지않는 선생님의 눈에 전 사기꾼, 술수나 부리는 사람인가요?" 그 말을 할 때 내가 아주 슬픈 표정으로 그녀를 바라보았던 것 같다. 그녀는 아름다운 얼굴을 내게로 돌리며 말했다. "그렇지는 않아, 너를 믿고말고. 넌 착한 아이야. 다혈질이기는 하지만 내게는 사랑스럽고, 올곧고, 예의 바르고 또 호감이 가지. 이제 만족하니? 응? 그래? 매일 아침 침대 정리도 여전히 잘 하고 있잖아? 그렇지 않니? 그리고 모든 규정들을 따르지 않은 지는 한참 됐겠지? 그렇지? 아니면 내 말이 틀리니? 그래, 넌 아주 착실한 아이이고말고, 난 그렇게 믿어. 아무리 칭찬을 퍼부어도 너에겐 충분치 않아. 충분치 않지. 낯간지러운 찬사를 양동이 한 가득 늘어놓아도 모자라. 대야로도 주전자 한 가득으로도 충분치 않지. 너의 품행을 찬미하는 무수히 많은 훌륭한 말들, 그것들은 빗자루로 쓸어야 모두 치울 수가 있지. 그래, 야콥, 이제 아주 진지하게 말할게, 들어봐. 너한테 귓속말을 해주어야만 해. 듣고 싶니, 아니면 차라리 네 방으로 빨리 들어가버리고 싶니?" "얘기해주세요, 존경하는 선생님, 듣겠어요"라고 난 불안으로 가득 찬 기대감에 부풀어 말했다. 벤야멘타 양이 별안간 몸서리를 쳤다. 하지만 그녀는 재빨리 평정을 되찾고는 말했다. "나는 간다, 야콥, 나는 가. 가고 있어. 그래도 그것을 네게 말해줄 수는 없구나. 다음에 기회가 있겠지, 그렇지? 그래, 그래, 어쩌면 내일 혹은 일주일 후쯤. 그걸 네게 말해줄 시간은 아직 충분해. 말해봐, 야콥, 나를 조금이라도 좋아하니? 내가 너의 가슴에, 너의 젊은 마음에 어떤 의미가 있지?" 그녀는 화난 채 입술을 꼭 다물고는 내 앞에 서 있었다. 나는 이루 형언할 수 없이 애처롭게 옷깃에 축 처져 있는 그녀의 손으로 재빠르게 몸을 굽히고, 그 손에 입을 맞추었다. 그녀에 대해 가지고 있던 나의 감정을 말할 수 있어 너무나 행복했다. "너 나를 존경하니?" 그녀는 아주 고음으로, 거의 질식할 듯한, 그래서 소리가 거의 안 날 정도의 고음으로 물었다. 나는 대답했다. "어떻게 그것을 의심하실 수 있어요? 슬픕니다." 내가 그 말에 울음을 터뜨릴 뻔했다는 사실에 화가 났다. 그녀의 손을 얼른 놓아버리고는 정중한 자세를 취했다. 그녀는 거의 애원하는 눈빛으로 나를 바라보더니 가버렸다. 한때 그토록 위풍당당하던 이곳 벤야멘타 학원의 모든 것이 얼마나 변해버렸는지! 담력 연습들, 규정들, 모든 것이 쪼그라들어버렸다. 내가 살고 있는 곳은 죽은 자의 집인가, 아니면 천상의 기쁨과 희열의 집인가? 무슨 일인가 일어나고 있다. 하지만 아직은 그것이 무슨 일인지는 모른다.

나는 크라우스 앞에서 과감하게 벤야멘타 오누이에 대한 소견을 밝혔다. 이 학원이 줄곧 품어온 광채가 희미해지고 있다는 느낌이 들어, 도대체 왜 그럴까? 크라우스, 너는 혹시 뭔가 알고 있어? 라고 말했다. 크라우스는 성을 내며 말했다. "인간아, 너의 뱃속엔 터무니없는 망상들이 자라나고 있는 게 틀림없어. 기껏 한다는 생각들이라니. 일이나 해라, 해, 그러면 이상한 것도 이상해 보이지 않을 테니. 이 염탐꾼. 무슨 의견이든 생각이든 파고들어 염탐하려고. 썩 꺼져. 더이상 꼴도 보기 싫어." "언제부터 그렇게 사나워진 거야?"라고 나는 물었다. 하지만 그러고는 그를 그냥 조용히 내버려두었다. 그날 벤야멘타 양과 크라우스에 관해 이야기를 나눌 기회가 있었다. 그녀는 말했다. "그래, 크라우스는 다른 사람들과는 정말 달라. 그애는 사람들이 자기를 필요로 할 때까지 앉아 있어. 사람들이 부르면 그때 몸을 움직여 부르는 곳으로 달려가지. 크라우스 같은 사람들에 대해서는 칭찬을 해대거나 야단법석을 떨지 않아. 실제로 크라우스를 칭찬하는 사람은 없어. 그에게는 고마워하지도 않고. 그에게는 단지 요구만 할 뿐이야.

이걸 해라, 그러고는 곧, 저걸 해라 하는 식이지. 그러고서도 너무나 완벽한 시중을 받았다는 사실을 거의 느끼지도 못해. 그만큼 완벽한 시중을 받은 거지. 인간 크라우스는 의미하는 바가 전혀 없어. 일하는 자, 수행하는 자 크라우스가 그나마 무언가를 의미할 뿐이지. 크라우스는 자신을 전혀 드러내지 않아. 너를 예로 들어보자, 야콥. 너는 칭찬을 듣는다. 네가 기쁘면 칭찬을 한 사람도 기쁘단다. 하지만 크라우스에게 할 말이나 애착을 가진 사람은 없어. 크라우스에 비하면, 야콥, 넌 너무 제멋대로야. 그렇지만 너는 그보다 훨씬 호감 가는 아이란다. 에둘러 표현하지는 않겠어. 그랬다간 네가 이해하지 못할 테니까 말이다. 크라우스는 머지않아 곧 우리 곁을 떠나게 될 거야. 그것은 우리에겐 상실이지. 야콥, 아, 그것은 상실이야. 크라우스가 더 이상 이곳에 없다면 그땐 누가 이곳에 남게 되지? 너, 그래. 바로 너야. 그건 사실이야. 지금 나한테 화가 났지, 그렇지? 그래, 크라우스가 떠난다는 사실에 내가 슬퍼하고 있기 때문에 넌 내게 화가 난 거야. 질투를 하는 거니?" "그렇지 않아요. 저 또한 크라우스가 우리 곁을 떠난다는 사실을 몹시 유감스럽게 생각하고 있어요"라고 나는 말했다. 의도적으로, 딱딱할 정도로 정중하게 말했다. 내 마음 또한 고통스러웠지만 난 다소 냉정함을 보이는 것이 적절하다고 생각했다. 후에 난 크라우스와 이야기를 해보려고 시도했다. 하지만 그는 믿기 힘들 정도로 거부감을 드러냈다. 어둠 속에서 그는 책상에 앉아 있었고 한 마디도 하지 않았다. 뭔가 심상치 않은 일이 이곳에서 일어나고 있다는 것을 그 또한 느끼고 있는 것이다. 다만 그는 아무 말도 하지 않을 뿐이다. 혼자 곰곰이 생각할 뿐이다.

종종 나는 크나큰 패배감을 느끼곤 한다. 그럴 때면 교실 한가운데 서서 장난을 친다. 그것도 아주 철부지들이나 하는 장난을. 크라우스의 모자를 내 머리 위에 써보거나 물이 가득 든 잔을 머리 위에 얹는다. 한스가 거기 있을 때는 한스와 함께 모자를 머리 위로 던져 올리고 모자가 머리 위에서 떨어지지 않고 그대로 있도록 하는 장난을 친다. 크라우스는 그런 짓거리를 하는 우리를 얼마나 경멸했는지 모른다. 샤흐트는 일자리를 얻어 나갔었다. 딱 사흘간. 그는 언짢을 대로 언짢은 기분으로 온갖 억울하고 괴로운 핑계를 가지고 다시 돌아왔다. 샤흐트는 바깥세상에서 불행할 것이라고 내가 진즉 말하지 않았던가? 그는 항상 일 속에서, 과제와 직무 속에서 허우적거릴 것이다. 그 어느 곳도 그의 마음에 들지 않을 것이다. 지금 그는 자기가 얼마나 힘든 중노동을 해야만 했었는지 들려주고 있다. 일을 시작하자마자 터무니없는 일들을 심술궂게 계속 시키고, 그를 끔찍하게 괴롭히고 속였던, 교활하고 사악하고 게을렀던 바로 위 상사들에 대한 이야기를 하고 있다. 아아, 난 샤흐트가 하는 말을 믿는다. 아주 기꺼이. 그것은 다시 말하자면 그가 하는 말을 나는 무조건 사실로 믿는다는 뜻이다. 왜냐하면 병약하고, 감수성이 강한 사람들에게 세상은 상상을 초월할 정도로 거칠고, 독재적이고, 변덕스럽고, 잔인한 곳이기 때문이다. 샤흐트는 당분간 다시 이곳에 머물게 될 것이다. 그가 돌아왔을 때 우리는 그를 약간 웃음거리로 삼았다. 그것은 불가피한 일이다. 샤흐트는 젊은 사람이다. 자신을 위한 특별한 등급과 우선권, 대우, 고려가 있다는 생각을 해서는 안 되는 것이다. 그는 이제 막 첫 실망을 경험했다. 나는 그가 스무 번의 실망을 차례차례 겪게 될 것이라고 확신한다. 인정사정없는 법칙이 따르는 인생은 어떤 사람들에게는 끊임없는 좌절과 끔찍스럽고 흉악한 인상의 연속일 뿐이다. 샤흐트 같은 사람들은 계속 고통스런 혐오를 감수하며 살아갈 운명을 가지고 태어났다. 그는 인정받고 환영받기를 원한다. 하지만 절대로 그럴 수는 없다. 가혹하고 매정한 일들이 그에게는 열 배 더 가혹하고 매정하게 일어나고, 그는 그것을 남들보다 더 예민하게 느낀다. 불쌍한 샤흐트. 그는 어린아이다. 그는 선율에 흠뻑 빠져서 선하고, 부드럽고, 태평스런 것들 사이에 둘러싸여 살아갈 수 있어야 한다. 그를 위해 시냇물은 은밀하게 흐르고, 새들도 은밀히 지저귀어야 한다. 저녁하늘에 떠 있는 담색의 부드러운 구름이 그를 안아서 '아아, 나는 어떻게 되는 거지?'의 왕국으로 데리고 가야 한다. 그의 손은 가볍게 손사래를 젓는 데 딱 어울리는 손이다. 일을 할 만한 손이 아니다. 그의 앞에는 부드러운 바람이 불어야 하고, 그의 뒷전에서는 달콤하고 친절한 목소리들이 소곤대야만 한다. 그의 눈은 행복하게 감겨 있을 수 있어야 한다. 아침에 푸근하고, 관능적인 이부자리에서 눈을 떴을 때 아늑하게 다시 잠들 수 있어야 한다. 근본적으로 그에게 맞는 일이란 존재하지 않는다. 모든 일이, 그의 모습에서 볼 수 있듯, 그에게는 부적당하고, 부자연스럽고, 전혀 어울리지 않기 때문이다. 난 샤흐트와는 반대로 뼈대가 굵은 진짜 시종이다. 아아, 샤흐트는 만신창이가 될 것이다. 그러고는 어느 날엔가 병원에서 생애를 마치게 될 것이다. 아니면, 육체와 영혼이 타락하여, 우리의 현대식 감옥들 중 어느 한 곳에서 사위어갈 것이다. 지금 그는 아무것도 하지 않으면서 교실 구석을 어슬렁거리며 마음을 짓누르는 미지의 앞날이 두려워 떨고 있다. 벤야멘타 양은 그를 걱정스런 눈빛으로 지켜본다. 하지만 그녀는 그녀만의 이상한 문제에 얽매여 샤흐트에게 신경을 쓸 수가 없다. 말이 나왔으니 말이지만 그녀는 샤흐트에게 아무런 도움도 주지 못했을 것이다. 샤흐트를 도와야만 하고 도울 수 있는 것은 아마도 신일 것이다. 하지만 신들이 여럿 존재하는 것은 아니다. 신은 오직 한 분이 유일하게 존재한다. 그런데 그분은 누군가를 돕기에는 너무나도 숭고하다. 누군가를 도와주고 누군가의 근심을 덜어주는 것, 그 일은 전지전능한 이에게는 전혀 어울리지 않는다. 최소한 난 그렇게 느낀다.

벤야멘타 양은 매일, 그것이 부엌이 되었든 혹은 아주 고요하고 적막한 교실이 되었든, 나와 몇 마디 대화를 나눈다. 크라우스는 마치 십 년은 더 이 학원에 머물 각오를 한 듯 행동한다. 그는 자신의 과제들을 무미건조하게, 짜증 한 번 내지 않고 학습해나간다. 아니, 사실은 짜증이 나 있다. 그는 언제나 짜증난 사람처럼 보이지 않던가. 그러니 그것은 아무 의미도 없다. 이 사람은 서두를 줄, 초조해할 줄 모른다. '끝까지 기다려본다'란 말이 그의 차분한 이마 위에 숭고하게 쓰여 있다. 그래, 벤야멘타 양도 언젠가 한번 그런 말을 한 적이 있었다. 크라우스가 숭고함을 지녔다고. 그 말은 사실이다. 눈에 띄지 않는 그 존재의 보잘것없음은 눈에는 보이지 않는 군주다운 무언가를 지녔다. 어제 나는 벤야멘타 양에게 감히 말했다. "제가 너무나도 순수한 경외감에 사로잡히고 속박되었을 때보다 더 자신감에 차서 단 한 번이라도, 그럴 리는 없겠지만, 만약 단 한 번이라도 선생님께 맞섰다면, 저는 저 자신을 증오할 것이고, 핍박할 것이고, 밧줄에 목을 매달고, 가장 치명적인 방법으로 독을 먹고, 어떤 종류가 되었든 상관없이 칼로 제 목을 베어버릴 거예요. 그래요, 그런 일은 절대 있을 수 없어요, 선생님. 전 절대로 선생님께 상처를 드릴 수가 없었어요. 선생님의 두 눈이요. 그 눈이 제게는 언제나 명령이자 침해할 수 없는 아름다운 계명이었어요. 그래요, 맞아요, 저는 거짓말을 하지 않아요. 문가에 서 있는 선생님의 모습이요! 전 이곳에서 결코 하늘을, 달을, 해와 별을 필요로 한 적이 없었어요. 선생님, 그래요, 선생님이 저에게는 그것들보다 더 높은 존재였어요. 전 진실을 말씀드리고 있어요. 벤야멘타 선생님, 그리고 제가 드리는 이 말씀이 감언이설과는 거리가 멀다는 것을 선생님께서 느끼시리라고 믿어요. 전 미래의 행복한 삶을 증오해요. 인생을 혐오해요. 예, 그래요. 그렇지만 저도 크라우스처럼 곧 학원을 떠나 혐오스런 삶 속으로 나아가야만 해요. 저에게 선생님은 곧 육체적 건강함을 의미했어요. 제가 책을 읽었다면, 그것은 선생님을 읽은 것이지, 책은 아니었지요. 선생님이 곧 책이셨어요. 예, 맞아요. 저는 자주 무례하게 굴었어요. 저를 잠식하고, 부적절한 상상들의 폐허 더미 속에 저를 파묻어버리려는 교만함을 조심하라고 선생님이 제게 몇 번인가 경고를 하셨지요. 그러면 저의 교만이 얼마나 순식간에 사라졌는지요. 선생님 말씀에 제가 얼마나 열심히 귀를 기울였는지 모르실 거예요. 웃으시는 건가요? 그래요, 미소, 그것은 저를 선함과 용기, 그리고 진실로 이끄는 원동력이었지요. 선생님은 언제나 제게 잘해주셨어요. 반항아인 제게 과분할 정도로 너무나 잘해주셨어요. 저의 무수한 과오들은 선생님의 시선을 타고 밑으로, 용서를 빌며, 발 아래로 몸을 던지지요. 그래요, 저는 인생 속으로, 세상 밖으로 나가고 싶지 않아요. 앞으로 올 미래의 모든 일들을 경멸해요. 선생님이 교실로 들어오시면 전 기뻤어요. 그때마다 저는 예외 없이 바보가 되었지요. 한번 상상해보세요, 네, 고백하지 않을 수가 없어요. 저는 남몰래 선생님에게서 기품과 고귀함을 빼앗아버리려고 한 적이 많아요. 하지만 정신을 흠씬 채찍질당하고 나면 상처를 조금 주려고 했던 대상의 험담도, 어떤 비방의 말도 생각나지 않더군요. 그리고 그에 대한 형벌은 매번 제게 찾아오는 후회와 불안이었어요. 그래요, 언제나, 벤야멘타 선생님, 언제나 저는 당신을 숭배하지 않을 수 없었어요. 제가 이런 이야기를 해서 화나셨나요? 전, 전 이렇게 이야기를 하게 되어 기쁜데요." 그녀는 눈을 깜박거리면서 나를 바라보고 미소 지었다. 그녀는 나를 조금 놀리기는 했지만 아주 만족스러워하는 눈치였다. 그 밖에 내가 눈치챈 사실은 그녀가 아주 멀리 있는 그 무언가에 대한 생각에 골몰하고 있다는 것이었다. 그녀는 혼이 나가 있는 듯했다. 그리고 그랬기에, 오로지 그랬기에 나는 감히 그런 이야기를 꺼내볼 엄두를 냈던 것이기도 하다. 그런 일이 다시 일어나지는 않도록 조심해야겠다.

이것은 나와는 전혀 상관 없는 일이다. 분명히 그렇다. 하지만 학원에 신입생이 한 명도 늘지 않는 것이 이상하다. 벤야멘타 씨가 교육자로서 이 분야에서 누리는 혹은 누렸던 명성이 떨어졌거나 사라지고 있단 말인가? 그렇다면 그것은 슬픈 일이리라. 어쩌면 그 모든 것이 단지 과민해진 나의 기분 탓일지도 모른다. 이곳에서 난 다소 예민해져버렸다. 어떤 긴장감, 그리고 관찰력의 쇠진을 그렇게 말할 수 있다면 말이다. 이곳에 있는 모든 것은 너무나도 섬약하다. 사람들은 단단한 땅 위가 아니라, 마치 허공 속에 서 있는 듯하다. 거기다가 지속적으로 준비를 하고 있어야 하고 정신을 차리고 있어야 한다. 이것이 어쩌면 핵심일 수도 있다. 가능한 일이다. 이곳에서는 항상 무엇인가를 기다린다. 그리고 결국에는 그것이 사람을 무기력하게 만든다. 그리하여 귀를 기울이고 기다리는 것을 우리는 다시금 포기한다. 그것이 허락되지 않는 일이기 때문이다. 그런데 그것 또한 힘을 요한다. 벤야멘타 양은 창가에 서서 마치 어느 다른 공간에 사는 사람처럼 오랫동안 밖을 내다보곤 한다. 그렇다, 그거다, 이곳에서 은밀히 작용하고 있는 것은 어딘가 건강하지 못한 것과 자연스러운 그 무엇이다. 우리 모두, 선생님들뿐만 아니라 학생들, 우리 모두는 이미 거의 다른 곳에서 살고 있는 것과 다름없다. 마치 우리는 임시로 이곳에서 호흡을 하고, 먹고, 자고, 일어나서 수업을 하고, 그리고 수업을 받고 있는 것 같다. 이곳에서는 거침없는 에너지와 같은 무언가가 소리를 내며 날개를 펄럭인다. 우리는 모두 이곳에서 앞으로의 일에 귀를 기울이고 있는 것인가? 뒤에 일어날 그 어떤 일을? 그 또한 가능하다. 그런데 만일 지금의 우리 훈련생들이 모두 졸업을 하게 된다면, 그리고 새 학생들이 더이상 들어오지 않는다면, 어떻게 되는 걸까? 그때는 어떻게 될까? 벤야멘타 일가는 빈털터리로 홀로 남겨지게 되는가? 그런 상상을 할 때면 나는 아파온다. 그냥 그대로 병이 난다. 아니다, 절대로, 절대로. 그런 일, 그런 일은 있어서는 안 된다. 하지만 그것은 어쩔 수 없는 일이기도 하다. 어쩔 수 없는 것일까?

힘이 있다는 것은 오랫동안 생각하지 않고, 신속하고 조용히 이루어야 하는 일 속으로 뛰어드는 것을 뜻한다. 비 오듯 쏟아지는 노력의 땀방울로 몸이 젖는다. 필연이 요구하는 것과 부딪치고 마찰하며 단단해지고 강해진다. 나는 이렇게 잘난 척하는 허튼소리를 증오한다. 그와는 전혀 다른 무언가를 방금 생각하려고 했었는데. 아, 생각났다. 벤야멘타 씨에 관한 것이었지. 나는 다시 그의 사무실을 찾아갔다. 머지않아 구해진다던 일자리는 구해졌는지 물으며 나는 빈정대는 말투로 그를 놀려댄다. 어떻게 되었느냐, 내가 기대를 해봐도 되겠느냐는 등의 질문을 해댔다. 그는 몹시 화를 내려고 했다. 아, 그는 지금도 버럭 화를 낼 태세다. 그의 성질을 건드릴 때면 나는 늘 아주 대담하다. 난 아주 큰 소리로, 무뚝뚝하고 뻔뻔스럽게 물었다. 원장 선생님은 매우 당황해했고, 심지어 그 큰 귀 뒤를 문질러대기 시작했다. 그는 사람들이 큰 귀라고 부르는 그런 귀를 가지지는 않았다. 그의 귀는 비교적 큰 편이 전혀 아니다. 다만 그의 모든 것이 거대할 뿐이라 그의 귀도 큰 것이다. 마침내 그가 내 쪽으로 다가왔고, 이상할 정도로 친절하게 나를 바라보며 웃고는 말했다. "일하러 나가고 싶냐, 야콥? 너는 이곳에 머물러 있는 것이 오히려 더 나을 거다. 이곳이 너 혹은 너와 비슷한 사람들에게는 아주 좋은 곳이다. 아니냐? 서두르지 마라. 너한테 충고도 하고 싶은데 말이다, 조금 더 나태해지고, 깜박깜박 잊어버리고, 그리고 생각하기를 게을리 하라고. 너도 보다시피 부덕이라고 일컬어지는 것이 인간의 생존에 너무나도 중요한 역할을 하고 있지 않느냐, 그것들은 매우 중요하지. 난 이렇게까지도 표현하고 싶다. 필요불가결하다고 말이야. 만약 부덕과 결함이 존재하지 않았다면, 세상엔 따스함과, 아름다움, 풍요로움이 없었을 거야. 이 반쪽의 세상이 말이다. 어쩌면 이것이 다른 쪽보다 근본적으로 더 아름다운 것인데, 나태함과 나약함과 함께 사라져버릴 거다. 그러면 안 되지, 너는 태만해져라. 음, 그러니까 말이다, 내가 하는 말을 제대로 이해해야 한다. 너의 모습 그대로, 그리고 이곳에서 변화된 그 모습대로 살아라. 그리고 부탁건대, 느림보의 역을 해다오. 그렇게 해주겠니? 그러겠다고 말해주겠니? 몽상에 빠져 있는 너의 모습을 본다면 기쁠 것 같다. 머리를 떨구고 생각으로 가득 차 슬픈 눈빛으로 바라보는 거야, 그렇지? 넌 의지가 너무 강하고 개성도 너무 강하다. 그리고 자부심도 있다, 야콥! 그런데 도대체 무슨 생각을 하고 있는 것이냐? 활짝 열려 있는 이 세계에서 위대한 것을 성취할 수 있다고, 노력하여 획득할 수 있다고 생각하느냐? 그래야만 한다고 생각하고 있는 거냐? 의미 있는 것에 대한 진지한 계획을 가지고 있는 거냐? 넌 내게—유감스럽게도—어딘가 그런 폭력적인 인상을 준단다. 혹시 반항심에서, 아주 작아지고 싶어 하는 것이냐? 넌 그러고도 남을 수 있다. 너는 너무 붕 떠 있는 기분이고, 너무 격정적이며, 너무 쉽게 승리의 도취감에 젖는다. 하지만 이 모든 것이 전혀 중요하지 않다. 넌 이곳에 더 머무르게 될 거야, 야콥. 난 네게 아무 일자리도 주지 않을 거다. 한동안 네게 그 어떤 것도 마련해주지 않을 거라고. 알아들었냐, 난 너를 더 곁에 두고 싶다. 내가 이제 막 너라는 놈을 얻게 되자마자 내게서 멀리 달아나버리고 싶다는 말이냐? 그건 있을 수 없는 일이야. 이 학원에서 네가 할 수 있는 한 맘껏 지루해보거라. 오, 이 어린 세계의 정복

자여, 세상에서, 세상 밖에서 비로소, 일을 하거나 무언가를 위해 노력할 때, 무엇인가를 쟁취할 때, 그때, 그때 지루함의 바다가, 적막과 고독의 바다가 네게 그 깊은 심연을 드러낼 거다. 이곳에 그냥 머물러라. 조금만 더 동경하는 거야. 동경 속에, 그러니까 기다림 속에 어떤 축복이, 어떤 위대함이 있는지 너는 믿을 수가 없을 거다. 그러니 기다려라. 마음속에서는 물론 자신을 닦달해야지. 그렇다고 너무 심하게 하지는 말고. 들어봐, 네가 떠나고 나면 나는 고통스러울 거다. 상처를, 치유가 불가능한 상처를 입을 거다. 그것이 나를 죽일지도 모르지. 죽인다고? 나를 비웃어도 좋다, 확실하게 비웃어달라고 부탁하마. 아주 뻔뻔스러울 정도로 나를 비웃어봐, 야콥. 그렇게 해도 좋다고 허락할 테니. 그리고 말해봐. 내가 도대체 너한테 무엇을 허용하고 무엇을 금지해야 하는 것이냐? 내가 너한테 거의 의존하고 있다는 것을 지금 막 역설하고 난 내가 말이다? 내가 저지른 짓이, 야콥, 나를 오싹하게 만들고, 화나게 하는 동시에 또 행복하게도 하는구나. 처음으로 한 사람을 사랑하게 되었어. 하지만 너는 이해하지 못할 거야. 가라, 빨리 가. 밖으로 나가. 버르장머리 없는 녀석아, 내가 널 아직도 벌줄 수 있다는 것을 명심해. 두려워하라고." 그럼 그렇지, 그는 순식간에 다시 화를 냈다. 음울하게 파고드는 그의 눈빛 앞에서 난 재빨리 물러나왔다. 그게 그의 눈이다, 그것이! 원장 선생님의 두 눈. 이 시점에서 내가 음식점에서 주인 몰래 도망치는 데 믿을 수 없을 정도의 놀라운 재주가 있다는 것을 언급하지 않을 수 없다. 원장 선생님이 내게 '두려워하라고'라고 말할 때 나는 예의를 갖추어 원장실 문 밖으로 잽싸게 몸을 날려 나왔다. 그렇다, 바람을 가르듯 씽 소리를 내며 나와

버렸다. 그렇다, 이따금은 그를 두려워해야 할 때도 있다. 내가 아무 두려움도 모른다면 그것은 좋은 일이 아니라고 생각할 것이다. 두려움을 모른다면 용기도 없을 것이기 때문이다. 용기란 두려움을 극복하는 것 이외에는 아무것도 아니지 않은가. 복도에서 열쇠구멍으로 원장실에서 나는 소리를 다시 엿들었다. 역시 쥐죽은 듯 고요했다. 난 아주 어린아이처럼, 그리고 진짜 훈련생처럼 혓바닥을 쑥 내밀었다. 그러고는 웃지 않을 수 없었다. 여태껏 한 번도 그렇게 웃어본 적이 없었던 것 같다. 물론 아주 조용히 웃었다. 그것은 정말 최고로 억제된 웃음이었다. 내가 그렇게 웃으면, 그땐 세상에서 거스를 게 하나도 없는 셈이 된다. 자제력에서 나는 그 누구도 능가할 수 있는 존재가 되는 것이다. 그런 순간에 나는 분명 위대하다.

그래, 그렇다. 나는 여전히 벤야멘타 학원에 남아, 여전히 이곳에서 통용되는 규정을 두려워해야만 한다. 여전히 수업은 진행되고, 질문이 던져지고 답변된다. 여전히 우리는 명령이 떨어지면 잽싸게 몸을 날린다. 여전히 크라우스는 이른 아침 짜증난 목소리로 "일어나, 야콥" 하고 말하면서 골이 난 채 주먹 쥔 손으로 내 방문을 두드린다. 여전히 우리 훈련생들은 벤야멘타 양이 모습을 보이면 "안녕하세요, 벤야멘타 선생님"이라고 말한다. 저녁에 그녀가 물러날 때면 "안녕히 주무세요"라고 일제히 말한다. 여전히 우리는 무수히 많은 규칙의 냉혹한 발톱 아래 있고, 여전히 교훈적이며 단조로운 반복 속에 살고 있다. 그건 그렇고 이제야 나는 실제 내실 안에 들어가보았다. 그리고 이것은 말해야 할 것 같다. 내실이란 것은 전혀 존재하지 않는다. 내실엔 방이 두 개 있다. 하지만 이 두 공간은 내실 같은 인상을 주지 않는다. 그곳은 검소함과 평범함 그 자체를 보여주듯 가구들이 비치되어 있으며, 비밀스러운 것이라고는 아무것도 없다. 이상하다. 어떻게 벤야멘타 오누이가 내실에서 살고 있다는 정신 나간 생각을 하게 된 것이지? 아니면 내가 꿈을 꾸다가 이제야 꿈에서 깨어난 것인가? 거기엔 어쨌거나 금붕어가 있다. 크라우스와 나는 정기적으로 이것들이 헤엄치고 살아가는 어항의 물을 빼고 깨끗이 청소한 뒤 신선한 물로 채워야만 한다. 하지만 그것은 신비스러움과는 거리가 먼 것이 아닌가? 금붕어는 프로이센의 모든 중산층 공무원의 집에서 볼 수 있는 것이다. 공무원 집에 불가해하고 특이한 것이 있을 리 없다. 놀라운 일이지! 그토록 확고하게 내실의 존재에 대해 믿고 있었다니. 벤야멘타 양이 항상 드나드는 문 뒤편에는 성 같은 방과 지하 공간들로 가득 차 있을 거라고 생각했다. 마음속에서 난 그 소박한 문 뒤편에 있는 우아하게 구부러진 나선형 계단들과 양탄자가 깔린 특이한 모양의 넓은 돌계단들을 보았다. 아주 오래된 도서관이 있었고, 복도들이, 길고 화사한 복도, 매트가 깔린 복도들이 내 상상 속에서 '건물'의 한 끝에서 다른 끝까지 이어져 있다. 내가 하는 모든 생각들과 어리석은 짓들을 가지고서 난 아름답지만 신뢰할 수 없는 상상을 확산시키는 주식회사를 하나 곧 세울 수 있겠다. 자본은, 내 생각엔, 충분하고 기금은 부족하지 않을 것이다. 아름다움에 대한 생각과 믿음이 아직 완전히 소멸되지 않은 곳이라면 어디서나 그런 주식을 사려는 구매자들은 나타나기 마련이다. 온갖 것을 다 상상하고 있다! 물론 공원도 있다. 공원 없이 난 절대로 존재할 수 없다. 예배당도 마찬가지다. 하지만 낭

만적이고 폐허가 다 된 예배당이 아니라 깨끗하게 수리된, 작은 신교도 교회를 상상한다. 목사는 아침식사를 하기 위해 식탁에 앉아 있다. 그리고 별의별 상상을 다 한다. 사람들은 만찬을 들고, 사냥을 개최한다. 저녁엔 짙은 색 목재로 된 높은 벽에 조상들 사진 속의 연회장에서 춤을 춘다. 어떤 가문이냐고? 난 말을 더듬는다. 사실 그것을 말해 줄 수 없기 때문이다. 어쨌든 난 그런 식으로 꿈꾸고 공상을 했던 것을 깊이 후회하고 있다. 나는 또한 눈이 흩날리는 모습도 보았다. 그러니까 성 안에 있는 뜰에서 말이다. 촉촉하고 큰 눈송이들이었고, 이른 아침이었다. 언제나 어둑어둑한, 이른 겨울 아침이었다. 아아, 아주 아름다운 어떤 것, 홀, 그래, 홀을 하나 보았다. 근사했다! 기품 있고 고상한 노파 셋이 킥킥대고 바스락거리며 타고 있는 벽난로의 불가에 앉아 있었다. 그들은 코바늘뜨개질을 하고 있었다. 뜨개질하고 코바늘뜨기를 하는 곳 이외에 더이상은 보지 못하는 상상력이라니. 하지만 바로 그런 것이 나를 흥분시킨다. 내게 원수진 사람들이 있다면 이것을 두고 병적이라고 말할 거다. 아늑함을 주는 사랑스런 이 뜨개질과 함께 나를 혐오할 이유가 있다고 믿겠지. 그러고는 다시 은촛대의 촛불이 환히 밝혀진 멋진 저녁식사가 있었다. 만찬의 즐거움이 반짝거렸고, 눈이 부셨으며, 잡담을 나눴다. 난 그것을 정말 멋지게 상상했다. 그리고 여자들, 끝내주는 여자들을. 한 여자는 진짜 공주와 비슷해 보였다. 그녀는 알고 보니 진짜였다. 거기엔 영국 사람도 하나 있었다. 여자들의 옷이 내는 소리와 젖가슴들, 드러낸 젖가슴들이 위아래로 출렁대는 모습이라니! 뱀 같은 선을 그리며 향수가 식당으로 퍼져 나갔다. 화려함이 정숙함과, 기품이 향락과, 즐거움이 고상함과 하나가 되었으며, 우아함에는 출생의 고귀함이 묻어 있었다. 그러고는 다시 모든 것이 몽롱해지면서 흐릿해졌다. 그리고 또 다른 것이, 새로운 것이 나타났다. 그래, 내실이었다, 그것은 존재했었다. 그런데 지금 난 그것을 말하자면 도둑질당한 셈이다. 이 인색한 현실, 이 현실이라는 것은 종종 얼마나 사기꾼 같은 것인가. 이것은 나중에는 자기에게 아무 소용도 없는 물건들을 훔쳐간다. 어쩌면 비애를 널리 퍼뜨리는 것이 현실에게는 재미있나 보다. 비애는 물론 내게 매우 사랑스럽고, 아주 소중하고 소중하다. 그것은 사람을 성장시킨다.

하인리히와 실린스키는 학원을 떠났다. 손을 흔들면서 작별을 고했다. 그러고는 가버렸다. 다시는 만나지 못할 것이 거의 확실하다. 이별의 순간은 얼마나 짧은지. 무엇인가를 말하고 싶은데 하필 그때 적절한 말이 기억나지 않아 아무 말도 못하거나 혹은 어리석은 말을 하게 된다. 작별인사를 주고받는 일은 잔인한 일이다. 그 순간 인간의 삶은 흔들리고, 자신이 아무것도 아니라는 것을 뼈저리게 느끼게 된다. 신속한 이별은 비정하고, 긴 이별은 견디기 힘들다. 어찌해야 하는가? 어쨌거나 사람들은 그럴 때 한심스런 말을 하게 된다. 벤야멘타 양이 내게 아주 이상한 말을 했다. "야콥." 그녀가 말했다. "난 죽을 거란다. 놀라지 말고. 조용히 내 이야기를 들어줘. 도대체 왜 너는 나에게 이토록 친밀한 사람이 되어버린 거지? 네가 이곳에 처음 들어왔을 때부터 나는 네가 상냥하고 다정하다고 생각했어. 그러니 제발 마음에도 없는 반론은 펴지 말아다오. 너에겐 허영심이 있지, 그렇지? 들어봐, 그래, 나는 죽어가고 있어. 아무에게도 말하지 않을 수 있지?

그러니까 넌 지금 듣고 있는 말을 누구에게도 얘기하면 안 돼. 다른 누구보다도 너의 주인인 오빠가 알아서는 안 되니 꼭 명심해. 난 정말 완벽하게 마음이 편안하단다. 그리고 너도 그렇다는 것을 알고 있어. 그리고 네가 약속을 지키며 입을 다물어줄 거라는 것도 알고 있지. 괴롭구나, 무언가 속으로 가라앉고 있어. 그리고 난 그것이 무엇인지를 알고 있고. 그게 너무나 슬프단다, 내 사랑하는 어린 친구야, 너무나도 슬퍼. 난 네가 강하다고 믿는다, 그렇지 않니, 야콥? 하지만 네가 강하다는 것을 이제야 비로소 알게 되었어. 너는 따뜻한 마음을 가졌다. 크라우스라면 내 말을 끝까지 들어주지는 못했을 거야. 네가 울지 않아서 좋다. 아 만약 지금에라도, 지금에라도 너의 눈이 촉촉해진다면 기분이 언짢아질 거야. 모든 것에 시간은 아직 충분히 있어. 너는 정말이지 남의 말에 귀를 기울일 줄 알아. 너는 내 가련한 이야기를 마치 작고 섬세하고 일상적인 그 무엇인 양, 오직 집중력만을 요구하는, 아무것도 아닌 그 무엇처럼 듣고 있어. 그렇게 넌 귀 기울이고 있어. 노력만 제대로 한다면 넌 아주 훌륭히 처신할 수도 있구나. 물론, 너는 건방지다. 우리는 알고 있지, 틀렸니? 쉿, 지금은 아무 말도 하지 마. 그래, 야콥, 죽음은 (아 얼마나 끔찍한 단어인가) 바로 내 뒤에 다가서 있단다. 봐, 내가 지금 너에게 숨결을 불어넣듯이 죽음은 내 뒤에서 소름끼치는 찬 숨결을 불어낸다. 난 무너질 거야. 그 숨결 앞에서 무너져버릴 거다. 가슴이 옥죄어온다. 내가 널 슬프게 만들었니? 말해봐라. 슬프니? 조금은 그렇겠지, 그렇지? 하지만 그 모든 것을 넌 이제 잊어야만 해, 알아들었지? 잊으라고! 오늘처럼 다시 너한테 올게. 그러고는 내 상태가 어떤지 말해줄게. 넌 그것을 잊어버리려고 노력해야 해. 이리 와봐. 너의 이마를 만지게 해줘. 착하기도 하지." 그녀는 나를 아주 살짝 자기 앞으로 끌어당기고는 내 이마 위로 숨결 같은 어떤 것을 불었다. 그녀가 말했듯이 이마를 만지지는 않았다. 그러고 나서 그녀는 조용히 사라졌고, 나는 생각에 잠겼다. 생각이라고? 생각은 무슨 생각. 돈이 없다는 사실이 또다시 떠올랐다. 그게 내가 한 생각이었다. 그게 나였다. 그토록 거칠고 그토록 생각이라고는 없는. 문제는 바로 이거다. 마음의 충격들이 얼음처럼 차디찬 무언가를 내 영혼 속에 내려놓는다. 그 즉시 슬픔이 유발되고, 슬픔의 감정이 완벽하게 생겨난다. 난 거짓말하는 것을 좋아하지 않는다. 나 자신에게 거짓말을 한다는 거, 거기엔 도대체 무슨 의미가 있을까? 다른 곳에서라면 거짓말을 하겠지만 이 자리에서, 나 자신 앞에서는 거짓말하지 않는다. 아니, 알게 뭔가. 나는 이렇게 멀쩡히 살고 있는데, 벤야멘타 양은 그렇게 끔찍한 얘기를 한다. 그녀를 숭배하는 내가 눈물이라고는 모른다고? 비열하다, 비열해. 하지만 그만두자. 자신을 너무 많이 깎아내리고 싶지는 않다. 나는 고집이 세다, 그리고 그 때문에…… 다 거짓말이다, 순전히 거짓말. 처음부터 다 알고 있었다. 알고 있었다고? 이건 또다시 거짓말이다. 나 자신에게 진실을 말하는 것이 불가능하다. 어쨌거나 난 벤야멘타 양에게 순종할 것이다. 이에 대해서는 아무에게도 이야기하지 않을 것이다. 그녀에게 순종해도 된다! 내가 그녀에게 순종하는 한, 그녀는 죽지 않고 살아 있다.

내가 병사(나는 천성적으로 뛰어난 병사다)라고, 일반 보병으로 나폴레옹의 지휘하에서 복무하고 있다고 가정해보자. 어느 날엔가 러시

아를 향해 행군하고 있다. 동료들과의 사이는 좋을 것이다. 왜냐하면 비참하고 궁핍한 생활, 함께 저지른 수많은 야만적인 짓들이 우리를 마치 하나로 연결된 강철처럼 결속시킬 것이기 때문이다. 우리는 격분해서 우리 앞을 응시한다. 그래, 격분, 무의식적이며 무뎌진 분노, 그것이 우리를 결속시킨다. 그리고 우리는 행군해나간다, 총을 둘러메고. 우리의 행렬이 지나는 도시에서는 하릴없이 빈둥거리는 사람들, 맥없이 축 늘어진 사람들, 우리의 발길질로 사기를 잃은 사람들이 입을 벌리고 멍하게 우리를 바라보고 있다. 그 뒤엔 도시가 더 나타나지 않거나, 간혹 한두 도시가 나타날 뿐이다. 끝없이 펼쳐진 땅들은 우리 눈과 다리 앞에서 희미한 지평선을 향해 살금살금 움직인다. 땅이 정말로 기어가고, 살금살금 움직인다. 그리고 눈이 내린다. 눈이 우리를 뒤덮는다. 하지만 우리는 변함없이 계속 행군해나간다. 두 다리, 지금은 그게 전부다. 몇 시간 동안 젖은 땅만 내려다본다. 후회를, 끝없는 자책을 해볼 여유를 가져본다. 하지만 그럼에도 나는 계속 걷고 있다. 다리를 이리저리 움직이면서 앞으로 행군해나간다. 말이 나왔으니 말인데 우리의 행군은 무거운 발걸음으로 느릿느릿 걷고 있는 것에 오히려 더 가깝다. 때때로 멀리, 저 멀리에서 호주머니용 칼의 테두리처럼 얇은, 눈을 현혹시키는 낮은 산맥이, 숲 같은 것이 모습을 드러낸다. 우리는 오랜 시간 뒤에 그 숲의 언저리에 도착하고, 숲 저편에 끝없이 계속되는 또 다른 평지들이 펼쳐져 있음을 알게 된다. 가끔 총성이 울린다. 산발적으로 울리는 그 총소리들을 들으면서 우리는 앞으로 닥칠 일을, 언젠가 승리로 이끌게 될 전투를 생각한다. 그리고 우리는 행군해나간다. 장교들은 슬픈 표정으로 이리저리 말을 타고 다니고, 부관들은 불길한 공포에 쫓기듯 말에 채찍질을 해대면서 행렬을 스쳐 지나간다. 사람들은 황제를, 전투의 총사령관을 생각한다. 아주 희미하긴 하나 어쨌든, 사람들은 그의 모습을 상상할 것이며, 그것이 위안을 줄 것이다. 행군은 끊임없이 계속된다. 수없이 많은, 사소하지만 끔찍한 사태들이 행군을 잠깐 지체시킨다. 그래도 사람들은 아무것도 알아차리지 못하고 행군을 계속해나간다. 그런 뒤 내게 명확하지는 않으면서 또 지나치게 명확하기도 한 기억들이 떠오른다. 그 기억들은 마치 야생동물들이 좋아하는 먹이를 먹어 치우듯 나의 마음을 잠식해가고, 나를 고향의 아늑함 속으로 옮겨놓는다. 부드러운 안개로 화환처럼 장식된, 황금빛의 둥근 포도원 언덕으로. 난 소의 방울소리와 그것이 내 마음속에 울려 퍼지는 소리를 듣는다. 부드럽게 애무하는 하늘이 다채로운 수채화 빛깔로 머리 위에서 궁륭을 이룬다. 고통이 나를 거의 광기로 몰아가지만 그럼에도 난 계속 행군한다. 내 왼편과 오른편에 있는 동료, 그리고 내 앞과 뒤에 있는 사람, 그것이 전부다. 다리는 낡았지만 여전히 말은 잘 듣는 기계처럼 움직인다. 불타는 마을들이 우리의 눈에는 매일 반복되는, 이제는 아주 지루하기만 한 광경이 되어버렸고, 비인간적인 행태의 잔인함에 놀라지 않는다. 그러던 어느 날 저녁, 점점 더 혹독해지던 추위에, 동료 한 명이, 그를 그냥 차르너라고 부르기로 하자, 땅에 쓰러진다. 나는 그를 부축하여 일으키려 한다. 하지만 '그대로 내버려둔다!'라고 장교가 명령을 내린다. 그리고 우리는 계속 행군해나간다. 그후 어느 날 정오, 우리는 우리 황제를, 그의 얼굴을 보게 된다. 그는 미소를 짓는다. 그는 우리를 열광시킨다. 그렇다, 그는 음울한 표정으로 병사들의 기운을 빼고 용기를 빼앗을 사람이 아니다. 승리를 확신하면서, 그것으로 앞으로 일어날 전투에서 미리 승리를 거둔 것이나 마찬가지인, 우리는 눈길을 계속 행군해간다. 그리고 후에, 끝없이 계속되던 행군이 끝난 후에, 마침내 격전이 벌어진다. 그리고 어쩌면 난 살아남아서 다시 계속 행군을 해나갈지 모른다. "이젠 모스크바로 가라, 너 말이야!" 우리 줄에 있던 누군가 말한다. 어떤 이유에서인지는 모르겠으나 어쨌든 난 그에게 대답하려던 것을 그만둔다. 나는 다만 거대한 계획을 가진 기계의 아주 작은 부분일 뿐, 더이상 인간이 아니다. 나는 부모에 대해서, 친척과 노래, 개인적 고통이나 또는 희망에 대해서, 고향이 갖는 의미와 마력에 대해서 더이상 아는 것이 없다. 군대식의 규율과 인내가 나를 단단하고, 꿰뚫을 수 없는, 거의 내용이 없는 육체-덩어리로 만들어버린 것이다. 그리고 그렇게 행군은 계속된다, 모스크바를 향해. 난 인생을 저주하지 않는다. 그러기엔 인생이 이미 오래전부터 너무 저주스러워져버렸고 더이상 아무런 고통도 느끼지 못한다. 갑작스런 경련을 동반하는 그 모든 고통을 느낄 대로 느껴보았기 때문에 이제 나는 더이상 느끼지 않는다. 대략 이것이 나폴레옹의 지휘하에 있던 어느 병사의 삶이다.

"너, 이 잘난 체하는 놈!" 크라우스가 내게 말했다. 제대로 따지면 이것은 너무 부당하다. "넌 아무 쓸모도 없으면서 훌륭한 이론들을 잘 알고 있는 것처럼 보이고 싶어 하는, 그런 부류 중 하나야. 난 그걸 진작 알고 있었지, 조용히 좀 해. 넌 내 모습에서 화 잘 내는 교육자와 독선가의 모습을 보았다고 주장하지. 꺼져버려. 넌 도대체 무엇을 느끼고 사니, 너와 너 같은 족속들, 허풍선이 존재들에게, 진지하다는 것과 조심스럽다는 것이 도대체 무엇을 의미한다는 거지? 확실히 넌 뛰어오르고 춤추는 듯한 너의 경박함에 대해 자부심을 가지고 있지. 의심의 여지 없이 너의 왕국들에 대해서도 자부심을 가지고 있을 거야, 맞지? 이 춤꾼, 난 네 속을 훤히 들여다보지. 옳고 바른 것을 항상 비웃어대는 것, 넌 그것을 할 수 있어, 그런 일에 뛰어난 재능을 가졌어, 그래, 그래, 그 분야에서는 너희들, 너와 네 족속들은 대가야. 하지만 조심해, 조심하라고. 너희들을 위해서 분명 폭풍과 번개, 천둥, 그리고 운명의 타격이라는 것이 아직도 사라지지 않고 있단다. 너희 예술가들, 너희들의 고상함 때문에 창조하는 자, 특히 살아 있는 창작가의 어려움이 갑자기 덜어지는 것은 아니야. 나를 깔보며 비웃을 수 있다는 것을 내게 보여주려고 하지 말고 네 눈앞에 과제로 아른거리는 것이나 외워라. 이 어린 신사를 좀 보게! 괜찮으면 뻐길 수 있다는 것을 설명해주고 싶어 하는군. 크라우스는 애처롭기 짝이 없는 그런 연극 따윈 두말할 것도 없이 경멸한다는 것을 알아두시지. 무슨 일이든 좀 해라! 잘난 네게는 그것을 수십 번 말해도 충분치가 않아. 너 있잖아, 야콥, 생존의 달인, 날 건드리지 마. 정복이나 하러 가시지. 너의 발 앞에는 정복 같은 것들이 분명히 떨어질 것이고 넌 그것들을 골라 줍기만 하면 될걸. 세상 모든 게 너희한테 아첨하잖아, 그래, 모든 것이 너희한테는 호의적이지. 너희 빗자루장수들에게는. 아니야? 너 아직도 두 손을 주머니에 넣고 있는 거야? 물론, 난 이해가 가지만. 누워만 있어도 구워진 비둘기 고기가 입 속으로 날아드는 사람이 왜 일부러 노력 같은 것을 하겠어, 움직이며 힘들여 손을 써서 일할

복 터진 사람처럼 보이려고 말이야? 부탁인데, 하품 좀 해보시지. 그러고 나면 좀 더 나아질 텐데. 지금 넌 너무 침착하고, 너무 차분하고, 너무 겸손해 보여. 아니면 나한테 몇 가지 지시를 내리고 싶은 거냐? 해봐. 아주 기대되는데. 아, 사라져줄래. 네가 바보같이 여기에 있으니 나도 정신을 차릴 수가 없구나. 너 이…… 하마터면 지금 무슨 말인가를 할 뻔했네. 불경스런 표현들을 쓰게 만드는 놈, 화를 돋우는 놈. 눈에 띄지를 말든가 아니면 뭔가를 좀 해봐. 그리고 너, 그래 보자 하니 너, 원장 선생님 앞에서 아주 예의를 완전히 상실해버리데. 그런 장면을 이미 목격했다. 그런데 내가 왜 실실 웃어대면서 귀찮게 졸라대는 놈과 얘기를 하고 있는 거지? 네가 바보가 아니라면 아주 괜찮은 아이일 거라고 한번 말해봐. 만약 그렇게 솔직히 말한다면 너를 껴안아줄게.” “오 크라우스, 너는 모든 아이들 중에 가장 사랑스런 사람이야.” 나는 말했다. “날 비웃는 거지, 조롱하는 거지? 크라우스 네가 그런 짓을 할 수 있단 말이야? 그게 가능할까?” 나는 갑자기 큰 소리로 웃음을 터뜨리고는 어슬렁어슬렁 내 방으로 걸어 들어갔다. 머지않아 곧 이곳 벤야멘타 학원에는 어슬렁거리는 것만 남게 될 것이다. 이곳은 마치 '마지막 날'을 세고 있는 것 같은 모습이다. 하지만 그것은 착각이다. 어쩌면 벤야멘타 양도 착각을 하고 있는지도 모른다. 어쩌면 원장 선생님도. 어쩌면 우리 모두 착각을 하고 있는지도 모른다.

난 이제 돈이 아주 많은 갑부다. 그러니까 소중한 돈에 관해 말하자면…… 쉿, 돈에 대해서는 이야기하지 말자. 난 기묘한 이중생활을 하고 있다. 규정된 동시에 규정되지 않은, 통제된 동시에 통제 불가능한, 단순한 동시에 아주 복잡한 생활 말이다. 벤야멘타 씨가 아직 한 번도 누군가를 사랑해본 적이 없다고 고백할 때 하고자 했던 말은 뭘까? 그가 그의 훈련생이자 노예인 내게 그런 말을 한다는 것은 무슨 의미일까? 훈련생들은 노예다. 가지와 줄기에서 뜯겨 나와 무자비한 폭풍에 내던져진, 게다가 이미 누렇게 바래기까지 한 어린잎들이다. 벤야멘타 씨가 폭풍이라도 된단 말인가? 그럴 수 있다. 그 폭풍이 노호하고 격노하는 것을, 그리고 신비스럽게 폭발하는 것을 느낄 기회가 이미 자주 있었으니까. 그는 전지전능하기도 하다. 그에 비하면 훈련생인 나, 나는 얼마나 미미한 존재인가. 쉿, 전능함에 대해선 이야기 말자. 고상한 말들을 입에 담으면 혼동을 하게 마련이니. 벤야멘타 씨는 충격과 무력감에 너무 잘 빠진다. 너무 심해서 웃음이, 심지어 비죽거리는 웃음이 나올 수도 있다. 난 만물이, 만물이 약한 존재라고 생각한다. 약하기 때문에 모두 벌레처럼 떨며 살아가는 거라고 생각한다. 자 그러니까, 이러한 깨달음, 이러한 확신이 나를 갑부로 만든다, 즉 크라우스로 만드는 것이다. 크라우스는 아무것도 사랑하지 않고 아무것도 미워하지 않는다. 그 때문에 그는 부자다. 내면에 있는 무언가가 그를 공략할 수 없는 존재로 만든다. 그는 바위 같다. 그래서 인생은, 거센 풍파는 그의 미덕에 부딪혀 산산이 부서진다. 그의 천성, 그의 본성에는 미덕이 주렁주렁 매달려 있다. 그를 좀처럼 사랑할 수가 없다. 그렇다고 그를 미워한다는 말은 아니다. 누구나 사랑스러운 것, 매혹적인 것을 좋아한다. 그렇기 때문에 아름답고 사랑스러운 것이 파멸되거나 악용될 위험에 처하는 경우가 많은 것이다. 크라우스에게는 심신을 소진시키고, 잠식해가는 인생의 애무가 감히 가까이 가려는 시도도 하지 못한다. 그는 너무나 고독하게, 하지만 그럼에도 매우 꿋꿋이, 범접하기 어려운 모습으로 서 있다. 마치 반신(半神)처럼. 하지만 아무도 그것을 이해하지 못한다, 나 역시도…… 이따금 나는 나의 이성에 대해 이야기하고 생각한다. 그런 걸 보면 난 어느 분파 혹은 종파의 목사나 지도자가 되었어야 했을지도 모른다. 하긴 지금이라도 될 수 있기는 하지. 아직은 뭐든 할 수 있다. 그런데 벤야멘타 선생님은? 그가 조만간 내게 자신의 인생사를 이야기하려 한다는 것을 뻔히 알고 있다. 그는 솔직히 털어놓으려고, 모든 것을 이야기하려고 안달이 날 것이다. 그럴 가능성이 아주 높다. 그런데 기이한 것은, 이따금 내가 이 남자와, 이 거인과, 결코, 더이상, 떨어져서는 안 될 것 같은, 우리 두 사람이 마치 한몸이 되어버린 듯한 느낌이 든다는 것이다. 하지만 착각이란 것은 늘 하게 마련이지. 냉철하기, 어느 정도는 냉철해지기, 난 그러려고 한다. 그렇다고 지나칠 정도로는 말고. 그렇다. 너무 냉철하다는 것은 너무 버릇없다는 뜻이다. 무엇 때문에 인생에서 의미 있는 것을 기대해야만 하는 거지? 꼭 그래야만 하나? 나는 그저 미미하기 짝이 없는 존재일 뿐이다. 내가 작디작은, 아무 가치도 없는 존재라는 사실을, 그것을, 그것을 난 그 무엇에도 얽매이지 않고 고집한다. 그런데 벤야멘타 양은? 그녀는 정말 죽게 되는 걸까? 그것에 대해 생각해볼 엄두가 나지 않는다. 그리고 생각해서도 안 된다. 숭고한 어떤 느낌이 그러면 안 된다고 내게 말하고 있다. 그렇다, 나는 엄청난 부자가 아니다. 이중생활에 관해 말하자면 누구나 실은 그런 삶을 살고 있다. 자랑할 이유가 어디 있단 말인가?

아아, 이 모든 생각들, 이 모든 기이한 그리움, 추구, 의미를 향해 팔을 뻗음. 꿈을 꾸는 것일 수 있다. 잠을 자고 있는 것일 수 있다. 나는 그냥 내버려둔다. 내버려두면 될 것 같다.

 미친 듯이 조급하게 글을 쓰고 있다. 온몸이 떨린다. 위아래로 춤을 추는 도깨비불 같은 것이 눈앞에서 불안하게 움직인다. 끔찍한 일이 일어났다. 일어난 것 같다. 나는 나 자신조차도, 그리고 무슨 일이 벌어진 것인지도 거의 의식하지 못한다. 벤야멘타 씨가 발작을 일으켰고 내 목을 조르려고 했다. 그게 사실일까? 아, 고통스럽다. 생각할 수 있는 힘이 모두 사라지고 있다. 그래서 내게 일어난 일이 모두 사실인지 아닌지 말할 수가 없다. 하지만 나를 휘어잡고 있는 이 혼란스러움을 통해 그것이 사실이라는 것을 느낀다. 원장 선생님이 말로는 표현하기 어려울 정도로 격노할 일이 있었다. 그는 삼손 같았다. 팔레스타인의 역사에 나오는 저 장사 말이다. 그는 호화롭고 음란한 궁궐과 돌처럼 확실한 승리, 사악함이 무너져 내릴 때까지 사람들로 가득 찬 거대한 집의 기둥들을 흔들어댔었다. 사실 여기에는, 그러니까 한 시간 전 이곳에는 뒤집어엎어야 할 사악함이나 비열함이라고는 없었다. 기둥과 교각 또한 존재하지 않았다. 하지만 그럼에도 그때처럼, 그때와 똑같이 보였으며, 나는 이전에는 알지 못했던 지독하고 끔찍스런 불안감에 빠져들었다. 그렇다, 나는 한 마리 토끼였다. 사실 내겐 토끼처럼 도망칠 이유가 있기도 했다. 그렇게 도망치지 않았다면 확실히 비참한 일을 당했을 것이다. 나는 놀라운 민첩함으로 짓누르고 있는 그의 주먹에서 빠져나왔다. 이렇게밖에는 달리 표현할 길이 없다. 나는 그의, 그 거대한 벤야멘타 씨의, 거인 골리앗의 손가락을 깨물기까지 한 것 같다. 어쩌면 잽싸게 있는 힘을 다해 깨문 것이 내 생명을 구했을지도 모른다. 왜냐하면 그 상처가 준 고통이 갑자기 그의 정신을 번쩍 깨우며, 이성과 인간성을 다시 떠올리게 했을 수도 있기 때문이다. 그러니 내가 훈련생의 예의를 대담하게 위반한 덕분에 아마도 목숨을 구할 수 있었던 것이다. 분명히, 거의 압살당할 만큼 위험한 상황이었다. 하지만 어떻게 그 모든 일이 일어나게 된 것일까, 어떻게 그 모든 일이 가능했던 것일까? 마치 미쳐서 날뛰는 사람처럼 그는 내게 달려들었다. 미쳐버린 한 마리 분노라는 검은 짐승처럼 그는 거대한 몸을 나에게 던졌다. 거센 물살로 나를 산산조각 내려는 바다의 파도처럼 내게 밀려왔다. 물살이니 파도니 엉뚱한 물 이야기나 지어내고 있군. 다 헛소리다, 확실히. 하지만 난 지금까지도 놀라서 제정신이 아니며 충격을 받은 상태다. "뭐 하는 거예요, 존경하고 친애하는 원장 선생님? 네?"라고 소리를 질러대고는 신들린 사람처럼 원장실 밖으로 뛰쳐나왔다. 그러고는 다시 방 안의 기척에 귀를 기울였다. 멀쩡한 상태로 복도에 선 채, 물론 온몸을 덜덜 떨면서, 귀를 열쇠구멍에 대고는 엿들었다. 그때 나지막한 웃음소리를 들었다. 난 여기 교실, 책상 있는 곳까지 달음박질쳤고, 지금 이곳에 와 있는 것이다. 내가 꿈을 꾼 것인지 아니면 그 일을 실제로 겪은 것인지 잘 모르겠다. 그래, 그렇다. 그건, 그건 사실이다. 만약 크라우스가 와주기만 한다면야. 사실 나는 약간 불안하다. 만약 착한 크라우스가 와준다면, 그리고 또다시 나를, 이미 여러 번 그랬던 것처럼, 꾸짖어준다면 얼마나 좋을까. 누군가로부터 욕설과 함께 퍼부어지는 질책을 듣고 싶고,

호된 꾸지람을 듣고 싶고, 벌을 받고 싶다. 그러면 이루 말할 수 없이 편안해질 것 같다. 나는 어린아이인가?

사실 난 한 번도 아이였던 적이 없다. 그리고 그 때문에 내게는 아이 같은 무언가가 항상 달라붙어 있게 될 것이 확실하다. 나는 그냥 그렇게 자랐고 나이 들어버렸다. 본성은 변하지 않았다. 수년 전이나 지금이나 나는 여전히 어리석은 장난을 좋아한다. 하지만 사실, 그 어리석은 장난들을 실제로 해본 적은 한 번도 없다. 아주 어렸을 적에 딱 한 번 형의 머리를 때려 구멍을 낸 적이 있었다. 그건 하나의 사건이었지 어리석은 장난이 아니었다. 물론 어리석은 짓거리들, 사내애들이 저지르곤 하는 짓들은 무수히 많았다. 하지만 그런 일 그 자체보다는 그런 것을 생각하는 일이 내게는 더 흥미로웠다. 일찍부터 난 모든 것에서, 심지어 어리석은 장난질에서조차도, 심오한 의미를 끄집어내어 느꼈다. 나는 나 자신을 발전시키지 않는다. 그냥 이렇게 주장해본다. 난 결코 가지와 줄기를 뻗지 않을 것이다. 어느 날엔가 내 본성과 행위에서는 그 어떤 향기가 날 것이고, 난 꽃이 되어 약간, 자족하기라도 하듯 향내를 풍길 것이다. 그러고는 크라우스가 멍청하고 교만한 반항아라고 부르던 그 머리를 숙일 것이다. 내 팔과 다리는 이상하게 힘이 빠져 늘어질 것이고, 내 정신과 자부심과 성격이, 모든 것이, 그 모든 것이 약해지고 시들어버릴 것이다. 그러고는 죽게 될 것이다. 실제로 죽는다는 뜻은 아니다. 다만 그 어떤 형태로든 죽게 될 것이다. 그리고 그후로, 아마도 60년을 그저 그렇게 별다른 굴곡 없이 살다 죽게 될 것이다. 늙어갈 것이다. 그럼에도 난 자신에 대해 아무 걱정도 하지 않는다. 나 자신에게 어떤 불안의 말도 하지 않는다. 나는 말하자면 나의 자아라는 것을 전혀 존중하지 않는다. 그저 그걸 바라보기만 할 뿐이다. 나 자신이 내게 아무런 감흥도 주지 못한다. 아, 온기를 느낀다는 것! 이 얼마나 아름다운가! 난 늘 온기를 느끼게 될 수 있을 것이다. 무언가 개인적이고 이기적인 것이 내가 따뜻해지고, 불타오르고, 관여하는 것을 결코 방해하지 못할 것이기 때문이다. 내 안에 존중할 만한 어떤 것도, 그리고 볼 만한 어떤 것도 없으니 난 얼마나 행복한 사람인가! 작게 존재하고 작게 머무는 것. 그 어떤 손이, 상황이, 어떤 물결이 나를 높이 들어 힘과 권력이 지배하는 곳으로 데려간다면, 난 나에게 특권을 주는 이 상황을 깨부숴버릴 것이다. 그리고 나 자신을 저 밑, 아무 말 없는 어둠 속으로 던져버릴 것이다. 난 오직 저 밑의 영역에서만 숨을 쉴 수 있다.

　이곳에서―아직도 여전히―통용되는 규정이 만약 훈련생과 인생 실습생의 눈이 활기와 선한 의지로 가득 차 빛나야만 한다고 명한다면 난 전적으로 그것에 동의한다. 그렇다, 눈은 영혼의 단호함을 발해야만 한다. 난 눈물을 경멸하지만 그래도 울었다. 물론 마음속으로 더 많이 울었다. 하지만 어쩌면 바로 그것이 가장 소름끼치는 일인지도 모른다. 벤야멘타 양이 내게 말했다. "야콥, 사랑을 찾지 못했기에 나는 죽는다. 소중한 사람이 소유하지 않고 상처주지 않으려는 마음이, 그 마음이 지금 죽어가고 있다. 난 너에게 작별을 고하는 거야, 야콥, 지금 말이야. 너희 소년들, 크라우스, 너, 그리고 그 외의 다른 아이들, 너희들은 내가 누울 침대 곁에서 노래를 부르게 될 거다. 너희들은 통곡하겠지, 소리 죽여 통곡할 것이다. 그리고 너희들이 각자 싱싱한, 어쩌면 이슬로 촉촉이 젖어 있을지도 모를 꽃 한 송이씩을 침대 시트 위에 올려놓으리라는 것을 난 알고 있지. 내가 어린 너에게 누이처럼 미소를 지으며 속마음을 털어놓게 해주겠니. 그래, 야콥, 너에게 무언가를 털어놓는 것, 그것은 너무나 자연스러운 일이야. 왜냐하면 지금과 같은 모습인 너에게 모든 것을, 심지어 말할 수 없는 것과 들을 수 없는 것까지도 들어주는 귀, 복종하는 가슴, 눈과 영혼, 그리고 함께 괴로워하고 함께 느끼는 이해심이 있으니 말이다. 난 나를 보고 나를 붙잡아야 했던 사람들의 몰이해와 신중하고 영리하다는 사람들의 망상, 그리고 주저하며 무언가를 제대로—좋아하지도—못하는 무정함으로 인해 파멸해가는 거지. 언젠가는 나를 사랑할 사람이 나타날 거라고, 그리고 나를 갖기를 원할 거라고 믿었어. 하지만 남자들은 거의 매번 망설이다가 나를 그냥 내버려둔 채 떠나갔다. 나 또한 망설였어. 하지만 난 여자잖아, 나는 망설여야만 했어. 그렇게 하는 것이 허용되었었고 또 그랬어야만 했지. 아아, 이 배신이 날 얼마나 기만했는지. 순수하고, 절박한 감정이라고 믿었기에 내가 신뢰했던 마음의 공허함과 냉담함이 얼마나 고통스러웠는지. 성찰하고 분별할 수 있는 것은, 그것은 감정이 아니야. 난 지금 고상하고 달콤한 꿈들이 내게 믿으라고, 아무런 의심 없이 믿으라고 했던 남자에 대해 이야기하고 있는 거야. 네게 모든 것을 말할 수가 없어. 날 차라리 침묵하게 해줘. 아, 그 파괴적인 것이, 그것이 나를 죽이고 있어, 야콥. 이 모든 절망적인 상황들, 그것이 나를 낙담하게 해! 하지만 이제 그만 하자. 말해봐, 너 나를 좋아하니, 어린 동생이 누이를 좋아하듯이 말이야? 됐다. 야콥, 지금 그대로가 좋지, 그렇지? 그래, 우리 두 사람, 우리는 원망하고 의심하기를 원치 않아, 그렇지? 그리고 두 번 다시는 욕망의 그 어떤 대상도 갖지 않는 것이 좋겠지, 그렇지? 아니야? 그래, 그래 맞아. 그게 좋아. 이리 와, 그리고 네게 키스하게 해줘, 더도 말고 딱 한 번만 더 말이야. 연약해져 봐. 네가 우는 것을 별로 좋아하지 않는다는 것은 알아. 하지만 지금은 조금만 함께 울어보자. 아주 조용히, 아주 조용하게." 그녀는 더이상 아무 말도 하지 않았다. 그녀는 할 말이 아직도 많았지만 자신의 감정을 표현할 말을 더이상 찾지 못한 듯 보였다. 바깥 정원에서는 촉촉하고 커다란 눈송이가 내리고 있었다. 그 모습이 마찬가지로 촉촉하고 커다란 눈이 내리던 성의 정원을, 내실들을 떠올리게 했다. 내실들! 난 벤야멘타 양이 그 내실의 여주인이라고 항상 생각했었다. 그녀를 늘 연약한 공주님으로 생각했었다. 그런데 지금은? 벤야멘타 양은 괴로워하고 있는 예민한 한 여인이다. 공주가 아니다. 그러니까 그녀는 언젠가 저 방 침대에 누워 있게 될 거다. 입은 딱딱하게 굳을 것이고, 생명 없는 이마 주위로는 머리카락이 미혹시키듯 꼬불거리겠지. 그런데 왜 그런 상상을 하고 있는 걸까? 지금 나는 원장 선생님께 간다. 그에게로 오라는 전갈을 받았다. 한편에선 여인의 한탄과 여인의 시체, 다른 한편에서는 전혀 살아 있었던 적이 없는 것처럼 보이는 그녀의 오빠. 그래, 벤야멘타는 내게 마치 굶주린, 우리에 갇힌 호랑이처럼 보인다. 그런데 뭐라고? 내가, 내가 그 하품하려고 벌어진 큰 입 속으로 들어간다고? 그냥 들어가! 그가 아무런 힘도 없는 훈련생에게 자신의 의기를 식힐 수도 있지. 그는 나를 마음대로 할 수 있다. 난 그가 두렵다. 그와 동시에 내 속에는 그를 비웃는 무언가가 존재한다. 그 밖에도 그는 내게 자신의 인생사를 아직 들려주지 않고 있다. 그가 내게 굳게 약속했으니 내가 그에게 그 문제를 상기시킬 수 있을 거다. 그래, 그는 내게 그렇게, 그러니까 전혀 살지 않았던 사람처럼 보인다. 그는 나를 통해 자신의 삶을 맘껏 살아보고 싶은 걸까? 그는 범죄를 저지르는 것이 삶을 실현하는 거라고까지 말하고 있지 않은가? 그건 어리석은 짓, 매우 어리석고 위험한 짓일 뿐이다. 하지만 나도 어쩔 수가 없다! 난 그 사람이 있는 곳으로 들어가야만 한다. 내가 이해하지 못하는 영혼의 강력한 힘이 내게 계속 그에 대한 정보를 캐묻고, 탐색해나가라고 강요한다. 원장 선생님이 나를 집어삼킬 수도 있는데, 다른 말로 하면, 내게 고통과 굴욕을 줄 수 있는데. 어쨌거나 난 마음이 넓은 그 무언가에 난파를 당한 거다. 이제 원장실 속으로 들어간다. 불쌍한 여선생님!

원장 선생님은 약간 경멸하는 투로, 그렇게 말하지 않을 수 없다, 하지만 그러면서도 꽤나 친밀하게 (그래, 경멸하기 때문에 그처럼 친밀할 수 있는 것이겠지) 손으로 내 어깨를 툭툭 쳤다. 그리고 그 크고 잘생긴 입으로 내게 웃어 보였다. 그러자 이빨들이 훤히 드러났다. "원장 선생님." 난 믿기 힘들 정도로 격분해서 말했다. "저를 대하실 때 조금 덜 친절하게 모욕적으로 대해달라고 요청하지 않을 수 없군요. 전 여전히 당신의 훈련생이에요. 그리고 전, 아주 분명히 말씀드리지만, 호의는 거부한다고요. 허접한 인간에게 어울리는 경멸과 자비를 보여주시지요. 제 이름은 야콥 폰 군텐이며, 아직은 어리지만 자신의 존엄성은 의식하고 있는 인간이지요. 저는 용서받을 수 없어요.

알고 있어요. 하지만 절 모욕하지도 못해요, 제가 가만있지 않을 테니까요." 거의 우스꽝스럽기까지 했던 그 오만방자한 말을 하면서, 요즘 시대에 별로 어울리지 않는 그런 말을 하면서 난 원장 선생님의 손을 밀쳐냈다. 그러자 벤야멘타 씨는 전보다 더 유쾌하게 웃어대면서 말했다. "그저 참아야지, 너를 바라보면 그저 웃을 수밖에 없어, 야콥, 너에게 입 맞추지 않기 위해 참아야 한다니까, 이 멋진 녀석아." 나는 소리쳤다. "저에게 키스를 한다고요? 미치신 건가요, 원장 선생님? 아니길 빌어요." 난 너무나도 거리낌 없이 그렇게 말한 나 자신에 놀랐고, 마치 주먹을 피하려는 듯 무의식적으로 한 걸음 뒤로 물러섰다. 하지만 자비와 관용 그 자체인 벤야멘타 씨는 기이한 내적 만족감으로 떨고 있는 입술로 말했다. "얘야, 넌 굉장해. 너와 함께 사막 혹은 북해의 빙산 위에서 살아가는 것, 그것이라면 나를 유혹하고도 남을 것 같구나. 이리 오거라! 아아, 제발 나를 무서워하지 마. 네게 아무 짓도 하지 않을 테니. 내가 대체 너에게 무슨 짓을 할 수 있겠냐, 무슨 힘이 있겠어? 너를 귀중하고 진기한 존재로 느끼는 것, 봐라, 난 그렇게 느낄 수밖에 없고, 그렇게 느끼고 있어. 하지만 그렇다고 두려워할 필요는 없다. 그건 그렇고, 야콥. 아주 진지하게 말하는 건데, 들어봐라. 너 정말로, 정말로 내 곁에 아주 머무르고 싶니? 넌 그게 무엇을 의미하는지 제대로 이해하지 못하고 있어. 그러니까 냉정하게 깊이 생각해봐라. 여긴 이제 종말이 임박했다. 그게 무슨 말인지 이해하겠니?" 난 갑자기 뚱딴지처럼 말해버렸다. "아, 원장 선생님, 제 예감들 말이에요!" 그는 다시 웃으면서 말했다. "봐라, 벤야멘타 학원이 말하자면 오늘까지도 존재하다가 내일이 되면 더이상 존재하지 않는다는 것을 넌 벌써 예감하고 있었다. 그래, 그렇게 말할 수 있지. 넌 마지막 학생이었어. 난 더이상 훈련생을 받지 않는다. 나를 쳐다봐라. 내가 이곳 문을 영원히 닫기 전에 너무나도 곧은 인간인 너를, 어린 야콥을, 만날 수 있었다는 것이, 그것이 나를 너무 기쁘게 해주는구나. 그리고 이제 너한테, 아주 특이한 행복의 사슬 같은 것으로 나를 묶어버리는 개구쟁이에게 묻겠다. 나와 함께 가겠니? 함께 살며, 함께 뭔가를 해보고, 계획하고, 시도하고, 창조해나갈래? 작은 존재인 너와 큰 사람인 내가, 우리 두 사람이 함께 삶을 헤쳐 나갈 방법을 찾아볼래? 부탁이니, 지금 이 자리에서 대답해주렴." 나는 대답했다. "저는 그 질문에 급하게 답을 드려야 할 이유가 없네요, 원장 선생님. 하지만 당신이 하신 말씀은 저의 흥미를 돋우는군요. 그러니 그 일에 대해, 내일 정도까지, 곰곰이 숙고해보지요. 왠지 예라는 대답을 하게 될 것 같은 생각이 드네요." 벤야멘타 씨는 참지 못하겠다는 듯 말했다. "매혹적이야." 잠시 쉬었다가 그는 그 말을 또 한 번 되풀이했다. "왜냐하면 말이다, 봐라, 너와 함께라면 위험해 보이는 일도, 대담하고 모험적인, 그리고 탐험가의 일 같은 그 어떤 일도 해낼 것 같구나. 물론 우리가 할 수 있는 일이 뭔가 고상하고 점잖은 일이어도 괜찮아. 너한텐 두 가지 피가 흐르고 있어. 여린 피와 대담한 피. 너와 함께라면 뭔가 용감무쌍하거나 아주 고상한 일을 벌일 수도 있을 거야." "원장 선생님." 나는 말했다. "달콤한 말은 마세요. 속이 메스꺼워지고, 또 의심스러워지거든요. 그런데 잠깐만요! 기억하시겠지만, 제게 얘기해주기로 약속하셨던 당신의 지난날 이야기는 어떻게 된 거지요?" 그 순간 누군가가 문을 벌컥 열었다. 크라우스, 바로 그였다. 숨을 헐떡

거리면서, 너무나도 창백한 얼굴로, 소식을 말로 표현하지 못하며 방으로 뛰어 들어왔다. 그의 입술에는 뭔가 급한 전갈이 맴돌고 있었지만 그는 말을 못하고 있었다. 그는 다만 우리보고 빨리 와야 한다는 급한 손짓을 할 뿐이었다. 우리 세 사람은 모두 컴컴한 교실로 들어섰다. 거기서 우리가 목격한 것은 우리의 몸을 얼어붙게 만드는 장면이었다.

교실 바닥엔 영혼을 떠나보낸 벤야멘타 양이 누워 있었다. 원장 선생님은 그녀의 손을 움켜잡았다. 하지만 마치 뱀에게 물린 사람처럼 그 손을 재빨리 놓아버리고는 경악하면서 뒷걸음질쳤다. 그러고는 다시 고인 가까이로 다가가서 그녀를 바라보았고, 또다시 멀어졌다가는 곧 다시 그녀에게로 다가갔다. 크라우스는 그녀의 발밑에 무릎을 꿇고 앉았다. 나는 벤야멘타 양의 머리가 딱딱한 바닥에 닿지 않도록 두 손으로 머리를 받쳤다. 눈은 아직도 열려 있었다. 아주 크게 열려 있는 것은 아니었으나 눈꺼풀이 금세라도 깜빡거릴 듯했다. 벤야멘타 씨가 그녀의 눈을 감겨주었다. 그 또한 바닥에 무릎을 꿇고 앉았다. 우리 세 사람 모두 말이 없었다. 하지만 우리가 '깊은 생각에 빠져' 있었던 것은 아니었다. 적어도 나는, 분명히 말할 수 있는데, 그 어떤 것도 생각할 수가 없었다. 마음은 아주 편안했다. 교만하게 들리겠지만, 심지어는 내가 훌륭하고 아름답게까지 여겨졌다. 난 어디선가 희미하게 흘러나오는 선율을 들었다. 내 눈앞에서 광선들이 이리저리 물결쳤다. "그녀를 붙들어라." 원장 선생님이 나지막하게 말했다. "가자. 그녀를 거실로 옮기자, 조심, 조심, 아 조심스럽게 잡아라. 주의해, 크라우스. 맙소사, 그렇게 거칠게 말고. 야콥, 조심해라, 알겠니? 어디 부딪히지 않게 말이야. 내가 너희를 도우마. 아주 천천히 앞으로 가자. 그렇게. 그리고 한 사람이 손을 뻗어서 문을 열어라. 그래, 그렇게. 좋아. 제발 조심해라." 내 생각엔 다 불필요한 말들이었다. 원장 선생님은 재빨리 침대 위의 시트를 걷어냈고, 우리는 리자 벤야멘타 양을 침대 위에 눕혔다. 이제 그녀는 내게 앞서 말했던 대로 침대 위에 누워 있었다. 그리고 얼마 후 학급 동료들이 왔고, 모두가 그녀를 보았다. 그러고는 우리 모두 그냥 그렇게 거기에, 침상에, 서 있었다. 원장 선생님이 우리에게 분명한 신호를 보냈고, 훈련생들이자 소년들인 우리는 소리를 죽여 다 함께 노래를 부르기 시작했다. 그것이 바로 그녀가 임종 때 듣기를 소망했던 애도의 노래였다. 그리고 이제, 난 그렇게 상상했다. 그녀는 조용한 노랫소리를 들었다. 그것은 마치 우리 모두가, 내 생각엔, 마치 수업을 하고 있는 것 같은, 그리고 우리가 언제나 너무나도 기꺼이 따랐던 벤야멘타 양의 명령에 따라 노래를 부르고 있는 것 같은 느낌이었다. 노래가 끝나자 크라우스는 우리가 서 있던 반원의 대열 앞쪽으로 나아갔다. 그리고 다소 천천히, 하지만 그렇기 때문에 더욱더 절박하게 다음과 같이 말했다. "안녕히 주무세요, 편안히 쉬세요, 친애하는 벤야멘타 양. (그는 고인인 그녀를 당신이라고 불렀다. 그것이 내 맘에 들었다.) 당신은 이제 고난에서 벗어났고 불안에서 벗어났으며, 세상의 근심과 운명들로부터 해방되었어요. 당신의 명대로, 친애하는 이여, 우리는 당신의 침상에서 노래를 불렀어요. 당신의 생도인 우리는 이제 홀로 남겨진 것인가요? 그렇게 보이네요. 사실 그렇지요. 하지만 일찍 고인이 된 당신은 우리의 기억

속에서 결코, 결코 사라지지 않을 거예요. 당신은 우리 마음속에서 살아 있을 거예요. 우리는 당신이 다스리고 지배했던 당신의 소년들입니다. 우리는 변덕스럽고 힘겨운 삶 속으로, 벌이와 일자리를 찾아, 뿔뿔이 흩어지게 되겠지요. 그래서 어쩌면 우리 모두는 서로를 결코 다시 찾거나 만나지 못할지도 모르지요. 하지만 우리는 모두 교육자인 당신을 생각할 거예요. 왜냐하면 당신이 우리의 마음에 새겨놓은 생각들, 당신이 우리 안에 확고히 심어놓은 교훈과 지식들이 우리 속에 존재하는 선의 창조주인 당신을 언제나 기억하게 만들 것이기 때문이지요. 정말 저절로 말이에요. 식사를 할 때면 포크는 우리에게 말해줄 거예요. 당신이 원하는 대로 우리가 포크를 사용할 수 있도록. 우리는 예의바르게 식탁에 앉아 있을 것이고, 또 우리가 그렇게 하고 있다는 의식이 당신을 회상하게 만들 거예요. 당신은 우리 안에서 계속 군림하고, 명령하고, 살아가며, 가르치고, 질문하고, 소리를 낼 거예요. 우리 훈련생들 가운데 다른 사람보다 더 성공한 누군가가 뒤처진 불쌍한 친구를 만나게 된다면, 어쩌면 그는 그 동료를 모르는 척하고 싶은 마음을 갖게 될지도 모르지요. 거의 그렇겠죠. 하지만 그러고 나면 그는 자기도 모르는 사이에 벤야멘타 학원을, 그리고 벤야멘타 양을 회상하게 될 거예요. 그러고는 그처럼 빨리, 그처럼 오만하게 당신에게 배운 기본 원칙들을 부인하고 잊어버렸다는 사실에 부끄러움을 느끼게 될 거예요. 이제 그는 친구에게, 형제에게, 다른 사람들에게 아무 망설임 없이 손을 내밀어 인사를 청하게 되겠지요. 우리에게 무엇을 가르쳤나요, 창백한 이여? 당신은 우리에게 겸손하고 온순하게 살아야만 한다고 끊임없이 말했지요. 아, 그 말을 우리는 결코 잊지 않을 거예요. 그 말을 해준 사랑스러운 사람을 버리고 잊을 수 없는 것과 똑같이 말예요. 안녕히 주무세요, 존경하는 이여. 꿈을 꾸세요! 아름다운 환상이 속삭이면서 당신 주위를 맴돌 거예요. 당신 가까이에 있어 행복했던 충성심이 당신 앞에서 무릎을 꿇네요. 감사해하는 충직함과 기억하기를 갈망하는 애정어린 망각의 불가능이 당신의 이마와 손 주위로 꽃잎과 나뭇가지, 그리고 꽃과 사랑의 말을 뿌려요. 당신의 훈련생인 우리들은 이제 노래 한 곡을 더 부를 거예요. 그러고 나면 우리는 기쁘고 헌신적인 추념을 향유하는 자리가 될 당신의 죽음 앞에서 기도를 드렸음을 실감하게 될 거예요. 그렇게 기도하라고 당신이 우리에게 가르쳤어요. 당신은 말했지요, 노래하는 것이 기도하는 거라고. 당신은 우리 노랫소리를 듣게 될 거예요. 그리고 우리는 당신이 미소 짓는 모습을 상상하게 될 거예요. 당신이 움직이는 모습은 우리에게 마치 목마른 자에게 생기를 주는 신선한 샘물 같은 느낌이었는데, 그런 당신이, 당신이 이곳에 누워 있는 것을 보니 우리의 마음이 칼로 베어지는 것 같아요. 그래요, 고통스러워요. 하지만 우리는 평정을 잃지 않았고, 당신 또한 우리에게 분명히 그것을 원했을 거예요. 우리는 이처럼 침착해요. 우리는 이처럼 당신의 말에 따라 노래를 불러요." 크라우스는 침대에서 물러나 우리에게로 왔고, 우리는 노래 한 곡을 더 불렀다. 그 노래는 첫번째 노래와 마찬가지로 나지막하게 울려 퍼졌다. 노래를 부른 다음 우리는 한 사람씩 침대로 다가가 죽은 여인의 손에 키스했다. 그리고 훈련생들은 벤야멘타 양에게 저마다 한마디씩 남겼다. 한스는 말했다. "난 이 사실을 실린스키에게 얘기해줄래요. 그리고 하인리히도 이 사실을 알아야만 해요." 샤흐트는 말했다. "잘 살아요, 언제나 너무나 훌륭했어요." 페터도 말했다. "당신의 계명을 따르겠어요." 그러고 난 뒤 우리는 오라비를 여동생 곁에, 원장 선생님을 여자 원장 선생님 곁에, 산 자를 죽은 자 곁에, 고독한 남자를 고독한 여인 곁에, 고통에 몸을 숙인 자를 모든 것을 끝낸 이 곁에, 벤야멘타 씨를 벤야멘타 양 곁에 홀로 남겨두고 교실로 돌아왔다.

난 크라우스와 작별을 고해야만 했다. 크라우스가 떠나갔다. 하나의 불빛이, 태양이 사라져버렸다. 이제부터 세상엔 오직 밤만 존재할 것 같은 느낌이 든다. 해는 지기 전에 저물어가는 현재에 붉은 빛을 던진다. 크라우스도 그랬다. 크라우스는 떠나기 전 한 번 더 나를 몹시 꾸짖었고 그때 크라우스의 진정한 모습이 마지막으로 빛을 내면서 드러났다. "잘 있어, 야콥, 너를 개선해봐, 변화시키라고." 크라우스는 내게 손을 내밀면서, 손을 내밀어야만 한다는 사실에 거의 화가 나 다시피 해서는 말했다. "난 이제 간다, 세상 속으로, 일을 하러. 너도 곧 그렇게 하길 바란다. 그게 너에게 해될 일은 없을 거야. 너의 어리석음에 일격이 가해지길 빌어. 버르장머리가 없는 너는 아주 엄하게 꾸짖어야만 해. 작별을 할 땐 웃지 좀 마라. 사실 그런 게 네게 어울리기는 했어. 누가 알아, 어쩌면 세상사라는 것이 너무나 웃기는 것이어서 너를 높이 치켜세울지도 모르지. 그렇게 된다면 넌 파렴치와 반항, 교만, 조롱하는 나태와 냉소, 또 가능한 온갖 무례들을 태연하고 뻔뻔스럽게 반복하며 아무 걱정 없이 본래의 네 모습대로 살아갈 수 있겠지. 그러면 넌 네가 이곳 벤야멘타 학원에서 버리려고 하지 않던 그 모든 버릇들을 맘껏 뽐낼 수 있을 거야. 하지만 나는 근심과 고난이 너를 위해 부덕한 것들을 박살내는 힘든 인생 경험을 준비하기를 바란다. 봐라, 크라우스는 가혹하게 말하지. 하지만 어쩌면 내가 너를, 철부지를 더 생각해주는 것인지도 몰라. 네게 손쉽게 행복을 빌어주는 사람들보다 말이다. 더 많이 일해, 더 조금 소망하고, 그리고 하나 더, 부탁하건대 나를 완전히 잊어줘. 네가 나를 아주 쉽게 생각한다는 생각을 하면 나는 화만 치밀 것 같거든. 그래, 어린 녀석아, 명심해라. 크라우스는 너의 군텐 식 농담을 전혀 필요로 하지 않는다는 걸 말이야." "이런 사랑스러운 무정한 인간 같으니!" 나는 불길한 이별의 예감으로 가득 차 외쳐댔다. 그리고 그를 껴안으려고 했다. 하지만 그는 세상에 존재하는 가장 간단한 방법으로 그것을 피했다. 재빨리, 그리고 영원히 사라져버림으로써 말이다. "오늘까지는 벤야멘타 학원이 존재하지만 내일이면 더이상 존재하지 않겠군." 난 큰 소리로 혼잣말을 했다. 나는 원장 선생님의 방으로 들어섰다. 세상이 마치 하나의 공간에서 정반대의 또 다른 공간으로 갈라지면서 작열하며 불타는 균열을 갖게 된 것 같은 느낌이었다. 크라우스와 함께 인생의 절반이 가버린 셈이었다. "지금부터는 다른 삶을!" 나는 중얼거렸다. 사실 그건 아주 간단한 일이다. 난 슬픔에 잠겨 있었고 다소 당황해하고 있었으니 말이다. 무엇 때문에 거창한 말들을 늘어놓겠는가? 원장 선생님 앞에서 나는 그 어느 때보다도 더욱 정중하게 몸을 굽혀 인사를 했다. 그리고 "안녕하십니까, 원장 선생님"이라고 말하는 것이 예의에 맞을 거라고 생각했다. "애야, 너 제정신이냐?" 그가 말했다. 그는 내 앞으로 다가와 나를 껴안으려 했다. 하지만 난 그가 뻗은 팔을 한 대치면서 그러지 못하게 했다. "크라우스가 갔어요." 나는 아주 진지하게 말했다. 우리는 침묵했고, 한참 동안 그저 서로를 바라보고만 있었다.

그러고는 벤야멘타 씨가 차분하고 남자다운 어투로 말했다. "내가 말이다. 오늘 너의 다른 친구들에게 모두 일자리를 마련해주었다. 이제 너, 나, 그리고 저 방 침대 위에 누워 있는 그녀, 우리 세 사람만이 아직 이곳에 머물고 있구나. 고인은 (고인들에 대해 편안하게 이야기하는 것이 뭐가 어떤가? 그들은 살아 있다. 그렇지 않은가?) 내일 이송될 거야. 그건 흉측하지만 어쩔 수 없는 생각이야. 오늘 우리 세 사람은 함께 지낼 거야. 그리고 우리는 밤을 지새우게 될 거고. 우리 두 사람은 그녀의 침대 곁에서 이야기를 나눌 거야. 언젠가 네가 나를 찾아와서는 이 학교에 들어오고 싶다고 부탁하며 질문을 해대던 모습을 생각하노라면 엄청난 삶에의 의욕이 나를 사로잡고 웃음이 터지는 것을 참을 수 없을 것 같구나. 내 나이 이제 마흔을 넘어섰어. 늙은 거냐? 늙었지. 하지만 네가 여기 이렇게 있는 지금, 야콥, 그 사십대라는 나이는, 그것은 푸르게 돋아나고 힘차게 싹트는 청춘을 의미한다. 소년의 심성을 가진 너, 너와 함께 생기 넘치는 삶이, 난생처음 삶이라는 것이 내 위로, 내 안으로 들어왔다. 난 이곳에서, 이 사무실에서 깊은 절망에 빠져 있었다. 이곳에서 완전히 시들어버렸으며, 심지어 이곳에 난 나 자신을 매장해버렸지. 난 세상을 증오했고, 증오했고, 증오했다. 그 모든 것들과 짓거리, 인생이라는 것이 말할 수 없을 정도로 가증스러워 그것들을 기피했었지. 그때 네가 들어왔다. 활기차고 어리석게, 버릇없이, 뻔뻔스럽게, 그리고 생기발랄하게 순수한 감정들을 발산하면서 말이야. 아주 당연하게 나는 너를 독하게 꾸짖었어. 너를 그냥 보기만 해도 네가 멋진 녀석이라는 것을, 네가 마치 하늘에서 내게로 떨어진 듯, 전지전능한 신으로부터 내게 보내진 선물이라는 것을 나는 알고 있었다. 그래, 그때 막 난 네가 필요했어. 네가 이따금 너의 도발적인 뻔뻔스러움과 버릇없는 언행들로—그것들은 아주 성공적이었다—나를 괴롭히려고 내 방에 들어설 때마다 난 언제나 남몰래 미소 짓곤 했지. 아, 아니, 괴롭히려는 마음에서가 아니라 유혹하려는 마음에서였지. 진정하자, 벤야멘타, 진정해. 말해봐, 우리 두 사람이 친구였다고 느낀 적이 너는 없었냐? 아니, 아무 얘기도 하지 마라. 내가 만일 네 앞에서 체면을 차렸다면 그런 체면 따윈 떨쳐버리고 싶구나. 넌 심지어 오늘도 여전히 정중하게 내 앞에서 절을 하는구나! 봐라, 도대체 최근에 일어난 발작적인 분노는 뭐였지? 내가 너에게 고통을 주려고 했던 걸까? 내가 나한테 치명적인 장난을 치려고 했던 것일까? 너는 알고 있는 거냐, 야콥? 그래? 그렇다면, 부탁이니 당장 설명 좀 해봐. 당장 말이다, 당장! 내게 무슨 일이 일어나고 있는 거냐? 응? 말 좀 해봐라?" "모릅니다. 전 선생님이 제정신이 아니라고 생각합니다, 원장 선생님." 나는 말했다. 그 남자의 눈에서 분출되는 애정과 삶에 대한 의욕 앞에서 한기가 오싹 느껴졌다. 우리는 한동안 침묵했다. 불현듯 벤야멘타 씨에게 자신의 인생사에 대한 기억을 상기시켜줘야겠다는 생각이 들었다. 아주 좋은 생각이었다. 그것이 아마도 그의 관심을 다른 곳으로 돌려줄 것이었다. 살인적인 발작을 다시 일으키지 않게 말이다. 그 순간 나는 내가 반쯤 미친 자의 손아귀에 있다는 확신을 갖게 되었다. 내 이마에는 땀이 흘러내렸고, 나는 재빨리 말했다. "그래요, 선생님의 이야기 말이에요, 원장 선생님? 그거 어떻게 되었죠? 알고 계신가요, 제가 암시적인 말들을 혐오한다는 것을? 선생님은 자신이 폐위된 왕이라고 어렴풋하게 암시하셨어요. 자, 이제, 부탁이니 분명하게 말씀해주세요. 몹시 궁금하거든요." 그는 매우 당황하면서 손으로 귓등을 가볍게 긁적였다. 그러고는 돌연 매섭게 화를 냈다. 옹졸하게 말이다. 그러고는 하사관의 어조로 호통을 쳤다. "물러간다. 알겠나, 나를 혼자 있게 한다." 그래서 나는 그 말을 두 번 반복하게 하지 않고 즉시 방을 나왔다. 그가 창피해하는 것일까, 괴로워하는 것일까, 저 벤야멘타 왕이, 새장 속에 있는 저 사자가? 어찌 되었든 나는 내가 복도 밖으로 나와 방 안에서 나는 기척을 몰래 살필 수 있다는 사실에 또다시 무척 기뻤다. 깊은 정적만 흘렀다. 나는 방으로 들어가 타다 남은 양초에 불을 붙이고, 항상 조심스럽게 간직해온 엄마의 사진을 바라보았다. 잠시 후 누군가 방문을 노크했다. 원장 선생님이었다. 그는 검은색 옷을 차려입고 있었다. "오너라." 그는 냉혹하리만치 엄하게 명령했다. 우리는 평안히 잠든 고인을 지키기 위해서 거실로 갔다. 벤야멘타 씨는 가벼운 손짓으로 내 자리를 지정해주었다. 우리는 자리에 앉았다. 다행히도 난 적어도 육체적인 피로감은 전혀 느끼지 못했다. 그것이 나를 무척 기쁘게 했다. 고인의 얼굴은 여전히 아름다웠다. 그렇다, 심지어 예전보다 더 우아해진 것 같았다. 거기다 더해, 매 순간 더 큰 아름다움과 감동, 우아함이 그 위로 내려앉는 것 같았다. 모든 종류의 죄악에 대해 미소를 지으며 용서해주는 그 무언가가 거실을 떠돌고 나지막한 소리를 내는 듯했다. 벌레가 울어댔다. 방은 너무나 밝고 환한 형태로 진지했다. 섬뜩한 것이라고는 아무것도, 아무것도 없었다. 난 기분이 좋아졌다. 왜냐하면 내가 이곳을 지키고 있다는 사실 하나만으로도 이미, 말없는 의무 이행에 들어 있는 이 정적이 편안하게 느껴지기에 충분했기 때문이다.

"나중에 말이다, 야콥." 우리가 그렇게 앉아 있는데 원장 선생님이 말을 꺼냈다. "나중에 너에게 모두 이야기해줄 거다. 우리는 앞으로도 함께 지내게 될 테니 말이야. 난 네가 그것에 동의하리라고 아주 확고히, 철석같이 믿고 있다. 네가 어떤 결정을 내렸는지 내가 내일 물어보게 될 때 너는 거부의 뜻을 밝히지 않을 거야. 난 그걸 알아. 우선 오늘 너에게 해줘야 할 이야기는 내가 사실은 폐위된 왕이 아니라는 거다. 나는 그저 비유를 하기 위해 그렇게 말했던 것뿐이야. 하긴 여기 네 옆에 앉아 있는 이 벤야멘타가 자신을 군주로, 정복자로 그리고 왕으로 느끼던 시절이 있긴 있었지. 삶이 언제나 내 손 안에 있던 시절 말이다. 내 모든 의식이 미래라는 시간과 그 위대함에 쏠려 있던 시절, 나의 발걸음이 양탄자 같은 초원과 은혜 위로 나를 경쾌하게 실어 나르던 시절, 내가 보고, 즐기고, 스쳐 지나가듯 생각했던 것을 소유했던 시절, 내게 만족이라는 이름의 왕관을 씌워주려고, 성공과 업적이란 유약을 발라주려고 모든 것이 준비되어 있던 시절, 아무런 예감도 없이 왕이 되고, 의식적 해명을 할 필요도 없이 위대해져 있던 그런 시절이 있었다. 이런 의미에서라면, 야콥, 나는 높은 곳에 있었다. 한마디로 말해 젊고 장래가 촉망되었지. 그리고 이런 의미에서 폐위가, 왕의 폐위가 일어났던 거야. 나는 추락했다. 나 자신과 모든 것에 회의가 들었어. 인간은 절망하고 슬픔에 빠지게 되면, 사랑하는 야콥, 너무나 비참할 정도로 작아지는 법이야. 그리고 점점 더 많은 사소한 일들이 물밀듯이 밀려와 우리를 파묻어버린다. 마치 우리를 아주 천천히 집어삼키는, 아주 천천히 우리의 숨통을 죄고, 우리를 짐승으로 만들어버릴 수 있는, 무서운 식탐을 지닌 민첩한 해충처럼 말이야. 그러니까 왕에 관한 이야기는 그저 헛소리였다고 해두자. 내가 만약 귀가 얇은 어린 너에게 제왕의 왕홀과 자포(紫袍)를 믿게 했다면 용서해라. 하지만 말을 더듬거리고 한숨을 쉬며 들려준 그런 왕국의 이야기가 사실은 무엇을 뜻하는지 너는 틀림없이 처음부터 알고 있었을 거야. 그렇지 않니, 내가 이제는 너한테 조금은 더 편안하게 생각되지? 나는 이제 더이상 왕이 아니니까. 수업이나 하면서 학원을 열 수밖에 없는 군주라면 확실히 이상한 사람일 거라고 너 스스로도 시인했으니까. 아니, 아니, 난 단지 미래에 대한 자신감에 차 있었고 낙관적이었을 뿐이다. 그것이 바로 나의 영토이자 왕실의 소득이었다. 그 뒤로는 오랫동안, 오랜 세월 동안 낙담해 있었고 체면도 잃은 채 살았다. 하지만 이제 내가 다시 돌아왔다. 그러니까 다시 나 자신이 되기 시작했다는 말이다. 마치 유산을 상속받아 백만장자가 된 기분이야. 아니 이게 무슨 소리지, 백만 마르크의 유산을 상속받다니, 아니다, 나는…… 군주로 추대되어 왕위에 오른 것 같은 느낌이야. 물론 내 앞에는 어두운, 끔찍할 정도로 어두운 시간들이 끊임없이 나타난다. 모든 것이 눈앞에서 검게 변하는, 말하자면 불에 타서 숯이 된 것 같은 이 마음에 모든 것이 증오스럽게 느껴지는, 그런 시간들. 그런 시간들이 오면 나는 모든 것을 파괴하고 죽이지 않을 수가 없다. 오, 나의 영혼, 너는, 그런 사실을 알면서도 너는 내 곁에 머무르겠느냐? 넌, 어쩌면 나에 대한 단순하고 인간적인 애정 혹은 어떤 다른 감정에서일지는 모르지만, 폭군인 나와 함께 살게 될 때 너에게 닥칠 위험에 맞설 결심을 할 수 있겠느냐? 겁내지 않고 도전할 수 있느냐? 네가 그런 반골이란 말이냐? 이 모든 것이 불쾌하지 않느냐? 불쾌라니? 내가 지금 무슨 소리를 하는 거지, 헛소리다. 어쨌거나 난 말이다, 야콥, 우리가 함께 살게 될 것임을 알고 있다. 그건 이미 정해져 있는 일이다. 너에게 더 물어볼 필요가 뭐가 있겠니? 내 학원의 훈련생이었던 너를 내가 알고 있는데. 야콥, 이제 너는 내 훈련생이 아니다. 난 더이상 누군가를 교육하거나 가르치지 않을 것이다. 그 대신 나는 살고 싶다. 살면서 이것저것 생각해보고 싶고, 무엇인가를 견뎌내고, 무엇인가를 해보고 싶다. 오, 친구의 마음을 얻었으니 너무나도 멋지게, 진실로 멋지게 견뎌낼 수 있는 것이다. 난 내가 갖고 싶었던 것을 갖게 되었어. 그래서 나는 뭐든 할 수 있을 것 같고, 기꺼이 모든 것을 견디고 참아낼 수 있을 것만 같다. 아무 생각도, 아무 말도 더이상 하지 마. 부탁이다, 아무 말도 하지 마라. 내일, 사람들이 저기 침대 위에 누워 있는 저 생명을 내게서 멀리 가져가버린 뒤에, 내가 이 순전히 외적인 엄숙함을 벗어버리고 내적인 것으로 변화되고 나면, 그때 네 생각을 말해다오. '예'라고 해도 좋고, '아니요'라고 해도 좋다. 넌 이제 완전히 자유롭단다. 넌 네가 하고 싶은 대로 말하고 행동할 수 있어." 나는 나를 굳건히 믿고 있는 이 사람을 조금 당황시키고 싶은 욕구로 몸을 떨면서 아주 나지막한 목소리로 말했다. "하지만 생계는요, 원장 선생님? 당신은 다른 친구들에겐 일자리를 만들어주시고 저에겐 왜 아무것도 안 주시는 거죠? 이해할 수가 없네요. 그것은 옳지 않지요. 전 요구할 자격이 있잖아요. 저에게 적당한 일자리를 소개시켜주는 것은 선생님의 의무예요. 전 무슨 일이 있어도 일자리를 얻고 싶어요." 아, 그가 몸을 움찔했다. 그가 충격에 빠졌다. 나는 속으로 어찌나 킥킥 웃어댔는지 모른다. 이렇게 악마같이 잔인한 장난들은 삶에서 가장 마음에 드는 것이다. 벤야멘타 씨는 슬프게 말했다. "네 말이 옳아. 너의 수료증을 토대로 너에게 일자리를 만들어주는 것이 온당한 일이지. 그래, 네 말이 모두 옳아. 다만 나는, 다만―내가 생각하기를―넌 예외일 거라고 생각했지." 난 분노가 치솟는 것처럼 소리쳐댔다. "예외라니요? 전 예외가 아닌데요. 절대로. 주 의회 의원의 아들에게는 예외란 어울리지 않지요. 저의 겸손함, 출생 신분, 제가 느끼는 모든 것들이 제가 반 친구들이 받은 것 이상의 것을 소망하는 것을 허락하지 않아요." 그 순간부터 나는 더이상 아무 말도 하지 않았다. 벤야멘타 씨는 확실히 초조해했고, 그런 모습이 나를 기분 좋게 했다. 그를 그런 상태로 내버려두는 것이 기뻤다. 남은 밤을 우리는 침묵 속에서 보냈다.

하지만 그렇게 앉아서 지키고 있으려니 잠이 쏟아졌다. 긴 시간은 아니고, 삼십 분가량, 어쩌면 그보다는 조금 더 오랫동안 나는 현실에서 멀어져 있었다. 꿈을 꾸게 되었는데(꿈은 저 높은 곳에서, 그래 기억이 난다. 빛을 뿜어대면서 엄청난 힘으로 내 위로 순식간에 쏟아졌다), 난 어느 산간의 초원 위에 있었다. 초원은 매우 짙고 부드러운 녹색이었다. 그리고 초원은 꽃들과 꽃 모양으로 만들어진 입맞춤들로 온통 수놓여 있었다. 입맞춤들은 별처럼 보였다가 이내 꽃처럼 보이기도 했다. 그것은 자연인 동시에 자연이 아니었고, 초상화인 동시에 몸뚱어리였다. 눈부시게 아름다운 소녀 하나가 초원 위에 누워 있었다. 나는 그 소녀가 벤야멘타 양이라고 나 자신을 설득시키고자 했다. 그러다가 곧 나 자신에게 말했다. "아니다, 그럴 리가 없다. 벤야멘타 양은 이제 없어." 그러고 나니 그것은 정말 다른 사람이었다. 나는 내가 스스로를 위로하고 있는 모습을 똑똑히 보았다. 위로의 소리를 들었다. 그 소리는 분명히 말했다. "이봐, 해석은 집어치워." 소녀의 몸은 풍만했고 완전히 벌거벗은 채였다. 아름다운 다리 한쪽에는 리본이 매달려 있었다. 바람이 소녀의 온몸을 애무했고 리본은 조용히 펄럭거렸다. 마치 거울처럼 선명하고 달콤한 꿈이 온통 바람에 나부끼는 것 같았다. 나는 얼마나 행복했는지 모른다. 아주 잠깐 동안 나는 '그 사람'을 생각했다. 물론 내가 생각한 사람은 원장 선생님이었다. 갑자기 그가 보였다. 그는 말 위에 높이 앉아 있었고 희미하게 빛나는 우아하고, 근엄한 검은색 갑옷을 차려입고 있었다. 긴 칼이 그의 옆구리에 매달려 있었다. 말은 기세등등하게 울어댔다. '아, 저길 봐! 원장 선생님이 말을 타고 있네'라고 나는 생각했다. 그리고 있는 힘을 다해 큰 소리로 외쳤다. 나의 외침은 골짜기와 협곡 주위로 메아리쳤다. "전 결정했어요." 하지만 그는 내 소리를 듣지 못했다. 나는 고통스럽게 외쳐댔다. "여기요, 원장 선생님, 들어보세요." 저런, 그가 내게 등을 돌렸다. 그의 시선은 저 멀리, 저 아래의 삶을 내려다보고 있었다. 그는 단 한 번도 고개를 내 쪽으로 돌리지 않았다. 나를 위해서라는 듯 이제 꿈은, 마치 한 대의 마차라도 된 양, 조금씩 앞으로 굴러갔다. 그리고 우리는—나와 '그 사람', 당연히 어느 누구도 아닌 벤야멘타 씨는—사막 한가운데 와 있었다. 우리는 사막을 떠돌며 원주민들과 교역을 했다. 우리에겐 매우 독특한 활기가 넘치고 있었다. 그것은 냉철하고 숭고한 만족감 때문이었다고 말하고 싶다. 유럽 문명이라고 일컬어지는 것으로부터 우리 두 사람은 영원히, 아니면 적어도 아주, 아주 오랜 시간 동안 벗어난 것 같았다. "아아." 나는 무의식적으로 생각했다. 내가 생각해도 그것은 너무나도 어리석었다. "바로 그것이었구나, 그거였어!" 하지만 그게 무엇이었는지, 내가 그때 무슨 생각을 했던 것인지, 그 수수께끼를 난 풀 수가 없었다. 우리는 계속 떠돌아다녔다. 그때 우리에게 적대적인 생각을 품은 한 무리의 사람들이 나타났다. 우리는 그들이 뿔뿔이 흩어지게 쫓아버렸다. 그 일을 어떻게 해냈는지는 보지 못했다. 여러 지역들이 방랑의 날들과 함께 번개처럼 빠르게 스쳐 지나갔다. 손을 흔들며 지나가는, 길고 견디기 힘들었던 수십 년을 나는 체험했다. 그것은 너무나도 특이했다. 한 주 한 주는 마치 작고 반짝거리는 조약돌처럼 보였다. 그것은 우스꽝스러운 동시에 웅장했다. "문명에서 멀어지는 것 말이다. 야콥. 알겠니, 그건 참 멋진 일이구나." 아랍인처럼 보이는 원장 선생님은 때때로 그렇게 말했다. 우리는 낙타를 타고 달렸다. 우리가 보았던 여러 풍속들이 우리의 마음을 사로잡았다. 한 나라에서 다른 나라로 옮겨가는 일에는 어딘가 이해하기 힘든 부드러움과 섬세함이 있었다. 그랬다, 나에게는 마치 그 나라들이 행군을 하는 것처럼, 아니 그보다는 오히려 날아가고 있는 것처럼 느껴졌다. 바다는 위엄 있게 천천히 나아갔다. 그것은 마치 거대하고 푸른, 축축이 젖어 있는 사고(思考)의 세계 같았다. 나는 때때로 새들이 지저귀는 소리를 들었고, 동물들이 울부짖는 소리와 내 머리 위에서 나무들이 내는 소리도 들었다. "결국 넌 함께 와 주었구나. 그럴 줄 알고 있었다." 인디언들이 추장으로 추대한 벤야멘타 씨가 말했다. 이 얼마나 멋진가! 오싹할 정도로 터무니없는 일은, 우리가 인도에서 혁명을 일으켰다는 사실이다. 보아하니 그런 어리석은 짓이 성공한 것 같았다. 살아간다는 것이 너무나도 즐거웠고, 그것을 난 온몸으로 느끼고 있었다. 가지와 줄기를 한껏 뻗은 나무처럼 삶은 멀리 향한 우리의 시선 앞에서 찬란하게 빛났다. 우리는 꿋꿋이 서 있었다. 그리고 얼음같이 차지만 우리의 열기를 식혀주는 기분 좋은 강물 속을 걷듯 위험과 인식을 헤쳐 나갔다. 나는 항상 시종이었고, 원장 선생님은 중세의 기사였다. '괜찮아.' 나는 주저 없이 그렇게 생각했다. 그리고 그 생각에 이르렀을 때 나는 잠에서 깨어났다. 거실을 둘러보았다. 벤야멘타 씨도 나와 마찬가지로 잠들어 있었다. 나는 그를 깨우면서 말했다. "어떻게 잠드실 수가 있어요, 원장 선생님. 허락하신다면 말씀드리지요. 선생님이 어디로 가시든 저는 선생님과 함께 가기로 결심했습니다." 우리는 서로에게 손을 내밀었다. 그것에는 많은 의미가 담겨 있었다.

나는 짐을 싸고 있다. 그렇다, 우리 두 사람, 원장 선생님과 나, 우리는 짐을 싸느라, 짐들을 차곡차곡 잘 싸느라 정신이 없다. 싸던 것을 멈추고, 치우고, 잡아끌고, 밀어 옮기느라 바쁘다. 우리는 여행을 떠날 것이다. 이젠 괜찮다. 내겐 그 사람이 어울린다. 그리고 난 더이상 내게 묻지 않는다. 왜냐고. 삶이 원하는 것은 격동적인 움직임이라는 것, 성찰이 아니라는 것을 나는 느낀다. 형에게는 오늘 영원한 작별인사를 할 것이다. 나는 이곳에 아무것도 남겨놓지 않을 것이다. '내가 만약 ……한다면 어떨까?'라는 말로 나를 결박하거나 구속하는 것은 아무것도 없다. 그렇다, '만약'이라는 말도, '어떨까'라는 말도 더이상 존재하지 않는다. 벤야멘타 양은 이제 땅 속에 있다. 훈련생들, 나의 친구들은 일자리들을 찾아 흩어져버렸다. 그리고 여기서 만약 내가 산산조각이 나고 파멸해간다면, 무엇이 부서지고 파멸하는 것일까? 부서지고 파멸하는 것은 어느 영(零)일 뿐이다. 나 개인은 그저 어느 영에 지나지 않는다. 이제 이 펜도 던져버리는 거다. 생각하는 삶일랑 이제 집어치운다. 나는 벤야멘타 씨와 함께 사막으로 간다. 보고 싶다. 황야에도 삶이라는 것이 있는지 보고 싶다. 호흡하고, 존재하고, 정직하게 선을 추구하며 살게 되지는 않을지 보고 싶다. 밤에 잠을 자고 꿈을 꿀 수 있는지도 알고 싶다. 지금 무슨 말을 하고 있는 건가. 이제부터 나는 그 무엇에 대해서도 생각하지 않을 것이다. 신에 대한 생각도 하지 않을 것인가? 그렇다! 신은 나와 함께 있을 것이다. 그러니 무엇 때문에 신에 대한 생각을 한단 말인가? 신은 생각하지 않는 자와 함께 간다. 자, 이제 그럼 영원한 작별을 고한다, 벤야멘타 학교여.

해설 ▌

로베르트 발저의 '작은' 문학

로베르트 발저라는 신화

우리는 끊임없이 신화들을 만들어내고 또 탐닉한다. 독일 문학사에도 신화가 된 작가들이 있다. 그 가운데서도 로베르트 발저만큼 불가해한 신화를 남긴 경우는 드물다. 그것은 우선 그가 남긴 난해한 작품들에 기인한다. 그리고 철저하게 아웃사이더였던 그의 삶에 관해서는 알려진 바가 거의 없다는 것, 침묵하며 20여 년을 정신병원에서 살다 죽었다는 사실에 기인한다. 물론 그가 실제로 정신병을 앓았는가에 관해서는 괴테와 동시대를 살았던 저 유명한 횔덜린의 경우처럼 의견이 분분하다. 아니, 대부분의 발저 숭배자들은 그의 정신질환을 부정한다. 그들에게 발저의 광기는 부인되기 위해 언급되는, 신화화에 필요한 기표일 뿐이다.

베를린 시절 그의 대표작들은 모두 당대 최고의 출판사에서 출간되었지만 로베르트 발저의 대중적 인지도가 높았던 것은 아니었다. 프란츠 카프카나 로베르트 무질, 쿠르트 투홀스키, 헤르만 헤세, 발터 벤야민 등은 이미 당시에도 그를 높이 평가하는 작가들이었지만 그들 또한 대부분 아웃사이더에 속하는 작가들이었다. 따라서 그가 정신병원에 들어가 절필하고 살았던 1930년대 이후에 그와 그의 작품들이 문학계에서 완전히 잊힌 것은 어쩌면 당연한 일이었다. 그의 이름은 1970년대에 들어서면서 다시 회자되기 시작했고 지금은 페터 한트케나 엘프리데 옐리네크, W.G 제발트, 마르틴 발저 등을 위시한 많은 작가들이 자신에게 영향을 끼친 대표적인 작가가 로베르트 발저라고 공언하고 있다. 그가 태어난 스위스에서 로베르트 발저는 이미 국민작가의 명성을 누리고 있다.

앞서 언급했다시피 로베르트 발저에 관해 세상에 알려진 것은 거의 없다. 사실 작가들은 작품 외에도 자기 서술과 자기 연출, 자기 주석 등, '자기 텍스트'를 끊임없이 생산한다. 괴테는 방대한 분량의 자서전을 집필했고 끊임없이 '중요한' 서한을 주고받았으며 기록되리라는 것을 분명히 아는 '중요한' 대화들을 남겼다. 그의 하루하루, 일거수일투족이 낱낱이 분석되고 기록되었으니 지금까지 쓰인 그의 전기들은 추측건대 그의 방대한 작품들보다도 많을 것이다. 토마스 만은 자신의 작품과 삶에 관하여 독자들이 '오해하지' 않도록 적지 않은 분량의 친절한 주석들을 썼으며 무수히 많은 편지와 강연, 일기를 남겨놓았다. 그와 그의 가족에 관하여 세상에 알려지지 않은 것을 찾기가 오히려 쉽지 않을 정도이다. 괴테와 토마스 만뿐만 아니라 작가들의 삶은 대부분 어떤 식으로든 기록으로 남아 있다.

그러나 로베르트 발저의 경우 문학 작품 외에 그가 남긴 것은 딱 한 권 분량의 편지이다. 하지만 그것을 통해서 우리가 확인할 수 있는 것은 수신자의 이름뿐, 따로 유추할 만한 것은 거의 없다고 해도 과언이 아니다. 일기 또한 전해지는 것이 없다. 로베르트 발저에 관한 전기가 지금까지 두 편 쓰였으나, 모두 픽션과 논픽션의 경계를 오가는 '문학 작품'들인 것은 어쩌면 불가피한 일일 것이다. 두 편의 전기는 모두―자전적이라고 단정되는―그의 소설과 산문에서 발췌해온 인용문들로 재구성되어 있다. 얼마 안 되는 그에 관한 기록에서 우리가 확인할 수 있는 것은 그가 정신병원에 안착하여 세상과 이별하기 전까지 어느 곳에서도 뿌리를 내리지 못하고 떠돈 유목민이었다는 것이다. 가난한 집안 출신이었던 그의 학력―현재 우리나라에서 중학교 졸업 정도에 해당함―은 독일 문학사에서 유례를 찾을 수 없을 정도로 낮은 것이다. 그가 어느 장소에서도 오래 머물지 않았듯이, 그는 온갖 직업―은행직원에서 하인, 도서관 사서 혹은 비서 등―을 전전하였고 어느 누구와도 깊은 인연을 맺지 않았다. 그가 이 세상에서 유일하게 사랑한 것은 (글)쓰기와 걷기였다.

로베르트 발저는 '열정적으로' 걷는 자였다. 그의 전 작품에서 걷기, 도보여행 혹은 산책이 중요한 모티프로 서술되는 것만큼이나 그의 삶에서도 걷는 것은 삶의, 존재의 모드로까지 확장된다. 그의 걷기, 도보여행과 산책은 근대 문화와 문학에서 '성장 및 발전'의 은유로 사용되는 이념화된 '방랑(편력 혹은 수업시대)'과는 근본적으로 다르다. 그것은 세계의 체험이나 의식의 확장이라는 의미 영역의 피안에 있다. 발저는 걸으면서 오히려 의미라는 사회의 그물망에서 빠져나가려는 듯하다. 이를테면 그는 뮌헨에서 뷔르츠부르크까지 수백 킬로미터를 걸어서 지인을 방문하지만 방문은 결코 수백 킬로미터를 걷는 목적이 될 수 없다. 그는 지인에게 잠시 들러 짧은 인사를 하고는 곧 다시 돌아온다. 이때 걷기의 주체는 그의 의식이 아니라 텅 빈 그의 몸이다. 의미에 의한 질식에서 해방된 몸. 그의 소설 『탄너 일가의 남매들』에서 주인공 지몬은 칠흑 같은 어둠 속을 밤새 걷는다. 깊은 밤, 텅 빈 어둠 속, 비어 있는 세계에서 그는 그저 걷는다. 집중해서, 날이 다시 밝아올 때까지.

자진해서 들어간 정신병원에서 20여 년간 로베르트 발저가 한 일은 종이봉투 붙이는 일과 도보여행, 산책이었다. 1956년의 어느 겨울날 그는 산책을 나가 눈길 위를 걷다 일생을 마친다.

로베르트 발저는 '열정적으로' (글을) 쓰는 자였다. 그의 글쓰기는 어쩌면 걷기의 연장선상에 있는, 흰 종이 위에서의 걷기였다. 그는 흰 종이를 보면 검은 잉크를 입힌 기표들로 가득 채워야 했다. 어쩌면 그는 쓰기 위해 이야기를 필요로 했을지도 모른다. 그의 이야기들은 흰 종이와 연필, 펜, 잉크의 물질적 실현을 위한 핑계였는지도 모른다. 그의 필체는 아름다웠고 그는 그것을 분명히 의식했으며 잘 알고 있었다.

그는 1920년대와 1930년대 초반, 정신병원에 입원하기 직전까지 엄청나게 많은 글을 쓴다. 가난 때문에 종이를 살 수 없었던 그는 글을 쓸 수 있는 흰 종이—광고전단지와 달력의 뒷면, 영수증이나 포장지에 이르기까지—만 발견하면 그 위에 (글을) 썼다. 아주 작은 글씨로. 그의 서체는 너무 작아 오랫동안 해독할 수 없는 비밀의 글씨로 여겨지다가 1980년대에 이르러 비로소 해독되어 6권의 두꺼운 책으로 편집되어 나왔다. 하지만 이 '마이크로그램' 안에 들어 있던 이야기들은 사람들이 욕망하는 의미로, 이념으로 가득 차 있는 기의들이 아니라 텅 비어 있는 기표들이 그들의 아름다운 물질적 실현을 위해 지어낸 이야기들이었다. 아무것도 말하지 않는 이야기들, 침묵하는 이야기들, 종이와 잉크와 펜의 이야기들.

작은 문학을 위하여

카프카의 주인공들이 끊임없이 앞으로 나아가려 하지만 한 치도 나아가지 못하고 제자리에서 원을 그린다면, (발터 벤야민이 보기에) 카프카가 사랑했던 발저의 주인공들은 '앞'이라는 방향을 처음부터 거부하고 기꺼이 원을 그리며 제자리에 머문다. 그의 주인공들은 하나같이 사회의 언저리에서 부유하는 사람들, 비정규직을—아주 기꺼이—전전하는 '작은' 사람들이다. 베를린 시절에 쓴 그의 첫 장편소설 『탄너 일가의 남매들』이나 두번째 소설 『조수』의 주인공들 모두가 정해진 곳 없이 떠도는 '유목민'들이다. 어느 누구도 그 무엇이 되겠다는 꿈을 꾸지 않으며 미래라는 시간의 범주를 믿지 않는다. 시간은 그들에게 시간성을 잃고 공간화된다. 시간이 흘러도 그들은 변하지 않고, 주인공은 이야기의 시작에서나 이야기의 끝자락에서나 같은 사람으로 머물러 있다. 소설에 등장하는 주인공의 성장과 변화, 발전에 익숙해 있는 독자들이라면 발저의 소설에서는 으레 허탈해지기 마련이다.

그들의 존재가 작듯 그들의 의식을 지배하는 것도 작은 일상세계이다. 그들은 지적인 개념들로 거창한 이념을 말하지 않는다. 발저의 모든 이야기는 거대서사의 피안에서 전개된다. 그들은 얼핏 밝아 보이지만 기본 정조는 어둡다. 그렇다고 카프카적인 어두운 공간에서 진행되는 것은 결코 아니다. 그들의 의식이 비극적이지는 않지만 그들에게서 근대소설의 주인공들이 가지고 있는 불행한 의식이 나타나는 것은 분명하다. 18세기 이래 독일 근대소설들이 거대담론을 먹고사는 이념소설들이라면 거대서사를 거부하는 발저의 소설들은 근대(거대담론)의 폐허 더미를 배경으로 한다. 발저의 주인공들이 (어둡지만) 밝은 것은 더이상 잃을 것이 없기 때문이다. '거대서사'에서 해방된 그들의 이야기는 어쩌면 이미 모든 것을 잃어버린 이후, 모든 것이 끝난 이후의 이야기이다.

헤르만 헤세를 위시하여 발저의 문학성을 인정한 많은 애호가들은 발저의 소설들을 도덕담론으로 치환하고자 한다. 성장과 발전을 거부하는 발저의 주인공들은 모두 '작은 존재로 머물기'라는 윤리적인, 거의 종교적 이념의 담지자가 되어 현대 서구 시민사회를 비판하는 인물들로 해석된다. 하지만 발저의 작품들은 시민사회에 대한 단순한 윤리적 비판의 차원을 넘어선다. 발저의 '작은' 문학은 보다 더 근본적인 근대의 담론 차원에서 읽혀야 한다.

야콥 폰 군텐의 이야기

로베르트 발저가 베를린에 체류하는 동안 출간한 세번째 소설은 그의 작품들 가운데 가장 많이 알려진 대표작이라 할 수 있다. 일기 형식으로 쓰인 이야기의 줄거리는 매우 단순하다. '폰 군텐'이라는 이름에서 이미 알 수 있듯 귀족 가문 태생의 한 젊은이가 하인을 양성하는 학교에 들어가 생활하다가 그곳이 문을 닫게 되자 원장 선생님과 함께 사막으로 떠난다는 이야기다.

20세기 초에 출간된 이 소설은 18세기 이후 독일 근대소설사에서 가장 중요한 역할을 하는 장르인 '교양소설'의 해체적 패러디로 읽을 수 있다. 성장소설, 발전소설 혹은 교육소설로 불리며 현재에 이르기까지 어떤 형식으로든 고급문학과 대중문학에서 그 전통이 끊이지 않고 있는 교양소설은 유럽 근대(현대)의 시작과 함께 탄생한다. 루카치는 그의 『소설의 이론』에서 소설은 근대의 '선험적 실향성'의 표현이라고 주장한다. 확실한 로드맵을 제공했던 고대와 중세의 통일적 세계가 무너지고 난 후 근대의 개인들(소설의 주인공들)은 모두 자기 자신을, 의미를, 고향을 찾아 여행을 떠나야 하는 '방랑자(편력자)'가 될 수밖에 없다는 것이다. 이러한 맥락에서 그가 그의 이론 전개에서 가장 주목한 소설이 '자신'을 찾아 길을 떠나는 방랑자를 주인공으로 하는 '교양소설'인 것은 당연한 일이었다. 그의 이론이 지나치게 관념적인 것은 사실이지만, 독일의 교양소설을 근대의 담론이라는 (콘)텍스트를 떠나서는 생각할 수 없다는 것은 분명하다.

서구 근대의 담론에서 가장 중요한 키워드는 '주체'와 '역사'이다.

스스로 세계를, 진리를 인식할 수 있고 자율적으로 행위할 수 있는 이성적 인간은 더이상 피조물이 아니라 영원히 진보하는 역사의 주인으로서 이 세계와 역사의 주인이었던 신의 자리를 대신한다. 다시 말해 인간, 이성적 주체는 이 세계와 그 역사를 디자인할 수 있고 또 해야 한다. 이것이 근대라는 프로젝트의 핵심이다. 한 개인이 시간을 매체로 주체가 되어가는 (자기 정체성을 발견하는) 이야기를 서술하는 교양소설은 이러한 맥락에서 문학이 제공하는 근대의 프로젝트인 셈이다. 괴테의 『빌헬름 마이스터의 수업시대』를 모범으로 하는 이 근대 소설은 19세기 말까지 독일 소설사를 지배하지만, 20세기가 시작되면서 해체되고 변주되기 시작한다. 주인공들이 근대의 주체 및 역사 개념을 완벽하게 해체하는 카프카의 장편소설 『소송』『성』『실종』은 이 교양소설사의 끝자락에 위치하는 대표적인 반(反) 교양소설들이라고 할 수 있다.

 로베르트 발저의 소설 주인공인 야콥의 목표는 하인이 되는 것이다. 그래서 그는 하인을 양성하는 벤야멘타 학교에 입학한다. '자아'를 찾기 위해 방랑을 떠나야 하는 전통적인 교양소설의 주인공에게 세계가 '학교'라면, 대도시(세계) 안에 위치하는 벤야멘타 학교는 세계를 부인하는 공간이다. 밖을 내다볼 수 없는 작은 창문은 찬란한 태양을 부정하기 위해서, 황량한 정원은 아름다운 자연을 부인하기 위해서 존재한다. 이 학교는 황량함과 정적이 지배하는 곳이다. 빛과 소리가 금지된 곳에 세워진 교육목표는 '배우지 않는 것, 늘 같은 것을 반복하는 것'이다. 아무것도 되지 않기 위해서는 아무것도 배워서는 안 된다. 다만 아무것도 하지 않는 것은 배워야 한다. 이곳은 '무위(無爲)'

가 실천되는 곳이다. 이 학교의 이상을 체현하는 크라우스는 그 어떤 동경, 권태, 사랑, 증오도 알지 못하는, 인격의 완벽한 부정을 의미한다. 모든 사유와 감정을 부정하는 '무(無)'로서의 크라우스는 하인의 이상형으로 추앙받는다.

하인이 되려는 야콥은 근대 교양 이념을 거부하는 반(反) 영웅의 전형이다. 모든 변화와 발전을 부인하는 그의 이야기는 반(反) 이야기(역사)이다. 야콥은 이야기(역사)의 끝에서 자아소멸이라는 자아실현을 위해서 유럽을 떠나 황야로 떠난다. 이것은 '주체'와 '역사'라는 서구 근대 담론의 두 축이 완전하게 해체되는 순간이다.

그의 이야기는 서구의 근대 담론에 대한 가장 극단적이고 근본적인 성찰이라 할 수 있다. 그의 작품들이 다시 주목받기 시작하는 시기가 서구(유럽)에서 근대 및 탈근대에 대한 논의가 본격적으로 시작되는 시기와 맞물렸던 것은 우연이 아니다.

이 번역은 사랑하는 아내 박교진의 도움 없이는 애초 불가능한 작업이었음을 분명히 밝히며 한없는 고마움을 전한다. 또한 최고의 실력과 열정, 인내로 나를 늘 놀라게 하고 감동시켜준 문학동네 편집부에 이 자리를 빌려 진심으로 감사드린다.

홍길표

로베르트 발저 연보

1878년	4월 15일 스위스 빌에서 태어남.
1884~1895년	빌에서 초등학교와 예비 김나지움을 다님.
1892년	빌 소재의 베른 주립은행에서 3년간 견습생 생활을 함.
1894년	10월 22일 모친 사망.
1895년	바젤과 슈투트가르트에 체류함. 배우가 되고자 했으나 성과를 거두지 못함.
1896년	스위스로 돌아와 취리히에 거주. 보험회사에서 두 달간 부기계원보조로 일함.
1897년	11월에 베를린으로 여행.
1898년	5월 8일 베른의 한 신문에 시를 처음 발표함. 이것을 계기로 프란츠 블라이와 교분을 쌓기 시작함.
1899년	5월~10월까지 독일 뮌헨에 거주한 것으로 추정됨. 문학비평가인 프란츠 블라이가 그곳에서 그를 잡지 『섬Die Insel』을 중심으로 활동하는 예술가, 시인 그룹에 소개했을 것으로 추정.
1900년	10월부터 다음 해 4월까지 졸로투른 체류.
1901년	9월 뮌헨 체류. 뮌헨을 출발하여 작가 막스 다우텐다이가 살던 뷔르츠부르크까지 도보 여행.
1902년	1월 베를린 체류. 2월부터 4월까지 누나 리자가 사는 빌 호수 근처의 토이펠른에서 체류.
1903년	빈터투르와 베른에서 체류. 7월 말부터 12월까지 취리히 호수 근처의 베덴스빌에서 엔지니어 두블러의 조수로 일함(이

로베르트 발저 연보 195

	때의 체험은 후에 그의 장편소설 『조수Der Gehülfe』에서 형상화됨).
1904년	1월부터 취리히에서 체류. 취리히 주립은행에서 근무. 11월 말 첫 책 『프리츠 코헤르의 작문Fritz Kochers Aufsätze』이 인젤 출판사에서 출간됨.
1905년	3월에 베를린으로 이사하여 형 카를 발저의 집에 거주. 6월에 취리히로 내려감. 10월부터 그해 말까지 오버슐레지엔의 담브라우 성에서 하인으로 일함.
1906년	1월 초 베를린으로 돌아옴. 장편소설 『탄너 일가의 남매들Geschwister Tanner』 집필(1907년 초 출간). 화상이자 출판업자 및 사업가인 파울 카시러의 비서로 잠시 고용됨.
1907년	장편소설 『조수』 집필 완료(1908년 봄에 출간). 베를린 샤로텐부르크 빌머스도르프 가 141번지에 집을 구함.
1908년	장편소설 『벤야멘타 하인학교—야콥 폰 군텐 이야기Jakob von Gunten』 집필(1909년 봄에 출간).
1909년	형 카를 발저의 판화가 들어간 애서가용 수집판으로 『시Gedichte』 출간. 1912년 11월까지의 행적은 알려져 있지 않음.
1912년	11월 베를린 거주. 산문집 『작문들Aufsätze』(1913년 봄 출간)과 『이야기들Geschichten』(1914년 출간) 준비.
1913년	3월 스위스로 돌아옴. 처음에는 벨렐라이에 사는 누나 리자의 집과 빌에 사는 아버지의 집에서 거주. 7월에 빌에 있는 호텔 '푸른 십자가'의 다락방으로 이사. 그곳에서 이후 7년을 머물게 됨. 프리다 메르멧과의 우정이 시작됨.
1914년	봄에 산문집 『작은 문학Kleine Dichtungen』을 준비. 이 산문집으로 '라인란트 지방 문인을 위한 여성협회'로부터 상을 받음. 제1차 세계대전의 발발로 8월부터 10월까지 군 복무. 9월 부친 사망.

1915년	1월 초 라이프치히와 베를린으로 짧은 여행. 4월부터 5월, 10월부터 12월까지 군 복무.
1916년	9월 단편「산책 Der Spaziergang」집필(1917년 4월 출간). 11월 말에 산문집 『산문들 Prosastücke』 펴냄.
1917년	산문 모음집 『작은 산문들 Kleine Prosa』과 『스케치와 단편소설들 Studien und Novellen』 엮어냄. 5월에 『시인의 삶 Poetenleben』 집필, 11월에 출간.
1918년	1월 산문 모음집 『물의 나라 Seeland』 집필(1920년 출간). 쿠로에서 군 복무. 출간되지 않은 산문집 『실내악』 집필. 장편소설 『토볼트 Tobold』 작업.
1919년	3월 『토볼트』 작업. 『시』의 2판과 『희극 Komödie』 출간.
1920년	11월 취리히에서 작품 낭독의 밤 개최.
1921년	1월 베른으로 거주지를 옮김. 2~3개월간 베른에 있는 국립기록보관소에서 사서로 일함. 11월에 완성되는 소설 『테오도르 Theodor』 작업.
1922년	3월 취리히의 호팅엔 독서클럽에서 소설 『테오도르』 발췌 낭독.
1923년	6월 좌골신경통으로 병원에 입원. 8월 제네바로 도보 여행.
1924년	스위스 작가연맹에서 탈퇴.
1925년	2월 마지막 책 『장미 Die Rose』가 베를린에 있는 로볼트 출판사에서 출간됨. 소설 『강도 Räuber』 작업.
1928년	4월 15일 쉰번째 생일.
1929년	1월 베른에 있는 발다우 정신병원 입원. 문학작품 저술 작업은 1933년까지 계속됨.
1933년	헤리자우에 있는 아펜첼 아우서로덴 주립 정신병원으로 이송됨. 그곳에서 절필한 채 여생을 보냄. 취리히의 라셔 출판사에서 소설 『탄너 일가의 남매들』을 새로 발행함.

1936년	카를 젤리히가 처음으로 발저를 찾아 병원을 방문함. 두 사람의 도보 여행과 대화가 시작됨. 소설 『조수』 재출간.
1937년	카를 젤리히가 편집한 산문 모음집 『크고 작은 세계 *Große kleine Welt*』 출간.
1943년	9월 형 카를 발저 사망.
1944년	1월 누나 리자 사망. 카를 젤리히가 작가의 후견인이 됨. 카를 젤리히에 의해 작품 선집인 『불행과 가난의 행복에 관해 *Vom Glück des Unglücks und der Armut*』 『고요한 기쁨들 *Stille Freuden*』 『산책 *Der Spaziergang*』 『시 *Gedichte*』가 출간됨.
1947년	오토 치니커가 쓴 로베르트 발저의 전기 『시인 로베르트 발저 *Robert Walser der Poet*』 출간.
1950년	『벤야멘타 하인학교 — 야콥 폰 군텐 이야기』 재출간.
1956년	12월 25일 산책길에서 심장마비로 사망.

문학동네 세계문학전집 발간에 부쳐

　세계문학은 국민문학 혹은 지역문학을 떠나 존재하는 문학이 아니지만 그것들의 총합도 아니다. 세계문학이라는 용어에는 그 나름의 언어와 전통을 갖고 있는 국민문학이나 지역문학의 존재를 인정하면서 그것을 넘어서는 문학의 보편적 질서에 대한 관념이 새겨져 있다. 그 용어를 처음 고안한 19세기 유럽인들은 유럽문학을 중심으로 그 질서를 구축했지만 풍부한 국민문학의 전통을 가지고 있는 현대의 문학 강국들은 나름의 방식으로 세계문학을 이해하면서 정전(正典)의 목록을 작성하고 또 수정한다.
　한국에서도 세계문학 관념은 우리 사회와 문화의 변화 속에서 거듭 수정돼왔다. 어느 시기에는 제국 일본의 교양주의를 반영한 세계문학 관념이, 어느 시기에는 제3세계 민족주의에 동조한 세계문학 관념이 출현했고, 그러한 관념을 실천한 전집물이 출판됐다. 21세기 한국에 새로운 세계문학전집이 필요하다는 것은 명백하다. 우리의 지성과 감성의 기준에 부합하는 세계문학을 다시 구상할 때가 되었다.
　문학동네 세계문학전집은 범세계적으로 통용되는 고전에 대한 상식을 존중하면서도 지난 반세기 동안 해외 주요 언어권에서 창작과 연구의 진전에 따라 일어난 정전의 변동을 고려하여 편성되었다. 그래서 불멸의 명작은 물론 동시대 세계의 중요한 정치문화적 실천에 영감을 준 새로운 작품들을 두루 포함시켰다.
　창립 이후 지금까지 한국문학 및 번역문학 출판에서 가장 전문적이고 생산적인 그룹을 대표해온 문학동네가 그간 축적한 문학 출판 경험을 바탕으로 새로운 세계문학전집을 펴낸다. 인류가 무지와 몽매의 어둠 속을 방황하면서도 끝내 길을 잃지 않은 것은 세계문학사의 하늘에 떠 있는 빛나는 별들이 길잡이가 되어주었기 때문이다. 우리가 자부심과 사명감 속에서 그리게 될 이 새로운 별자리가 독자들의 관심과 애정에 힘입어 우리 모두의 뿌듯한 자산이 되기를 소망한다.

문학동네 세계문학전집 편집위원
민은경, 박유하, 변현태, 송병선, 이재룡, 홍길표, 남진우, 황종연

세계문학전집 016
벤야멘타 하인학교―야콥 폰 군텐 이야기

1판 1쇄 2009년 12월 15일
1판 8쇄 2024년 9월 5일

지은이 로베르트 발저 | 옮긴이 홍길표

책임편집 원미선 이은현 오동규 | 독자모니터 김화영
디자인 송윤형 한충현 김민하 최미영 | 저작권 박지영 형소진 최은진 오서영
마케팅 정민호 서지화 한민아 이민경 안남영 왕지경 정경주 김수인 김혜원 김하연 김예진
브랜딩 함유지 함근아 박민재 김희숙 이송이 박다솔 조다현 정승민 배진성
제작 강신은 김동욱 이순호 | 제작처 영신사

펴낸곳 (주)문학동네 | 펴낸이 김소영
출판등록 1993년 10월 22일 제2003-000045호
주소 10881 경기도 파주시 회동길 210
전자우편 editor@munhak.com | 대표전화 031)955-8888 | 팩스 031)955-8855
문의전화 031)955-1927(마케팅), 031)955-1916(편집)
문학동네카페 http://cafe.naver.com/mhdn
인스타그램 @munhakdongne | 트위터 @munhakdongne
북클럽문학동네 http://bookclubmunhak.com

ISBN 978-89-546-0908-1 04850
    978-89-546-0901-2 (세트)

잘못된 책은 구입하신 서점에서 교환해드립니다.
기타 교환 문의 031) 955-2661, 3580

www.munhak.com

문학동네 세계문학전집

1, 2, 3 **안나 카레니나** 레프 톨스토이 | 박형규 옮김
4 **판탈레온과 특별봉사대** 마리오 바르가스 요사 | 송병선 옮김
5 **황금 물고기** J. M. G. 르 클레지오 | 최수철 옮김
6 **템페스트** 윌리엄 셰익스피어 | 이경식 옮김
7 **위대한 개츠비** F. 스콧 피츠제럴드 | 김영하 옮김
8 **아름다운 애너벨 리 싸늘하게 죽다** 오에 겐자부로 | 박유하 옮김
9, 10 **파우스트** 요한 볼프강 폰 괴테 | 이인웅 옮김
11 **가면의 고백** 미시마 유키오 | 양윤옥 옮김
12 **킴** 러디어드 키플링 | 하창수 옮김
13 **나귀 가죽** 오노레 드 발자크 | 이철의 옮김
14 **피아노 치는 여자** 엘프리데 옐리네크 | 이병애 옮김
15 **1984** 조지 오웰 | 김기혁 옮김
16 **벤야멘타 하인학교 – 야콥 폰 군텐 이야기** 로베르트 발저 | 홍길표 옮김
17, 18 **적과 흑** 스탕달 | 이규식 옮김
19, 20 **휴먼 스테인** 필립 로스 | 박범수 옮김
21 **체스 이야기 · 낯선 여인의 편지** 슈테판 츠바이크 | 김연수 옮김
22 **왼손잡이** 니콜라이 레스코프 | 이상훈 옮김
23 **소송** 프란츠 카프카 | 권혁준 옮김
24 **마크롤 가비에로의 모험** 알바로 무티스 | 송병선 옮김
25 **파계** 시마자키 도손 | 노영희 옮김
26 **내 생명 앗아가주오** 앙헬레스 마스트레타 | 강성식 옮김
27 **여명** 시도니가브리엘 콜레트 | 송기정 옮김
28 **한때 흑인이었던 남자의 자서전** 제임스 웰든 존슨 | 천승걸 옮김
29 **슬픈 짐승** 모니카 마론 | 김미선 옮김
30 **피로 물든 방** 앤절라 카터 | 이귀우 옮김
31 **숨그네** 헤르타 뮐러 | 박경희 옮김
32 **우리 시대의 영웅** 미하일 레르몬토프 | 김연경 옮김
33, 34 **실낙원** 존 밀턴 | 조신권 옮김
35 **복낙원** 존 밀턴 | 조신권 옮김
36 **포로기** 오오카 쇼헤이 | 허호 옮김
37 **동물농장 · 파리와 런던의 따라지 인생** 조지 오웰 | 김기혁 옮김
38 **루이 랑베르** 오노레 드 발자크 | 송기정 옮김
39 **코틀로반** 안드레이 플라토노프 | 김철균 옮김
40 **어두운 상점들의 거리** 파트릭 모디아노 | 김화영 옮김
41 **순교자** 김은국 | 도정일 옮김
42 **젊은 베르테르의 슬픔** 요한 볼프강 폰 괴테 | 안장혁 옮김
43 **더블린 사람들** 제임스 조이스 | 진선주 옮김
44 **설득** 제인 오스틴 | 원영선, 전신화 옮김
45 **인공호흡** 리카르도 피글리아 | 엄지영 옮김
46 **정글북** 러디어드 키플링 | 손향숙 옮김
47 **외로운 남자** 외젠 이오네스코 | 이재룡 옮김
48 **에피 브리스트** 테오도어 폰타네 | 한미희 옮김
49 **둔황** 이노우에 야스시 | 임용택 옮김
50 **미크로메가스 · 캉디드 혹은 낙관주의** 볼테르 | 이병애 옮김

51, 52 염소의 축제 마리오 바르가스 요사 | 송병선 옮김
53 고야산 스님·초롱불 노래 이즈미 교카 | 임태균 옮김
54 다니엘서 E. L. 닥터로 | 정상준 옮김
55 이날을 위한 우산 빌헬름 게나치노 | 박교진 옮김
56 톰 소여의 모험 마크 트웨인 | 강미경 옮김
57 카사노바의 귀향·꿈의 노벨레 아르투어 슈니츨러 | 모명숙 옮김
58 바보들을 위한 학교 사샤 소콜로프 | 권정임 옮김
59 어느 어릿광대의 견해 하인리히 뵐 | 신동도 옮김
60 웃는 늑대 쓰시마 유코 | 김훈아 옮김
61 팔코너 존 치버 | 박영원 옮김
62 한눈팔기 나쓰메 소세키 | 조영석 옮김
63, 64 톰 아저씨의 오두막 해리엇 비처 스토 | 이종인 옮김
65 아버지와 아들 이반 투르게네프 | 이항재 옮김
66 베니스의 상인 윌리엄 셰익스피어 | 이경식 옮김
67 해부학자 페데리코 안다아시 | 조구호 옮김
68 긴 이별을 위한 짧은 편지 페터 한트케 | 안장혁 옮김
69 호텔 뒤락 애니타 브루크너 | 김정 옮김
70 잔해 줄리앵 그린 | 김종우 옮김
71 절망 블라디미르 나보코프 | 최종술 옮김
72 더버빌가의 테스 토머스 하디 | 유명숙 옮김
73 감상소설 미하일 조셴코 | 백용식 옮김
74 빙하와 어둠의 공포 크리스토프 란스마이어 | 진일상 옮김
75 쓰가루·석별·옛날이야기 다자이 오사무 | 서재곤 옮김
76 이인 알베르 카뮈 | 이기언 옮김
77 달려라, 토끼 존 업다이크 | 정영목 옮김
78 몰락하는 자 토마스 베른하르트 | 박인원 옮김
79, 80 한밤의 아이들 살만 루슈디 | 김진준 옮김
81 죽은 군대의 장군 이스마일 카다레 | 이창실 옮김
82 페레이라가 주장하다 안토니오 타부키 | 이승수 옮김
83, 84 목로주점 에밀 졸라 | 박명숙 옮김
85 아베 일족 모리 오가이 | 권태민 옮김
86 폭풍의 언덕 에밀리 브론테 | 김정아 옮김
87, 88 늦여름 아달베르트 슈티프터 | 박종대 옮김
89 클레브 공작부인 라파예트 부인 | 류재화 옮김
90 P세대 빅토르 펠레빈 | 박혜경 옮김
91 노인과 바다 어니스트 헤밍웨이 | 이인규 옮김
92 물방울 메도루마 슌 | 유은경 옮김
93 도깨비불 피에르 드리외라로셸 | 이재룡 옮김
94 프랑켄슈타인 메리 셸리 | 김선형 옮김
95 래그타임 E. L. 닥터로 | 최용준 옮김
96 캔터빌의 유령 오스카 와일드 | 김미나 옮김
97 만(卍)·시게모토 소장의 어머니 다니자키 준이치로 | 김춘미, 이호철 옮김
98 맨해튼 트랜스퍼 존 더스패서스 | 박경희 옮김
99 단순한 열정 아니 에르노 | 최정수 옮김

100 열세 걸음 모옌 | 임홍빈 옮김
101 데미안 헤르만 헤세 | 안인희 옮김
102 수레바퀴 아래서 헤르만 헤세 | 한미희 옮김
103 소리와 분노 윌리엄 포크너 | 공진호 옮김
104 곰 윌리엄 포크너 | 민은영 옮김
105 롤리타 블라디미르 나보코프 | 김진준 옮김
106, 107 부활 레프 톨스토이 | 박형규 옮김
108, 109 모래그릇 마쓰모토 세이초 | 이병진 옮김
110 은둔자 막심 고리키 | 이강은 옮김
111 불타버린 지도 아베 고보 | 이영미 옮김
112 말라볼리아가의 사람들 조반니 베르가 | 김운찬 옮김
113 디어 라이프 앨리스 먼로 | 정연희 옮김
114 돈 카를로스 프리드리히 실러 | 안인희 옮김
115 인간 짐승 에밀 졸라 | 이철의 옮김
116 빌러비드 토니 모리슨 | 최인자 옮김
117, 118 미국의 목가 필립 로스 | 정영목 옮김
119 대성당 레이먼드 카버 | 김연수 옮김
120 나나 에밀 졸라 | 김치수 옮김
121, 122 제르미날 에밀 졸라 | 박명숙 옮김
123 현기증. 감정들 W. G. 제발트 | 배수아 옮김
124 강 동쪽의 기담 나가이 가후 | 정병호 옮김
125 붉은 밤의 도시들 윌리엄 버로스 | 박인찬 옮김
126 수고양이 무어의 인생관 E. T. A. 호프만 | 박은경 옮김
127 맘브루 R. H. 모레노 두란 | 송병선 옮김
128 익사 오에 겐자부로 | 박유하 옮김
129 땅의 혜택 크누트 함순 | 안미란 옮김
130 불안의 책 페르난두 페소아 | 오진영 옮김
131, 132 사랑과 어둠의 이야기 아모스 오즈 | 최창모 옮김
133 페스트 알베르 카뮈 | 유호식 옮김
134 다마세누 몬테이루의 잃어버린 머리 안토니오 타부키 | 이현경 옮김
135 작은 것들의 신 아룬다티 로이 | 박찬원 옮김
136 시스터 캐리 시어도어 드라이저 | 송은주 옮김
137 고독한 산책자의 몽상 장자크 루소 | 문경자 옮김
138 용의자의 야간열차 다와다 요코 | 이영미 옮김
139 세기아의 고백 알프레드 드 뮈세 | 김미성 옮김
140 햄릿 윌리엄 셰익스피어 | 이경식 옮김
141 카산드라 크리스타 볼프 | 한미희 옮김
142 이 글을 읽는 사람에게 영원한 저주를 마누엘 푸익 | 송병선 옮김
143 마음 나쓰메 소세키 | 유은경 옮김
144 바다 존 밴빌 | 정영목 옮김
145, 146, 147, 148 전쟁과 평화 레프 톨스토이 | 박형규 옮김
149 세 가지 이야기 귀스타브 플로베르 | 고봉만 옮김
150 제5도살장 커트 보니것 | 정영목 옮김
151 알렉시 · 은총의 일격 마르그리트 유르스나르 | 윤진 옮김

152 말라 온다 알베르토 푸켓 | 엄지영 옮김
153 아르세니예프의 인생 이반 부닌 | 이항재 옮김
154 오만과 편견 제인 오스틴 | 류경희 옮김
155 돈 에밀 졸라 | 유기환 옮김
156 젊은 예술가의 초상 제임스 조이스 | 진선주 옮김
157, 158, 159 카라마조프가의 형제들 표도르 도스토옙스키 | 김희숙 옮김
160 진 브로디 선생의 전성기 뮤리얼 스파크 | 서정은 옮김
161 13인당 이야기 오노레 드 발자크 | 송기정 옮김
162 하지 무라트 레프 톨스토이 | 박형규 옮김
163 희망 앙드레 말로 | 김웅권 옮김
164 임멘 호수·백마의 기사·프시케 테오도어 슈토름 | 배정희 옮김
165 밤은 부드러워라 F. 스콧 피츠제럴드 | 정영목 옮김
166 야간비행 앙투안 드 생텍쥐페리 | 용경식 옮김
167 나이트우드 주나 반스 | 이예원 옮김
168 소년들 앙리 드 몽테를랑 | 유정애 옮김
169, 170 독립기념일 리처드 포드 | 박영원 옮김
171, 172 닥터 지바고 보리스 파스테르나크 | 박형규 옮김
173 싯다르타 헤르만 헤세 | 권혁준 옮김
174 야만인을 기다리며 J. M. 쿳시 | 왕은철 옮김
175 철학편지 볼테르 | 이봉지 옮김
176 거지 소녀 앨리스 먼로 | 민은영 옮김
177 창백한 불꽃 블라디미르 나보코프 | 김윤하 옮김
178 슈틸러 막스 프리슈 | 김인순 옮김
179 시핑 뉴스 애니 프루 | 민승남 옮김
180 이 세상의 왕국 알레호 카르펜티에르 | 조구호 옮김
181 철의 시대 J. M. 쿳시 | 왕은철 옮김
182 카시지 조이스 캐럴 오츠 | 공경희 옮김
183, 184 모비 딕 허먼 멜빌 | 황유원 옮김
185 솔로몬의 노래 토니 모리슨 | 김선형 옮김
186 무기여 잘 있거라 어니스트 헤밍웨이 | 권진아 옮김
187 컬러 퍼플 앨리스 워커 | 고정아 옮김
188, 189 죄와 벌 표도르 도스토옙스키 | 이문영 옮김
190 사랑 광기 그리고 죽음의 이야기 오라시오 키로가 | 엄지영 옮김
191 빅 슬립 레이먼드 챈들러 | 김진준 옮김
192 시간은 밤 류드밀라 페트루솁스카야 | 김혜란 옮김
193 타타르인의 사막 디노 부차티 | 한리나 옮김
194 고양이와 쥐 귄터 그라스 | 박경희 옮김
195 펠리시아의 여정 윌리엄 트레버 | 박찬원 옮김
196 마이클 K의 삶과 시대 J. M. 쿳시 | 왕은철 옮김
197, 198 오스카와 루신다 피터 케리 | 김시현 옮김
199 패싱 넬라 라슨 | 박경희 옮김
200 마담 보바리 귀스타브 플로베르 | 김남주 옮김
201 패주 에밀 졸라 | 유기환 옮김
202 도시와 개들 마리오 바르가스 요사 | 송병선 옮김

203 루시 저메이카 킨케이드 | 정소영 옮김
204 대지 에밀 졸라 | 조성애 옮김
205, 206 백치 표도르 도스토옙스키 | 김희숙 옮김
207 백야 표도르 도스토옙스키 | 박은정 옮김
208 순수의 시대 이디스 워턴 | 손영미 옮김
209 단순한 이야기 엘리자베스 인치볼드 | 이혜수 옮김
210 바닷가에서 압둘라자크 구르나 | 황유원 옮김
211 낙원 압둘라자크 구르나 | 왕은철 옮김
212 피라미드 이스마일 카다레 | 이창실 옮김
213 애니 존 저메이카 킨케이드 | 정소영 옮김
214 지고 말 것을 가와바타 야스나리 | 박혜성 옮김
215 부서진 사월 이스마일 카다레 | 유정희 옮김
216 사람은 무엇으로 사는가 레프 톨스토이 | 이항재 옮김
217, 218 악마의 시 살만 루슈디 | 김진준 옮김
219 오늘을 잡아라 솔 벨로 | 김진준 옮김
220 배반 압둘라자크 구르나 | 황가한 옮김
221 어두운 밤 나는 적막한 집을 나섰다 페터 한트케 | 윤시향 옮김
222 무어의 마지막 한숨 살만 루슈디 | 김진준 옮김
223 속죄 이언 매큐언 | 한정아 옮김
224 암스테르담 이언 매큐언 | 박경희 옮김
225, 226, 227 특성 없는 남자 로베르트 무질 | 박종대 옮김
228 앨프리드와 에밀리 도리스 레싱 | 민은영 옮김
229 북과 남 엘리자베스 개스켈 | 민승남 옮김
230 마지막 이야기들 윌리엄 트레버 | 민승남 옮김
231 벤저민 프랭클린 자서전 벤저민 프랭클린 | 이종인 옮김
232 만년양식집 오에 겐자부로 | 박유하 옮김
233 이상한 나라의 앨리스 루이스 캐럴 | 존 테니얼 그림 | 김희진 옮김
234 소네치카·스페이드의 여왕 류드밀라 울리츠카야 | 박종소 옮김
235 메데야와 그녀의 아이들 류드밀라 울리츠카야 | 최종술 옮김
236 실종자 프란츠 카프카 | 이재황 옮김
237 진 알랭 로브그리예 | 성귀수 옮김
238 말테의 수기 라이너 마리아 릴케 | 홍사현 옮김
239, 240 율리시스 제임스 조이스 | 이종일 옮김
241 지도와 영토 미셸 우엘벡 | 장소미 옮김
242 사막 J. M. G. 르 클레지오 | 홍상희 옮김
243 사냥꾼의 수기 이반 투르게네프 | 이종현 옮김
244 험볼트의 선물 솔 벨로 | 전수용 옮김
245 바베트의 만찬 이자크 디네센 | 추미옥 옮김
246 나르치스와 골드문트 헤르만 헤세 | 안인희 옮김
247 변신·단식 광대 프란츠 카프카 | 이재황 옮김
248 상자 속의 사나이 안톤 체호프 | 박현섭 옮김
249 가장 파란 눈 토니 모리슨 | 정소영 옮김

● 문학동네 세계문학전집은 계속 출간됩니다